目次

登場人物

真行寺弘道……警視庁刑事部捜査第一課　巡査長
森園みのる……真行寺宅の居候　ミュージシャン　ソロユニット「愛欲人民カレー」
白石サラン……音楽制作事務所「ワルキューレ」代表　森園のガールフレンド
浅倉マリ……かつて伝説的なバンド「さよならばんど」を従えていたベテランシンガー
佐久間……「愛欲人民カレー」のバッキングメンバー　ベース担当
岡井……「愛欲人民カレー」のバッキングメンバー　ドラム担当
佐藤……「愛欲人民カレー」のバッキングメンバー　ギター担当
波多野麻衣子……真行寺の別れた妻
水野玲子……警視庁刑事部捜査第一課　課長　警視
岩田……池袋署　生活安全課　警部補　真行寺と同期
米山……原宿署　生活安全課
井川……原宿署　生活安全課
吉良大介……ＤＡＳＰＡ（国家防衛安全保障会議）インテリジェンス班　サブチェアマン　警視正
牧田……池袋保健所　所員
蒲谷大悟……ラーメン屋「ダイゴ」店主

鳥海慎治……中華料理店「香味亭」店主
エッティラージ……在日インド人　ブルーロータス運輸研究所　所長
黒木（ボビー）……ハッカー

インフォデミック

巡査長　真行寺弘道

0　極小の構造体

約100ナノメートル、1センチの十万分の一ほどしかない極小の構造体が、小さな水滴の中に身を潜めて空中を飛翔し、ステンレスのドアノブに、タブレットの液晶画面に、CDのプラスチックケースに、サインペンの軸に、人の肌に、付着する。

それを誰かの手が摑《つか》む、指で触れる、挟む、あるいは握る……。そしてその手が頰や髪や唇をさわる。

これを好機とばかり、やつらは、人間の体内へと侵入する。そして冠《コロナ》のような蛋白質《たんぱくしつ》の突起で、人間の身体《からだ》を構成する細胞に吸着し、そこから内部へと潜り込む。

やつらに細胞はないが遺伝子はある。細胞の中への侵入を果たすと、自分の遺伝情報が書き込まれた物質を放出する。この情報を読み取った細胞は、蛋白質合成のシステムを作動させ、この構造体のコピーを大量にばらまいてしまう。増殖したやつらはさらに他の細胞の中へと移動し、同じような増殖をくり返す。やがて多くの細胞が汚染されていく。

次のシステムが作動する。汚染を食い止めようと、汚染された細胞を細胞が殺しはじめるのだ。その嵐のような勢いはとどまるところを知らず、おびただしい細胞が殺され、その生命体をも死に至らしめる……。

二〇二〇年五月。全世界がこの極小の構造体に恐れおののいていた。

1　人が消えた街

真行寺《しんぎょうじ》は耳を疑った。

都内および他府県の都市部で、強盗が多発しているのは、聞き及んでいた。ただ、ひさしぶりに課のミーティングに顔を出し、各署から上がってきた報告を聴いた時、彼を驚かせたのは、その額《がく》の些少《さしょう》さだった。

万引きと比べ、強盗は重罪である。だから、肝を据えて計画的にことを運び、それなりの大金を摑むつもりでないと、割に合わない。少額で強盗におよぶ件数が増えているということは、それだけ世の中が逼迫《ひっぱく》しているからだと思った。

「とにかくこういう時期なので、この傾向は当分続くと思います」警視庁刑事部捜査第一課課長の水野玲子《みずのれいこ》は、刑事たちを見回しながら、言った。

続いて若い刑事の橋爪《はしづめ》からデートレイプ事件が報告された。

昨日、西麻布《にしあざぶ》のマンションに住む若い女から、男に押し入られ暴行されたと一一〇番通報があり、現場に急行した制服警官が被疑者らしき男を取り押さえた。しかしこの男は実は女のボーイフレンドであった。別れた後に男が無理矢理よりを戻そうとしたわけでもない。恋人としては現役である。ただ、逢瀬《デート》はしばらく控えましょうと言われ、しかしどうにも我慢ができなくなって、夜中にバイクを飛ばして会いに行きインターフォンを鳴らしたところ、

帰ってくれとつれなく言われ、だんだん腹が立ってきて「入れてくれ!」「入れろ!」とドアを激しくノックし始めた。女は観念して、ドアを開けた。すると、雪崩《なだ》れ込んできた男にいきなり押し倒され、性的行為を強要されたのだという。

「情熱的でいいじゃないか」とベテラン刑事がひとりそう言って笑ったあと、水野の鋭い視線に怯《ひる》み、首をすくめた。そして、言い訳するように、

「だって、恋人どうしなんだろ」と援護射撃を求めて同僚たちを見た。

「であろうとも、合意のない性交渉は犯罪です」

そのきっぱりとした水野の口調に、おっしゃるとおりです、と部下は即答した。この件に関して課長と争うつもりはありません、という意思表示である。

「起訴するんですか」と真行寺は訊《き》いた。

「女は最初そのつもりのようでしたが、一晩たってから連絡が入り、その意思がないと知らせてきました」と橋爪は言った。

よかった、と思わずひとこと漏らした。すると、なぜ? と水野に訊かれ、真行寺は弱った。

「もちろん、合意のないセックスはまったくもってけしからんわけであります」

まずそう言った。まわりの刑事たちはニヤニヤしている。

「しかしながら、若い恋人どうしが性交渉はおろか二メートル以内に近づくことさえできない現在の状況はどう考えても不自然だと言えましょう。なので、こういう不自然に耐えられ

ない人間が出てくることは不思議ではないと考えるのです」

水野が黙っていたので、真行寺は調子に乗ってさらに口を滑らせた。

「まあ、いまは嫌、という女の気持ちもわからないではないのですが、持病さえなければ、若い連中なんてセックスでもなんでもすればいいのではと。たとえ感染したとしても、しばらく寝ていれば治るのでありましょうから」

そう言うと水野は、そっと掌《てのひら》を前に突き出した。そこまで、という合図である。

「とにかくこういう時期なので」と水野はまた言った。

真行寺はよくわからなかった。いったいどういう時期だというのか。誰も酒を酌み交わすことのない上野《うえの》公園の桜の下、まともな卒業式もないままに卒業証書だけが郵送された小学六年生の終わり、高校球児を励ますブラスバンドの音が聞こえない甲子園《こうしえん》球場のアルプススタンド、観客が誰もいない会場で取られる大相撲《おおずもう》の三月場所……。こんな令和二年の春を、いったいどんな時期だと理解すればいいのだろうか。

去年の暮れ、真行寺はひさかたぶりに風邪《かぜ》を引いた。そもそも彼は、猛者《もさ》たちが多い刑事の中ではそれほど頑健なわけではないが、病欠することはまったくといっていいほどない男である。よって、それまで「風邪を引いたようなので休みます」と電話を入れるときは仮病を使っていた。「ようなので」と濁すあたりに、自分の良心が表れているな、などと電話を切ってから薄笑いを浮かべる不謹慎な男であった。ただし、その帳尻はどこかでちゃんと合

わせてきたぞ、と勝手な言い訳も自分にしていた。

しかし去年の十二月は本格的に体調を崩した。二週間ぐらい咳《せき》が止まらず、微熱も出たので五日ほど家で伏せっていた。だから、職場に電話を入れるときも、「今回は本当に風邪です」などと余計な力みが加わった。ただし、丘陵地帯の上にある自宅から、医者にかかりに行くにはそうとうに坂を下り、また帰りは登ってこないといけないので、それが億劫《おっくう》で家で寝て治すことにした。だるいだるいと言いながら、居候の森園《もりぞの》みのるに飯を作らせ、部屋まで運ばせて食った。BOSEの携帯用スピーカーを森園から借りて枕元に置き、スマホのアプリでラジオを聴きながらうつらうつらしていると、令和元年も暮れようとする間際に、耳を疑うようなニュースが飛び込んできた。

——特別背任《はいにん》などの罪に問われ保釈中の日産《にっさん》自動車前会長・カルロス・ゴーン被告について、海外メディアは三十日、「裁判を逃れ、レバノンへ向け出国した」と一斉に報じました。複数の海外メディアによると、ゴーン被告は三十日までに、プライベートジェットで国籍を持つレバノンの首都ベイルートに入ったということです。

思わずスマホを取って検索してみる。ほかのニュースサイトを開いて、裁判所から指定された東京の住居にいなければならないはずのゴーンが突然「わたしはいまレバノンにいる」という声明を動画で公表したと知った。

アメリカの民間警備会社の助けを得て、大阪まで新幹線で移動し、関西国際空港からプライベートジェット機で飛び立つと、トルコ経由でレバノンに着陸したらしい。レバノンと日

本は犯罪人引き渡し条約を締結していないので、ゴーンの身柄を日本に戻し、裁判にかけることはこれで事実上不可能となった。多くのメディアがそのように伝えていた。

「やりやがったな」と真行寺はベッドの上で唸《うな》った。

そのまま年が明けた。元旦には、だいぶよくなって、森園のガールフレンドの白石《しらいし》サランがやってきて、鶏の水炊きにしますけど起きてこれますか、と言われ、台所まで出て行った。

水炊きはうまかった。これが一番食べたかったんだと思わせるようなメニューの選び方である。

「サランは気が利くなあ」と感心しながら、体調がほぼ回復した真行寺はうまいうまいと言いながら盛大に食べた。

真行寺は白石サランが気に入っていた。森園みのるを息子《むすこ》のように厳しく注意する一方で、白石サランを娘のように可愛がる傾向にあった。白石サランはきれいな女である。昔はモデルのバイトをしていたそうだ。料理もうまいし、森園をフォローするために家の用事を買って出ることがあるが、その仕事ぶりも丁寧だ。生意気でだらしなく見てくれもぱっとしない森園とつきあっていることが不思議でならない。どうせそのうち別れるだろうと思っていたが、思いのほか長続きしている。サランはときどき森園を叱《しか》る。そんな光景は、恋人どうしというよりも姉と弟のように映った。

食事中に森園がゴーンの逃亡を話題にした。

「あんな映画みたいな方法で逃げられるもんなんだなあ」

「監視カメラがインターネットにつながっていなかったんだとさ」と真行寺が解説した。

「アホだよな、まったく」

その口調はどこか愉快そうだった。

「日本の司法制度ってそんなに基本的人権が守られていないんですか」とサランが訊いた。

声明の中でゴーンは、有罪が前提とされ、差別がはびこり、基本的人権が守られていない日本の司法制度の人質にはならない。日本は、国際条約で保障されている、有罪を前提とせず、公平で迅速な裁判をおこない、基本的人権を守る義務がある。自分は司法から逃げたのではなく、不正と政治的迫害から逃れたのだと主張していた。

「まあ、検察に起訴された段階で有罪は確定されたようなもんだ。あとは、量刑を争うしかなかっただろうな」

そうなんですか、とサランは意外そうな表情になった。

「そうやって裁判の手間を省いてるんだよ」

サランは、そういうこと警察官が言っていいんですか、と寂しい笑いを浮かべ、真行寺は、どこがいけないんだ、と惚《とぼ》けた。

「でも、ゴーンの出国は違法ですよね」と森園は言った。

「そこはまんまとしてやられたな」

「なんか、嬉《うれ》しそうですよ」サランは呆《あき》れている。

「日本人経営陣が優秀なら、とっくの昔に追い出せてたはずだ。ゴーンが会社を駄目にして

るのなら、罷免《ひめん》すればいいだけの話じゃないか。どうせ、どいつもこいつもぱっとしなかっただけなんだろうよ」

そういうとサランもどこか嬉しそうだった。しかし、笑いながらではあるが、「でも、日本に嫌われても、ああやって帰れるところがあるだけいいですね」と言った時、在日韓国人というサランの出自に思いを巡らせた真行寺は、重い言葉だなと受け止めた。


正月二日は、ベッドを離れ、アンプに火を入れて大きなスピーカーを鳴らし、好きな曲を聴きながら、リビングのソファーの上でのんびり過ごした。ディスクを入れ替えるためにCDプレーヤーの前まで立っていった時、キッチンのテーブルにノートパソコンを置いて真剣にディスプレイを見つめているサランが見えた。

「今日はすごく穏やかなものばかり聴いてますね」目が合うとサランが言った。

「ああ、病み上がりの耳に激しい音は応えるからな」

「早くよくなってください」とサランは言った。「もっと過激なものを聴きたいので」

サランは鋭く激しいサウンドを好む。時々、真行寺さんのめっちゃ音のいいオーディオで聴かせてもらっていいですかと言って、持ち込んだ音源やCDをここで鳴らす。それらはたいていグランジとかポストパンクとかシューゲイザーなどと呼ばれる過激で暴力的で時にアヴァンギャルドなロックだ。凄烈《せいれつ》な音を鳴らしながら、一音たりとも聴き漏らすまいとソファーに座って真剣にスピーカーと向き合っている。ときには立ち上がって踊ったりもしてい

る。

あと一日待ってくれと笑って、真行寺はソファーに戻った。

三日には高尾山麓《たかおさんろく》の氷川《ひかわ》神社に初詣《はつもうで》に出かけられるほど元気になった。

年越し蕎麦《そば》を食い損ねたので挽回するぞ、と真行寺が言って、高尾山口駅前の店に三人で入った。

店内は初祓《はつはらい》の客で賑《にぎ》わっていて、席が空くまですこし待ってくれ、と店先で言われた。さほどの蕎麦食いでもない真行寺は、蕎麦ごときで待たされるのはごめんだとすこし迷いはしたものの、今日はどこも混んでいるだろう、と諦《あきら》めることにした。

十五分ほどして案内された四人がけのテーブル席で、天ぷら蕎麦を注文した後、水を飲みながら老若男女で賑わっている店内を見回した。こうして、ひしめき合い背中を丸めて蕎麦をすすっている人々の集団は、かよわき人間どもの饗宴《きょうえん》めいて、それがどこかいじらしく、哀れでいいと感じた。そんな風に感じる自分を、すこしばかり世間と離れて床に伏せっていただけなのに、浮世離れした感性が身についてしまったな、と真行寺は苦笑した。

「真行寺さんはこれまで毎年お正月はひとりで過ごしてたんですか」とサランが訊いた。

「そうだな」と真行寺は言った。「去年は森園とふたりだったが」

「じゃあ今年は三人ですこし賑やかですね」

真行寺はうなずいた。

荒っぽくはあるが安定した収入の仕事に就き、筋の通らないことはなるべく避け、誰にも侵されることのない自分だけの幸せの領域を守って静かに生きていくつもりでいた。それが、ある事件の被害者として出会ったミュージシャンの少年を自宅に住まわせ、彼のためにレコーディングできるように改造までし、さらに、ガールフレンドが立ち上げた音楽制作会社の登記簿に自宅の住所を登録させて、形だけだが顧問として名を連ねてもいる。すこし前ならこんな自分はとても想像できなかったな、と真行寺はひとりで感慨に耽《ふけ》る。

「波多野《はたの》さんとは会ってないんですか」

真行寺は顔を上げてサランを見た。それが誰かわかるまですこしの間《ま》が必要だった。森園が「波多野って誰？」と訊いて「馬鹿、キムのことだよ」とサランに叱られた。

ああ、キムか、と森園は言った。それは真行寺の元妻にこのふたりがつけたあだ名である。真行寺が学生時代に組んでいたバンドで彼女がベースを弾いていたと知って、ソニック・ユースの女性ベーシスト、キム・ゴードンにちなんでサランがそう呼び出したのだ。元妻の波多野麻衣子《まいこ》は一昨年の春、自宅にやって来て、一緒に餃子《ギョーザ》パーティをやったことがある。ある事件を追って負傷した真行寺の退院を祝う会に、合流した形になった。そこで社交的な元妻はこのふたりとすぐに打ち解けた。

「キムも寂しがってるんじゃないかなあ」とサランが思いがけないことを言った。

「寂しがるって？」真行寺は問《と》い質《ただ》した。

「……いや、隼雄《はやお》さんがああいうことになったから」

サランが元妻の息子の死を知っていることに驚いた。

「連絡取ってるのか」と真行寺は訊いた。

「ええちょこちょこ。私、キムが好きだから」とサランは言った。

どうやら、年の離れた女どうしは気が合ったらしい。

その餃子パーティに妻は息子を連れてきた。隼雄という名の成人男性と真行寺は、遺伝子の上では、まぎれもなく親子関係にあった。しかし、法的にはそうであったことは一時《いっとき》もなかった。なぜなら、腹に隼雄を宿しているときに元妻は離婚を切り出し、それを真行寺が受け入れたからだ。

離婚した妻は、華やかな職業に就いている資産家の息子と再婚し、出産した子供を彼の子として育てた。それからしばらくは幸せな結婚生活を送っていたようである。ところが、成人してから、隼雄に難儀な遺伝病の症状が現れた。さらにその原因は真行寺ではなく、元妻の家系に見いだされたので、このことを黙っていたのは奸詐《かんさ》であると義母は元妻をなじり、妻は離婚を余儀なくされた。

ともあれ、発病した息子を救うには、日本ではまだ認可されていない大胆な治療が必要だった。一縷《いちる》の望みを託して元妻は息子を連れて中国に渡った。遺伝子医療の分野で先陣を切りたい中国は、欧米各国からの戒《いまし》めをよそに医療技術の刷新に積極的だったからである。

餃子パーティが開かれたのは、隼雄が中国での治療を終えて帰国し小康状態を得た頃のことだった。元妻がこの日会ったばかりのサランや森園とたちまち打ち解けたのとは裏腹に、

隼雄と対面した真行寺は、心の底に沈殿する気まずくぎこちない感覚を、溶かし流し去ることができなかった。

　息子と再会する機会はなかった。真行寺があまりそれを望まなかったことも原因していた。そして、息子は昨年の秋が深まった頃に容態が急変し、もういちど中国に渡ったが、治療の甲斐《かい》もなく、当地で亡くなった。

「氷川神社ではなにを祈りましたか」

　サランの声で真行寺の意識は高尾山口駅前の蕎麦屋に引き戻された。

「なんだろうなあ。この年になると健康以外に祈るものもないんだよな。お前は？」と真行寺は森園のほうを向いた。

「クズみたいなＪ‐ＰＯＰが絶滅しますように。特に売れているやつらは全滅して欲しい」

　森園は、世間一般にはとうてい受け入れられそうにないへんてこりんなノイズミュージックを作っている。まったく売れる気配はない。ただ、捨てがたい魅力もあって、時々、おっと驚くようなビッグネームからレコーディングやライブにお呼びがかかったりする。とは言うものの、まだしばらくは居候の地位に甘んじているしかないような経済状況ではある。

「それは祈りというか呪いだね」とサランは言った。

「俺の呪いはまったく通じないんだよ」森園はしょんぼりしている。

　真行寺はサランのほうを見て、来年は卒業だなと言い、

「やっぱり就職活動はしないのか」と尋ねた。

サランは首を振って、

「ワルキューレをなんとかしないと」と言った。

サランが籍を置く大学は、特に女子学生は、就職に強いことで知られている。放送局のアナウンサーなどにも数多くのOGがいる。まともな受け答えができて、好ましい印象を与える容貌《ようぼう》の持ち主だから、さほど就職には苦労しないだろう。

しかし、サランは在学中に、音楽制作会社を起業したいと言い出した。そして、真行寺に出資を申し込んだ。このオファーに真行寺は、茨の道を歩かせることになる、と二の足を踏んだ。

しかし、この心配りを覆《くつがえ》し、ポンと出した男がいた。黒木《くろき》という真行寺の友人である。もっとも、黒木は偽名で、ボビーという名を使うこともある。友人というのもとりあえずそう呼ぶしかないような複雑な関係だ。ともあれ、この得体の知れない若い男の出資でサランは起業にこぎ着けた。出資の見返りは会社の命名権だった。黒木はその会社にワルキューレと名付けた。

ともあれ、ワルキューレは始動した。真行寺も観念して、この会社の登記簿に自宅の住所を記載することと顧問に名前を連ねることを、顧問料は受け取らないという条件で、承諾したのである。

要《い》らないと言ったが、サランはそれなりの家賃は入れますと言いはった。真行寺が森園のために揃《そろ》えてやった録音機材やブースをワルキューレとして使うのだからサランの申し出は

もっともである。しかし、現実問題として、森園が稼働しない限りはワルキューレの収入はない。カルトミュージシャンの森園には、時々思い出したように仕事が入るものの、ほとんどは昼間からブラブラしていて、実質的にはニートと同じである。ワルキューレの事業を軌道に乗せるという彼女の年頭の誓いはかなりの難業に思われた。

「まあ、がんばれ」蕎麦を箸《はし》で持ち上げながら真行寺は言った。

「はい、がんばります」とサランは言い、隣の森園を見て「おい、聞いたか。がんばれよ」と励ました。

ふぁーい。森園は気のない返事をした。

勘定は真行寺が持った。

店を出たとき、五十代の男と二十代はじめの男女の三人の姿は、疑似家族の好例のようだった。しかし、この微温的な三人の関係は、この年に全世界を襲う新型コロナウイルスSARS‐CoV‐2によって鋭く問い質されることになるのである。


正月休みが明けた。真行寺は出勤し、課長の席の前に立ち、明けましておめでとうございます、ご迷惑をおかけしました、と頭を下げた。

「大丈夫？　へんな風邪が流行《はや》ってるっていうから気をつけてね」書類に目を落としたまま、水野玲子は言った。

へんな風邪ですか。真行寺は言った。そう、中国のほうで新種の風邪が流行って結構な人

数が死んでいるらしいわよ、気をつけてくださいな、と水野は書類に判をつきながら顔を上げようともしなかった。

人が風邪をこじらせて死ぬことはある。インフルエンザで毎年かなりの数が死ぬと聞くし、そんなこともあるのだろう、と真行寺はたいして気に留めなかった。

ところが、ほどなくこの風邪がふるう猛威は連日テレビで取り上げられるほどの大ニュースとなった。発生源となった中国湖北《こほく》省東部の武漢《ぶかん》では病院に人が溢《あふ》れかえり、収拾がつかなくなっていく。

都市が封鎖され、外出が禁じられた。インターネットでの個人認証と監視が極度に発展している中国では、外出している人を監視カメラが見つけると、名指しして家に戻れと警告するらしい。こんな国には住みたくない、と真行寺は思った。気に食わないところはいろいろあるが、日本人でよかった。すぐのちに地球規模に発展する罹患《りかん》を、まだこのときは対岸の火事として真行寺は見ていた。

やがて、この新型コロナウイルスは西へ西へと移動しはじめ、ヨーロッパ、そしてアメリカでも猛烈な勢いで拡がっていった。ペストやコレラ、そしてスペイン風邪の悪夢がよみがえったかのように、ヨーロッパはたちまちパニック状態に陥り、都市は次々と封鎖された。おかしなことに、目と鼻の先の中国が苦しんでいる時には暢気《のんき》に構えていた日本も、ヨーロッパに火がつくと、急にあわてだした。

まもなく、国際社会全体に暗雲が垂れ込めていった。問題は、この奇妙な風邪を予防する

ワクチンも、治療する薬も、ともにないということだった。つまり、いつなんどき罹患するか知れず、しかも医療が無力であるということが、人々を恐怖に陥れた。

ヨーロッパにまで広がるウイルスが我が国にやって来ないわけはなく、やがて日本でも感染者が増加しはじめる。

そこら辺で人がバタバタと死んでいくというような状況は起きてはいないものの、マスコミは欧米社会に歩調を合わせるかのように、深刻な調子で注意喚起を促しはじめた。

この警告はおそらく政府の意向を汲《く》んでのものだろう、と真行寺は解釈していた。政府と地方自治体、そして誰だかよくわからないが、この流れに棹《さお》さそうとする一派が、インフルエンザに毛の生えたようなこの奇妙な風邪に対して強い警戒心を抱くように促している、と真行寺は信じた。

怖れよ！　この統治側のメッセージは、国民的に人気のあるコメディアンである志村《しむら》けんがこのウイルスに感染して命を落としたときに、いみじくも都知事が発した「最後に私たちに警告を発してくれた功績は大きい」という言葉に如実に表れていた。さらにこのような統治側の意向を、マスコミは忖度《そんたく》した。危機を煽《あお》り、そして感染症の専門家がその恐怖をむべなるかなと保証した。

大型連休を目前に控えた春たけなわの日、愛甲《あこう》内閣総理大臣は特措法に基づく緊急事態宣言を発令し、人々には外出自粛を、人が密集する事業所には営業自粛を求めた。「命を守るため」という触れ込みであった。

冗談じゃない、と真行寺は思った。この刑事は、統治権力が市民の行動を監視したり、統制などしようとすると、にわかに反感を示す男である。人に迷惑をかけさえしなければ、どこに行こうがなにをしようが自由なのだ。そう信じて生き、最近は、実はなかなか難しいということを教えられることも多いが、やはり信じようとする気概がまだ衰えていないこの男は、家に留《とど》まれという政府の求めに強い抵抗感を抱いた。このような感性が、先程の会議での「現在の状況はどう考えても不自然」という発言となって表れたのである。

ただ問題は、人に迷惑をかけさえしなければ、という前提が危ういことである。「自分が感染すればそれを人に感染《うつ》してそいつが死ぬ可能性もあるわけだから、ややこしいや」と帰宅途中の電車の中で彼はひとりごちた。

ＪＲの高尾駅で降りた。真行寺は自転車置き場からクロスバイクを引き出して跨《また》がった。健康のため、最近はなかなか斜度のある坂をここから自宅までひたすらペダルを踏んで登ることにしている。

赤いレンガの一軒家の前に自転車を停めると、中からズンズンと重低音が聞こえてきた。来ているな、と思って中に入ると、思った通り四人ほどがリビングにひしめいて演奏していた。真行寺の自宅のリビングはかなり広いほうだが、ドラムセットまで持ち込んで叩《たた》いているのだから、大変に密な状態である。

ドラム、ベース、ギターといて、これにキーボードだかシンセサイザーだか、サンプラー

だか、シーケンサだか、詳しいことはよくわからないのだが、とにかくへんてこりんなノイズと響きを醸し出す楽器が加わった四人編成のバンドは、それぞれのメンバーが首を縦に振りつつ、汗を飛び散らせながら、あらん限りの音をぶつけ合い、格闘していた。

やれやれと思いながら、真行寺はとりあえず、シャワーを浴びることにした。カランをひねると、湯がほとばしり、バンドの音がかき消された。水しぶきを上げ、石鹼《せっけん》やシャンプーを泡立たせながら身体と髪を洗い、もう一度カランをひねる。水音が止《や》むと、バンドが出していた音も止んでいた。演奏が終わったようだ。

薄いスウェットの上下に着替えて、キッチンに出て行くと、互いの演奏について意見交換していたメンバーが、真行寺を認め、うぃーっす、とうちとけた挨拶《あいさつ》をよこした。ベースの佐久間《さくま》、ドラムの岡井《おかい》、ギターの佐藤《さとう》は、愛欲人民《あいよくじんみん》カレーという名で森園がステージに上がる際にはいつもバッキングを務めている。三人ともに真行寺の大学の後輩に当たる。では森園も後輩なのかというと、正確にはそう言いがたい。というのは、森園は佐久間たちと同じ高等部に通い、ともに活動していたのだが、大学へと進学し音楽サークルに入ってまた一緒に音を合わせるつもりだったところを、日頃のサボり癖《ぐせ》が祟《たた》って単位を落としてしまい、留年したからである。

しかし遠慮のない森園は、高校生の身でありながら、大学生となった佐久間らを訪ね、しょっちゅう部室に顔を出していた。それだけでなく、機材を持ち帰り、自分の音楽制作に勝手に使っていた。機材を寄贈したＯＢがこれを見咎《みとが》め、日頃から自分に対して敬意を表さな

い森園の態度を腹に据えかねていた彼は、佐久間らに懲罰を命じた。

この時、たまたま渋谷《しぶや》で雑務を終えた真行寺は、懐かしさについフラフラと母校のキャンパスに足を踏み入れ、所属していた音楽サークルの部室を覗《のぞ》いた。そこで、血まみれでぶっ倒れている森園を発見したのである。

この森園との出会いは、荒川《あらかわ》の河川敷で死体となって発見されたインド人の殺人事件とえも言われぬ形で絡んできた。その捜査過程で真行寺はサランとも出会うことになり、高校を中退した森園を居候として家に置くこととなった。そうして、成り行きだと言いながらも、この借家に大胆に手を入れ、森園がレコーディングできるようにリフォームまでしたのである。

「なんだ、このご時世に強行突破でライブやるつもりなのか」と真行寺は髪をバスタオルで拭《ふ》きながら、リビングを占拠している若者たちに言った。

全国に緊急事態宣言がなされると同時に、各都道府県は、人々が密集するような事業所に営業の自粛を求めた。居酒屋、キャバクラ、フィットネスジムなどに加えて、映画館、劇場、そしてコンサートホールやライブハウスがこれに該当している。

「いや、やりたくてもやれないですけど」と岡井はスティックをケースにしまいながら言い訳し、「もっとも森園はなにか計画しているらしいんですが、まあ、あまりアテにはしてません」と言い足した。

森園を見やると、

「5Gでリモートとかもう飽きちゃったんですよね」と言いながら台所のほうに歩いていった。

「なんか近いうちに、愛欲人民カレーでライブやるんだって言ってますけど」とベースアンプの電源を落として佐久間が補足した。

愛欲人民カレーには正式メンバーは森園しかいない。これはいわば森園のステージネームである。ただ、これまでライブで弾いたり叩いたりしてきたのは、一貫してこの面子《メンツ》のようだ。三人とも、かなりうまい。演奏能力という点でいちばんポンコツなのは森園だろう。

ただ、うまい演奏家は掃いて捨てるほどいる。ミュージシャンがうまさで食っていくのは至難の業《わざ》だ。逆に、森園にはまともに弾ける楽器はひとつとしてない。にもかかわらず、結局、些少なりとも、音楽で金を手にしているのは森園だけである。ただしこいつは、妙ちくりんな音をこねくり回す以外は実になっとらんやつで、ついいましがたも、

「今日はみんなで豚しゃぶやるんですが、真行寺さんも食いますか」などとふざけたことを言った。

ただで住まわせて、こいつのために改造した家の設備も自由に使わせ、月々の食費もきちんと渡しているのに、疲れて帰ってきた主人に「食いますか」とはどういう料簡《りょうけん》だ。

「食うに決まっているだろ。まさか俺のぶんがないなんて言うんじゃねえだろうな」とすごんだ。

すると、森園よりは多少は良識のある後輩たちが、ありますあります、駅前のスーパーで

たっぷり買い込んできましたから、などと言って取りなした。

ダイニングテーブルを囲む椅子《いす》は四脚しかなかったので、自分の部屋からキャスター付きの事務椅子を引っ張ってきて五人で鍋を囲んだ。

若い連中がビールを買い込んできたので、真行寺も少し吞《の》ませてもらった。

「社長はどうしてるんだ」と真行寺が訊いた。

「サランですか、営業です」肉をほおばりながら森園が言った。

「そうか、いまはリモート流行《ばやり》だものな。時代の波はお前みたいなのに来てるのかもしれないぞ」

アバンギャルドな音楽表現では一目置かれている森園は、ロンドン、ニューヨーク、ドイツ、北欧あたりのアーティストからレコーディングに呼ばれることがある。ただし、海外のスタジオに飛んで参加したことは未《いま》だなく、音源をインターネットで送ってもらい、森園がそれに音を加えて送り返すことで制作に加わっている。非常に低コストで、とはいえ音質が落ちることもないようだ。便利な世の中になったものである。レコーディングだけでなく、コンサートにサポートメンバーとして加わったこともある。去年は、割とメジャーどころのアメリカのアーティストのライブに参加したが、この北京《ペキン》での公演は5Gという新しい通信技術のデモンストレーションも兼ねたもので、真行寺の自宅から超高速インターネット回線を経由して会場に音を届けていた。

「だけど、そういうのって、ちょっとちがうなと思いだしちゃったんですよ」

「たしかに、ちゃんとセッションしようと思ったら、全員リモートではなかなか厳しいと思います。森園が中国公演に参加したときみたいに5Gを使うのなら別ですが」ドラムの岡井が言った。

だろうな、と真行寺も同意した。さらに、ライブ活動ができないいまは、いろんなミュージシャンやバンドが、それぞれの場所から演奏した映像をくっつけて合奏《セッション》する動画を作ってYouTubeで公開などもしている。しかし、あれはたいてい嘘《うそ》だ。通信回線を経て届いた他のメンバーの音がイヤフォンやヘッドフォンの中で鳴るときには、すでに遅れ《レイテンシー》が発生している。ニュース番組で、現地にいるレポーターにスタジオのキャスターが問いかけたときに、呼吸が合わないのもこの遅れ《レイテンシー》のためである。

遅れたものに合わせて弾いたり叩いたりした音は、さらに遅れて他のメンバーに届くことになり、まともな合奏など成立しないはずである。しかし真行寺は、なに贅沢《ぜいたく》言ってんだ、仕事があるだけありがたいと思え、と森園を叱咤《しった》した。すると森園は、いやないんですよ、と言った。なんだないのか、と真行寺は急に心配になった。

「ライブだけじゃなくて、レコーディングも止まってます」とギターの佐藤が言った。

「じゃあ、お前の呪いが通じたってわけだ」と真行寺は森園の顔を見て言った。

いまはどんな売れっ子でも、ミュージシャンは活動停止を余儀なくされている。いや、む

しろ売れている連中のほうが、いま下手《へた》に動くと反社会的という烙印《らくいん》を押されるのではと懸念して、身動きが取れなくなっている。

「俺の呪いが俺にかかって死にそうなんです」

森園がそう言って、全員が笑った。

いや音楽業界に限らない。つい昨日まで人類は、世界はひとつと宣言し、モノと金と人がダイナミックに地球を駆けめぐっていた。しかし、いまや世界は、エンジンをアイドリング状態にして、冷たく静かに縮こまっている。

メキシコとの国境に巨大な壁を作ると宣言したアメリカ大統領を愚弄《ぐろう》し、EUからの離脱を宣言したイギリス首相を揶揄《やゆ》していたヨーロッパ大陸は、次々と国境を封鎖し、人々の移動を制限した。命令され、あるいは強く奨励されて、各々《おのおの》部屋に閉じこもり、スーパーで大量に仕入れてきた食材を料理して、インターネットで映画を見、恋人どうしは電話で連絡を取り合い、肉体による交歓《こうかん》を控え、サイトでアダルト動画を見ている。

「まあ焦らないことだな」とりあえずそう言ってやった。

ひどい状況だとは思うが、暴動が起きないのはインターネットがあるからだろう。代わりになるものはたいていネットに転がっている。いつかそれが代替物であることにも気づかなくなるのだろうか。そういえば、昔はみんなで集まって踊りながら聴いたんだよ。映画館ってのがあってね、そこでみんなで観て、おかしなシーンではどっと笑いが起こってさ……。

「焦りようもないって感じですよ、バイト先の映画館も閉まっているし」

森園がそう言ってふてくされたので、そんなにヒマだったら、明日、床に雑巾《ぞうきん》掛《が》けでもしておけと言いつけた。

メンバーは明日も練習するからと言って、アンプやドラムをリビングに残したまま帰っていった。森園はビールが回ったと言って、真《ま》っ赤《か》な顔して自分の部屋に引っ込んだ。

ごちゃごちゃしたリビングのソファーに座って、真行寺はめずらしくテレビのリモコンを手に取った。

ニュースでは、各国のこのウイルスへの対処が紹介されていた。無茶苦茶だったのは、インドの警察で、長い鞭《むち》のような警棒で家に帰れと民衆を殴りつけていた。殴られるほうも、まるで殴られ慣れているかのように、逃げ惑うというよりも体を少しひねって、あまり痛くない尻を打たせるようにしていた。しかし、自由を重んじるヨーロッパでさえも、厳格な外出禁止命令が出され、それでも人が外に出て公園でたむろしていると取り締まりの警官が帰宅を促しているのには驚いた。

そして、げんなりした。真行寺は、六〇年代後半から七〇年代初頭にかけて激化した学生運動の記録フィルムを見るたびに、取り締まっている警察ではなく、火炎瓶を投げている学生らに思い入れる困った刑事である。コーラの瓶にガソリンを満たし、飲み口に突っ込んだボロ切れに火をつけて投げていた学生らが、いったいなにを求めていたのか、ということにはあまり頭を使ったことはない。若いときは世の中の不正に敏感なのは当たり前で、それを

見過ごせないと思ったら、燃える瓶を投げることくらいはするだろうと雑駁《ざっぱく》に考えていた。

もっとも、今回は反体制的な思想に基づいて行動しているわけでもなく、ただ外に出ているだけで、腰に拳銃を下げた警官が威圧してきたり、鞭を振り回してきたりしている。いったいいつの時代なんだと真行寺はわが目を疑った。こんな取り締まりを命じられるのはご免だ、と真行寺は思った。ただ昨夜、鍋を突《つつ》いているときにベースの佐久間が、でも警官っていいですよね、と言った。

「こういうときはやっぱり強いですよ、公務員は」

恐れていたことが起こった。

「マジですか」と言った後、真行寺は絶句した。

「マジ」とマスクをつけた捜査一課長の水野玲子は言った。「ここんところ、大きな凶悪事件も起こってないから、一課も協力することにしました」

「あくまでもパトロールですよね」

「パトロールなんだけど、営業してる店があれば店長に掛け合って自粛をお願いしてください。もちろん強制はできないけれども。また繁華街を歩いているサラリーマンなんかには、早く家に帰るよう勧告するようにして」

それこそ、真行寺がいちばん苦手とする仕事であった。

「どのへんを見回るんですか」

「池袋《いけぶくろ》です。署の生活安全課に協力してください。岩田《いわた》警部補は同期ですよね。問題を起こさないで、うまくやってよ」

伝えましたよとでも言うように、水野は手元の書類に視線を戻し、せっせと判をつきはじめた。問答無用ということだろうが、ささやかな抵抗を示すために、そのまま突っ立っていた。すると、視線を伏せたまま、突然、上司が口を開いた。

「そのかわり、ニコイチじゃなくてもいいことにしてもらったよ」

ニコイチは警察用語で、二人一組での行動を指す。

「そのほうがありがたいんですが、どうしてですか」と真行寺は尋ねた。

「二人組の刑事が街をウロウロして、帰れと威圧するってのもどうかと思うしね」

「でも、そうしろって指示じゃないんですか」

「そうなんだけど、やっぱりこういうのはさりげなくやらなきゃいけない。戒厳令みたいな雰囲気が出るとまずいから」

はあ、と真行寺は気のない返事をした。

「真行寺巡査長をひとりにすると勝手な動きをするのはわかってるんだけど、いまはどこも閉館しているから、映画館でサボるっていうお得意の手は使えないだろうしね」

そう言って水野は判をつきながら、ふふふと笑った。

あくる日の午後、池袋署に顔を出すと、

「じゃあ、真行寺には東口の繁華街を任せるよ」と生活安全課の岩田警部補は言った。「八時になってもまだ開けてる居酒屋なんかあったら閉めるように言ってくれ。それから東口にはソープランドやキャバクラはあまりないんだが、かといってまったくないというわけでもないし、そういう店は集団感染の拠点になりやすい。一杯ひっかけてからそういうところにくり出そうとするサラリーマンも多いんで、それらしいのを見かけたら、そろそろ帰れと説得してくれ。あとマスクは必ずしていってくれよな。相手は酔ってるので揉《も》めることもあるだろうが、そのへんはうまくやってください」

実に気乗りのしない任務である。

そんな気持ちが外に表れるのだろう、酔客に対する彼の態度には、国家権力ならではの威圧感が希薄だった。あー、すみません。いやあ、なかなか上機嫌ですね。……今日は呑みに……ほお、そうですか。あそこの呑兵衛《のんべえ》で？　へえ。メニューが少なくなってましたか。まあねえ、そうかもしれませんね。ああ、この時期、鰹《かつお》が食えないってのは寂しいですね。……伊勢《いせ》エビはあった？　……うまかったですか。…………じゃあ、よかったじゃないですか、うん。……で、そろそろ帰りますか。え、もう一軒いく？　いや帰ったほうがいいんじゃないですか。……次はガールズバーに？　いや、知りませんよ、知りません。どこの店かって言われても……。私はそういうもんじゃないです。しょうがないな、こういうもんですよ。…………あ、ちょっと待ってください。

客引きとまちがわれたが、バッヂを見せるとはっとした酔客はそそくさと退散した。やれやれと真行寺はため息をついた。

もっとも、これを機に、ひさかたぶりに池袋をゆっくり見て回ることができた。彼がよく利用するターミナル駅は新宿《しんじゅく》と渋谷であり、この街にはずいぶんとご無沙汰《ぶさた》だった。店屋はそうとうに入れ替わっているだろうが、通う店を持たなかった真行寺には、街並みが変わった印象はあまりない。気がついた変化としては、アニメショップと中国語や韓国語の表記が目立つようになったことくらいだろうか。

ともあれ、この日の人出《ひとで》は総じて予想以上に少なかった。店はどこもかしこもシャッターを下ろしていた。焼き鳥屋も、焼き肉屋も、中華料理屋も、ショットバーも、フィットネスジムも、キャバクラも、雀荘《ジャンそう》も、映画館も……。

日本人は従順なのか真面目《まじめ》なのか、政府や都の要請を素直に聞き入れ、街は驚くほど閑散としていた。先程のような千鳥足の酔客は稀《まれ》である。巡回中の制服警官に出くわすほうが多いくらいだ。逆に真行寺のほうが、警官に目をつけられ、早いところ帰ったほうがいいですよと、かなり威圧的な調子で言われ、バッヂを見せて身分を明かさなければならないことさえあった。

真行寺はスマホの時計を見た。八時半である。飲食店は本来ならこれからが書き入れ時だ。そう考えると、商売をやってる連中が気の毒でしょうがなかった。

映画館の前で足が止まった。賑やかなサンシャイン通りではなく、飲み屋街の中に位置す

る文芸館というこの名画座に、かってはよく訪れていた。上映作品を知らせるポスターボードにこの日は〝休館中〟という貼り紙がしてあった。だから、真行寺が足を止めた理由は映画ではなかった。このビルの地下に、小さなライブハウスがある。もともとここは〝文芸館地下〟と名乗っていて、マニアックな日本映画をかけることが多い、上の〝文芸館〟よりもさらに小ぶりな小屋だった。この〝文芸館 地下〟は、真行寺の学生時代には、土曜の夜にフォークや小編成のバンドのライブ会場としても使われていて、たいていは夜通しのライブがおこなわれていた。

それが、十五年ほど前に改装されて〝地下室〟というライブハウスになった。〝文芸館 地下〟にも〝地下室〟にもなんどか足を運んだことのある真行寺だったが、この日改めて地下に延びる狭くて暗い階段の手前に立てかけられたサインボードを見て、懐かしさと驚きの混じった感慨に耽った。

――浅倉《あさくら》マリ LIVE

サインボードにはそうあった。

入口でバッヂを見せ、警察ですと名乗った。ブースの中でチケットを売っていたアルバイトらしき女性は、目の前にぶら下げられた記章をまじまじと見て、困ったような視線を真行寺に振り向けた。すこし中を見せていただいていいですか。なるべく丁寧な調子で真行寺は言った。

はあと言って女性は受話器を取り上げた。中に入れていいのかを確認するのだろう。この時、暗くて急な階段を岡持《おかもち》を提《さ》げて男がひとり下りてきた。藍染《あいぞめ》の作務衣《さむえ》にブルージーンズを穿《は》いてやはり藍色のバンダナを被《かぶ》り、白いエプロンをしめた四十代後半くらいの男は、真行寺の横から受付の女に、

「ダイゴです。お待たせしました」と声をかけた。

女は受話口をふさぐと、「あ、では中の厨房《ちゅうぼう》のスタッフに」とすみやかに反応した。男は、失礼しますと言って中へ入っていった。

「あ、いまダイゴさんが賄《まかな》いを届けに来てくれました。――はい。いえ、会計はそっちでお願いできますか？　それから、あの、なんか警察の方が見えて、中をご覧になりたいそうです。……………ええ、ホンモノみたいです。…………手帳じゃないんですが、バッヂは見せてもらいました」

女は受話器を置くと、鈍く低い調子で、どうぞと言った。


百席弱くらいの小さな会場はおよそ七分《ぶ》の入《い》りだった。もちろん客はすべてステージのほうを見つめているので対面しているわけではない。それでも、それぞれの客の肩先の近さは、歓迎できるものではなかった。

ステージ中央では、黒髪のロングヘアーの女が椅子に座って、黒いロングスカートの中で脚を組み、マイクを握って歌っている。ギターとベースに、ドラムではなく、座って股の間

の木箱を叩いて低音を作るカホンという打楽器とその横に立てられた高音を飾るシンバルからか成るパーカッション、が加わったトリオが伴奏を務めていた。

浅倉マリ、まだ歌っているのか。もう七十は超えているだろう、とまずは驚きと畏敬《いけい》の念に打たれた。ただ、感慨に耽っているわけにもいかない。会場後方の売店に歩み寄った。

「すみません、オーナーかマネージャーと話がしたいんですがね」

カウンターの向こうの若い男は、さきに中に入った作務衣姿のダイゴに支払いをしている最中だった。真行寺が声をかけると、面倒臭そうにちらとこちらを見た。

「この時間はどちらもいないんですよね。——刑事さんですか？」

そう訊いてくれたので、再度バッヂを見せる必要はなかった。

「都から自粛要請が出てるのは知ってますよね」

男は、ああそういうことかという顔つきになって、

「じゃあ、休憩時間にご本人と話していただけますか」と言った。

「ご本人というのは」

男はステージの浅倉マリを指さした。

「このセットはあとどのくらいやりますか」

「いま始まったばかりだから、あと五十分くらいかな。待つのなら、ワンドリンク注文してもらっていいですか。招待客でもドリンク代だけはいただいているので」

真行寺は五〇〇円玉を一枚カウンターに載せてコーラをもらった。

後方の空いている席にかけ、ステージを眺めた。浅倉マリは、脚を組んで椅子に座り、すこし前かがみになりながらマイクを握って、目を閉じてゆったりと身体を揺らし、つぶやくように歌っている。バックの三人の演奏は、ロックやフォークというよりもジャズミュージシャンが出す音のように思われた。

浅倉マリの名前は知っているものの、彼女の歌は、フォークでもロックでもなく、シャンソンのように真行寺の耳には聞こえ、これまできちんと聴く機会を持たなかった。

声量はない。エネルギーがありあまり、とにかく大きな音で、どこか遥か彼方《かなた》へと突き抜けていくようなサウンドに飢えていた若き日の真行寺は、浅倉マリの音楽に、どことなく時代遅れのアングラ演劇の匂いを嗅《か》ぎつけ、近づこうとしなかったのである。

けれど、奇妙な成り行きで、今日はじめてライブハウスの椅子に座って彼女の歌と向き合ってみれば、まずマイク乗りのいい彼女の声質に驚かされた。声量の乏しいハスキーな声ながらも、その歌はくっきりと会場の空間に浮かび、客席まで確実に届く。こういうのを説得力というのだろうな、と真行寺は感心した。

なんどか耳にしたことのある「カモメよ」や「夜明けまで」「それはスポットライトなんかじゃない」「ちっちゃいときからずっと」など、彼女の代表曲をあらためてジャズ風の新しいアレンジで聴かせてもらうと、浅倉マリの名が日本のロックポップス史に刻まれていることにべつだん不思議はないと感じられるのであった。

いまは小さなライブハウスで歌っている浅倉マリではあるが、やはり彼女は大物だった。

後続のアーティストに大きな影響を与えたということがひとつ。

また、彼女のレコーディングやライブに参加していたミュージシャンたちの多くが、その後ビッグになったということがやはり大きい。特に全盛期にバックを務め、いまや伝説として語り継がれている、さよならばんどのメンバーたちは全員いまも第一線で活躍している。

キーボードを弾いていた坂下龍一郎《さかしたりゅういちろう》は、映画音楽で国際的な知名度を獲得し、いまはニューヨークで作曲活動をおこなっている。その坂下が二年ほど前に帰国した折、浅倉マリから声をかけられ、東京のちっぽけなライブハウスで二曲ほど彼女の伴奏を務めたという話を聞いたことがあり、これは浅倉マリの大物ぶりを示す逸話として真行寺の記憶に刻み込まれた。

しかもそれを教えてくれたのは、まだ二十代前半の白石サランだった。ザラついた激しいロックを好むサランの口から浅倉マリの名前が出たことは意外だったが、実は父親が好きで、子供のころから彼女の歌は耳にしていたそうだ。

「では、このセットはこの曲で終わりにします」

そう前置きして、ステージの浅倉マリはまずはアカペラで歌いだした。曲は、古いアメリカのフォークバラードで、真行寺にもなじみ深い「朝日のあたる家」である。タイトルにある〝家〟というのは、娼館もしくは刑務所のことらしいが、ともかく寄る辺《よるべ》ない女もしくは男が最後にたどり着き、そこから抜け出せない身の哀れを嘆く場所である。

ロックファンの真行寺には、エリック・バードンの天に向かって絶唱するような歌唱が耳

にこびりついているのだが、目の前のステージから発せられる呪詛《じゅそ》に満ちた哀歌は、四つんばいになって這《は》いながらにじり寄ってくるようだ。

さすがだな。真行寺は唸った。だてに何十年も歌っているわけじゃない。歌に年輪が感じられるというのはこういうことを言うのだろう。バックの面々が歌に加わり、世界をさらに押し広げ、曲の最後をしめくくるバトンがギターに渡された。ギタリストは、十六小節の、ジャズっぽい渋みのあるコードワークの中に主旋律をそこはかとなく浮かび上がらせて、最後はくすんだようなアルペジオで曲を閉じた。その最後のつまびきが静寂の中に溶け込んだ瞬間、真行寺は拍手をしていた。さっきから無料で聴かせてもらって申し訳ない気持ちでいたものの、入場料を払ったらこの演奏会を容認する格好になるので、おとなしく座っていたのである。ただもう、こうして拍手なんかしてしまったら、元の木阿弥《もくあみ》、認めたようなものだ。

十八番《おはこ》を歌い終え、浅倉マリは、マイクを椅子の上に置くと、ステージを下りてきた。バーカウンターに入っている男が取り次いでくれるのかと思ったが、休憩になった途端に客がカウンターに押し寄せて、男は客に飲み物を出す対応に追われた。しかたがないので、真行寺は立ち上がった。

浅倉マリはほんのつかの間楽屋に引っ込んだが、すぐに煙草《たばこ》とライターを手にしてふたたび会場に姿を見せ、空いている席に腰かけて、一本咥《くわ》えた。ファンらしき中年男が近づいてCDにサインを求めた。浅倉マリは「あら嬉しい買ってくれたの、最近CD売れないのよ、

ありがとね」と言いながら、差し出されたサインペンを取った。

ファンが去ったあと、真行寺は近づいて、身分を明かした。

「ああ、警察か。早いわね、そのうち来るとは思ったけど」煙草の煙を吐き出しながら、浅倉マリは言った。

「ということは、私が一番乗りですか」

「ええ、ここ、昨日まで閉めていたのを私が開けさせたからさ」

「開けさせた？」

「ええ、オーナーとは古いつきあいだから。私がここで歌うのは大分前から決まっていたし、このメンバーだと、スケジュール変更も難しいからちょっと無理言って開けさせたの」

「じゃあ、自粛要請が出てるのはご存知なんですね」

「年寄り風邪のことなら」

「年寄り風邪？」

「私はそう呼んでるの」

そう言って煙草をくゆらせながら浅倉マリは人を呼ぶために手を挙げた。

年寄り風邪か……。そんな風に呼ばれると、全世界が戦々恐々としているこのウイルスへの感染も、気楽なもののように思えてくる。たしかに感染して重篤な状態になるのはほとんど高齢者だ。若者や中年は感染したことに気がつかないで、知らないうちに治癒している者もいるらしい。それに、なんだかんだ言っても、風邪にはちがいない。

「あなたいくつ」出し抜けに浅倉がそう訊いた。

「私ですか、五十過ぎですが」

「じゃあ、大丈夫よ。たとえ罹《かか》ったって寝てりゃ治るわよ」

「そう願いたいですね。けれど、浅倉さんはそういうわけにはいかないでしょう」

思わず口をついたが、女性に面と向かって年齢を意識させるような物言いはまずかったと反省した。この手の問題になるとやたらと敏感になる女の上司を持った小臣《しょうしん》の性《さが》である。

しかし、浅倉はそんなことは意に介さぬという風に紫煙を吐き出しながら、そうねえ、どうしようか、とつぶやいた後、

「まあ人間、死ぬときは死ぬでしょう」と言った。

そんな身も蓋《ふた》もないことを、と返答に困っている真行寺を尻目に、琥珀《こはく》色の酒精《アルコール》が入ったグラスを運んできた若い女にありがとうと礼を言い、どうだった、ちゃんと声出てたかな私、と尋ねた。

「ええ、いいバランスだったと思います」

答えたスタッフの顔を見て、真行寺は息を呑んだ。

「こんばんは」

唖然《あぜん》とする真行寺にサランのほうから挨拶があった。それでも二の句が継げずにいると、

「お知り合いなの」と浅倉マリが尋ねた。

「ええ、こちらうちの会社の顧問です」

紹介する白石サランのほうはいたって平気な様子である。

「あら、刑事じゃなかったの、あなた」

「刑事です」

「色々とお世話になっています」とサランが言った。

世話になっているのは浅倉か真行寺かをはっきりさせないまま、サランは、こちら真行寺弘道《ひろみち》さん、こちら浅倉マリさん、と双方に紹介した。

「それでマリさん、ダイゴさんから出前届いてますけど、いまのうちに食べちゃいますか」

「うーん、いまか。食べよかな」と浅倉はすこし考えてから、「いや、やっぱりよしとこう」と言った。それから、「みんなは適当に時間見つけて食べちゃっていいよ」とつけ足した。

わかりましたと答えてサランは退いた。

「いいわね、あの子」楽屋に入っていくサランを見送りながら、浅倉マリは言った。

「そうですね」真行寺にも異論はなかった。

そして、サランとの関係を尋ねようとした矢先に、

「池袋にはよく来るの？」と先に向こうから質問があった。

「ここのところ御無沙汰してます。学生のころはちょくちょく来てましたが」

「そう。このちかくにあるダイゴってラーメン屋さんは美味《おい》しいよ。こんど行ってあげて」

「出前取ってましたね。炒飯《チャーハン》がうまいんですか」

「そう。ラーメンもいけるんだけどね、やっぱり炒飯が絶品よ」

「浅倉さんが贔屓《ひいき》にしてるお店なら行ってみましょう」真行寺はとりあえずそう言った。

「いまも営業してるんですか」

「うん、頑張っている。いじめないでよ、いまはみんな大変な時期なんだから。まあ、よろしく刑事さん」

浅倉が真行寺のコーラのグラスに自分のウイスキーのグラスをカチンと当ててきた。

「でも、今日は刑事としてここに来たわけね」

「そうです」

「ということは？」

「その、都から自粛要請が出ていることはご存知なんですよね」

「だから知ってるってば」

「こういう場所は、感染源になりやすいわけです」

「かもしれないわね」

「だから、よしたほうがいいのでは、と」

「ご忠告ありがとう。それだけ言っておくわ」

真行寺は時計を見た。自粛を要請された時刻をかなり過ぎている。

「だけどさ」と煙草を揉み消しながら浅倉マリは言った。「お上《かみ》は自粛しろって言うだけで、はした金しかよこさないそうじゃない」

「はあ」

「それはよくないんじゃないかな。自粛してくださいってお願いしてるわけだから、誠意は見せないと。それに自粛するほうも、もらうものもらってから自粛すればいいんじゃないかって思うのよ」

「あ、いや、まあ、そうなんですが」

「でもまあ、私はやるけどね」

「そうなんですか」

「そりゃそうでしょ、私は歌い手なんだから、金をやるから黙ってろと言われて口を閉じてちゃ生きている価値がないってもんでしょ。特措法だかなんだか妙な法律振り回してるみたいだけど、憲法には表現の自由ってものが書かれてるんじゃないの」

「ええ、ただ表現の自由も大切ですが、なにせ、こういう状況ですので」

「こういう状況ってなによ。とにかく、はした金で自由を手放せってわけでしょ。そして言われたほうも、そうですねしょうがないですねと家に引っ込んで、自宅のソファーで歌ったものをネットに上げたりしてるんでしょ。ただもう私はお婆《ばあ》さんだからね、ネットとか配信とか、そんなややこしいのは御免《ごめん》こうむります。やっぱり、私は生身の人間の前で歌いたいんだよ」

「まあ、そうでしょうが」

「真行寺さん、あんたさっきから、まあ、とか、ああ、とかしか言わないけど、そんな半端な言葉で私を説得できるとでも思ったの？」

真行寺が苦戦していると、入口のほうで大声がした。オーナーを出せなどと怒鳴っている。客の視線が入口の扉に注がれる。カウンターの中の若い男も心配そうに首を伸ばしてはいるし、厨房の中の壁掛け電話も着信を知らせる赤いランプを点滅させているのだが、飲食カウンターのスタッフは、客の注文を捌《さば》くのに忙しく、動けないようだ。真行寺は腰を上げ、楽屋から出てきて入口に向かおうとしたサランを手で制した。

だいたいどのような種類の人間がそこにいるのかは想像がついていた。

防音扉を押して外に出ると、スーツを着た華奢《きゃしゃ》な男が券売用のブースの中に座る女に詰め寄っていた。こんな場所にスーツを着て現れるのは、刑事ぐらいだ。もっとも、男の髪は綺《き》麗《れい》に七三《しちさん》に分けられ、ポマードで撫《な》でつけられていて、長めの前髪がはらりと細い目にかかっている。どう見ても刑事には見えない。

「都からも要請が出ていることは知っていますよね」

いくぶん落ち着きを取り戻してはいたが、男の声には突っかかるようなとげとげしい調子が残っていた。

「この状況で、感染者が出たらどう責任を取るつもりなんだ」

「それは私に言われてもわかりませんので」

受話器を置いて、若い女は言った。

すると、どことなく猛禽類《もうきんるい》を思わせる顔立ちの男は、口をすぼめて唇を前に突き出し、

「バイト？」と言った。「バイトに訊いちゃかわいそうだな」

一重まぶたの細い目の男の口元に、形だけの笑いができた。

「では、こちらから伺わせていただきますよ。向こうからこちらに来てもらえないのであれば」

そう言って、出入口のほうに向かったとき、その進路を塞《ふさ》ぐように真行寺が立った。

「どちらへ」

「責任者と話をさせてもらいたい。あんたがそうか」

細い目をいっそう細めて男は言った。

「ここから先は有料になりますので」と真行寺は言った。

「なんだと、マスクくらいちゃんとしろ。感染したらどう責任を取るんだ」

「おっと、そうでした」

コーラを飲んだときに、顎《あご》の下まで引き下げたマスクはそのままだった。これは失礼。真行寺はマスクを装着すると、直立不動の姿勢をとって、男に向かい合った。しかしその時、しろと注意した彼自身がしていないことに気がついた。

「支配人か、あんたは」

「いえ」

「じゃあ、なんだ。まさかバイト？」

「どうもあなたのバイトという言葉には侮蔑的なものを感じますね」

「じゃあ非正規か、それとも契約社員か。とにかく、責任のない人間を問い詰めてもかわいそうだと思って言ってるんだ」

男の口は、決して低くはない鼻よりも前に突き出ていた。いつでも不平を並べる準備ができているぞというような口だった。ははあ、それで猛禽類のような印象を受けるんだな、と真行寺は得心した。

「こんなところは正社員なんかいないだろうな、全員そんなもんだ」

「なんだそんなものってのは」

真行寺の声が急に低くなったので、男の細い目がわずかに見開かれた。

「とにかく、支配人か、出演者本人に会って話したい。そこをどいてくれ」

面倒なので、ポケットからバッヂを出して突きつけた。男の顔がこわばる。相手が国家権力であると知ると大抵のものは怖《お》じ気《け》づく。そうと知ってさらに威勢がよくなる者もいるが、たいていは酔っ払いだ。一晩泊まってもらえば翌朝にはしゅんとしている。ただし、チンピラにはここぞとばかりに虚勢を張るのがいる。こういう手合いは一線を越えたところを見計らって、手錠をかけてしまうに限る。こういうことをくり返していると、中原中也《なかはらちゅうや》じゃないが、汚れっちまった悲しみに今日も小雪の降りかかるなんて気分になってくる。しかし、もうすぐ夏だ。そんな感傷は棚上げして、さっさと終わらせてしまおうと思った。ところが男は、一瞬ひるんだものの、態勢を立て直し、しつこく抵抗してきた。

「あんた、警察なんだったら、ちゃんと取り締まるべきでしょうが」

「ええ、いまお願いしているところです。しかし、強制はできませんので」

「そんなことはないだろう。安全配慮義務違反だぞ、これは」

「あなたはそれを云々《うんぬん》する立場にありません。客や従業員がそう言うのならわかりますが」

「ああ、従業員が納得してこんなところで働いて感染するのは自由だ。ただ、そいつがまた俺に感染《うつ》す可能性だってあるじゃないか」と男は言った。

真行寺はうんざりし、急にぞんざいな口調になった。

「誰かが誰かの加害者になったり被害者になったりする可能性は常にあるんだよ、例えばあんたが車に乗れば、誰かをひき殺す可能性はゼロじゃないわけだ、誰かにひき殺される可能性も同じだよ」

喋《しゃべ》りながら、こういうことを言ってはいけないんだよな、と思った。案の定、相手は驚き、そしてますます激高した。

「冗談だろ。あんたそれでも警察官かよ。一刻でも早くこの事態を収束させようと皆が努力してるんだぞ、なに寝呆《ねぼ》けたこと言ってんだ」

それは否定できないと思ったので、黙っていた。いいですかあんた、お願いですからよく聞いてくださいよ、と男は急に下手《したて》に出るような口調になった。

「こんな状況、いつまでも続けられないんですよ。みなで協力し、一刻も早く収束させ、もとの暮らしに戻らなきゃならないんです。そのために、いまはつらいが皆が我慢しようって言ってるわけです。そんな時に、抜けがけみたいなことをされて、感染が広がり、一生懸命

に努力してる人間がもとの日常に戻れないなんてことがあってはならない。まったくもって自分勝手な行動だと思う」

　困ったな、と真行寺は思った。これはこれで筋が通っている。

「ほかのことなら勝手にしろと言いますよ。だけど、今回のような場合は、ひとりが抜けがけしただけで、すべてがオジャンになるんだ。教室の掃除なら、当番をサボるやつがいても、真面目なやつが割を食ってでもやれば、教室はきれいになるでしょう。けれど、この状況はちがう。せっかくもう少しで掃除が終わるってときに、サボっているやつが外からゴミを持ってきてぶちまけ、すべてを台無しにしてしまいかねないんですよ」

「なるほど。わかりました。じゃあその理屈を、当人に話してみましょう」

「私が話します。あなたは信用ならない」

「それは困りますね。とにかくあんたには自粛を要請するような権限はなにもないんだから」

　そう言って、男が強引に中に入ろうと前に出た矢先に、真行寺は身を寄せ進路を塞いだ。

「権限⁉　権限がなんだってんだ！　馬鹿野郎！」じれたように男は怒鳴った。「もう、もうこれ以上は無理なんだよ！」

　さっきまで理屈で踏み固めていた地表から感情のマグマがほとばしった。

「無理とは」

「お前なんかにわかってたまるか！　のうのうと税金で食ってるようなポリ公が！」

お馴染《なじ》みの悪口であるが、今日はいつもより応えた。それで、そろそろケリをつけてしまおうと思った。

「どけ!」

進路を塞いでいる真行寺の身体を回り込むようにして、男が先に進もうとしたところに、また身体を寄せた。

男の肩先が胸をどん、と打ち、真行寺は出入口の扉までよろよろとよろけて、後ろに転んだ。硬そうなリノリウムの床だったので、術科で教わった受け身を取った。

「公務執行妨害で逮捕する」

よっこらしょと立ち上がり、そう宣言した。そして、一一〇番してくださいとブースの中の女に言った。

おい! 公権力の横暴だぞこれは! ますます男はいきり立っている。その目の前に、掌を突き出した。もうよせという合図である。そして、尻のポケットから手錠を取り出して見せた。

「これ以上騒ぐとこいつをかけなきゃならなくなる。あんたの立場はますます悪くなるよ」

そう言うと、男はおとなしくなった。狙い通りの効果はあったが、ちょっとやりすぎたかなと後悔が胸をよぎった。

男は、あんたらに俺の気持ちがわかってたまるか、とにかくこんなことしてちゃ駄目なんだ、警察は無能だ、税金泥棒め、などと口をとがらせながら言い続けた。そのくらいの不平

不満は言わせてやろうと思い、放っておいた。

近くの交番から制服警官がやってきた。できたら署まで来てくれませんかと言われたが、取り調べはまかせますと言って残った。

中に戻り、次のステージを観た。このセットでは、ギタリストはエレクトリックギターを肩から提げて立ち、カホンを叩いていたパーカッショニストは、バスドラとスネアとフロアタムだけの小さなドラムセットに座った。どの曲も、すこしばかりリズムが激しくなり、ロックぽくなっていた。自粛への説得の続きのために居残ったつもりが、またもやついつい聴き惚《ほ》れてしまった。本当はカウンターでビールの一杯も買ってきて飲みたかったが、自制した。

アンコールに呼ばれてステージに出てきた浅倉マリは最後にもう一度「朝日のあたる家」を歌った。こんどはエレキギター・ドラム・ベースという最小編成のロックバンドをバックに、やはりシャウトすることなく、じくじくと呪詛の言葉を紡いだ。声はマイクによく乗って、歌詞は明瞭に聞《と》こえた。真行寺はためらうことなく拍手した。

客席に明かりが灯《とも》り、客出し用のボサノヴァがＢＧＭとして流れはじめた。立ち上がった客がぞろぞろと出入口に向かう。

真行寺は一度トイレに立ってから、場内で浅倉マリを待ち受けた。もういちど話さなくては。今回はこれでしかたがないとしても、先程の口ぶりだと、ライブ活動を自粛するつもりはさらさらないようなので、説得しておく必要があると思った。

ところが、待ち人は現れない。出入口は一ヶ所なのにおかしいな、と思って座っていると、飲食カウンターに入っていた若い男がやってきて、退場を乞われた。浅倉マリさんと話したいのですがと言うと、すでにここを出たという。白石サランはと訊くと、彼女も一緒だそうだ。トイレに立ったのが仇《あだ》となった。しかし、こんなにさっさと帰る出演者も珍しい。こういうライブの後ろは、共演者やスタッフは店に残って軽食をつまみながら一杯やるのがこの業界のお極まりなのに、と学生時代にプロ一歩手前までいったことのある真行寺は首をひねった。しかしそんなことを、目の前の男に言ってもしょうがない。真行寺は諦めて帰ることにした。

案の定、翌日はこっぴどく叱られた。

——自粛を説得するために行ったんだろ、なにやってんだよ。

池袋署の岩田警部補は苦り切っていた。まあ、そうですが、ああいうのがしゃしゃり出るのもまたちがうでしょう、と釈明したが、当然それでは収まらない。

——ビデオに映っているお前の言動はかなり問題だぞ、YouTube なんかにあげられたらそれこそ面倒じゃないか。

「なんでビデオなんかあるんですか」

——取り調べで本人が言ったんだよ。自分はなにも悪いことはしていない。ライブハウスの入口に防犯カメラがあるはずだから、それを調べてみてくれって。

うかつだった。

――ありゃあどう見ても転び公妨だ。

突き飛ばされたふりなどして、公務執行妨害罪や傷害罪などを口実に別件逮捕することをこう呼ぶ。警官の職権乱用を非難するときに引き合いに出される、あまり褒められたものではないこの手口を、真行寺が使ったことはたしかだった。

「結構強く突き飛ばされましたよ」

――いやあ、映像見る限り、あれはかなりビミョーだ。

「逆に、あのまま中に入られて、騒がれたりしたら面倒でしょう」

――それはそうだが、感染と交通事故を混同するような物言いはまずいぞ。

「どこが……」

――どこがって……。お前の意見をそのまま延長すると、自粛なんか必要ないというふうに受け取れるじゃないか。

真行寺は弱った。確かに彼はそう思っているのだ。

――いまは、県外ナンバーの車が罵声《ばせい》を浴びせられるようなご時世なんだぞ。

「え、どうしてですか」

――なに言ってんだ、都道府県をまたぐ移動も控えるように要請してるからだろ。

そんな要請しなきゃいいんだよ、という言葉を真行寺は飲み込んだ。

――お前はこの状況の切迫度を理解していない。例えば、長野県の自宅に停めてあった車に

〝来るな！〟とか落書きされたりしてるんだ。

「なんでまた」

――わかんないのか。その車が品川《しながわ》ナンバーだったからだよ。

真行寺は呆れた。

「ははあ。だったら〝車庫飛ばしはやめろ〟と落書きするべきでしたね」

――笑ってんじゃないよ。つまり社会の空気はいまそうなっているんだ。

それはたいそう嫌な社会である。

――とにかくややこしい能書き垂れないで、自粛をお願いしますの一辺倒で押してくれ。

以後は気をつけます。とりあえずそう言った。

「むこうはカンカンですか？」

――いや、署に来たときには落ち着いていたよ。というか、ずいぶん落ち込んでたな。

「いったいどういう人なんですか、彼は」

――なに、ごく普通のおっさんだよ。

「てことは会社員ですか」

――いや、中華料理店の経営者だ。もっともチェーンじゃなくて一店舗を自分でやってる。

いわば街の中華屋のおやじさんだよ。

へえ。まったくそんな風には見えなかったので意外だった。スーツを着て、ポマードを塗って髪を撫でつけてたほうが、抗議に威厳が備わるとでも思ったのだろうか。

「しかし飲食店ならいまは結構大変な時期ですね」

――そうなんだ、とにかく早く収束してもらいたい一心で、ああいうことに及んだんだと言い訳してたよ。あと一歩のところでまた感染が拡大して自粛期間が延びると死活問題だからと。まあそりゃそうだろうな。

たしかに、この自粛で大きなダメージを受けているのは、観光と飲食業界や中小のサービス業である。焦る気持ちもわかる。

「そういえば、もうそろそろ収束ですよね。昨日の都内の感染者は？」

――二十三人だ。下手なことをしなきゃ、もうすぐ通常運転に戻せるだろう。もっとも、この後に第二波第三波があるって話だけどな。

「その人はどこで店出してるんですか」

――池袋。あのライブハウスの近所だよ。鳥海慎治《とりうみしんじ》。四十三歳。ラーメン屋の名前は香味亭《こうみてい》。一般社団法人日本拉麺《ラーメン》協会池袋支部長だそうだ。

「なんですか、それは」

――池袋界隈《かいわい》でラーメン屋を営んでいる店主たちからなる町内会の会長みたいなものらしい。なるほど。だからそれなりに理屈っぽく、いくぶん高圧的だったのか。

――この香味亭。食べログではかなりの高得点だ。こんど行ってみよう。

「え、店はやってるんですか」

――いや、閉めてる。経営はかなり苦しくて、このままだとたたまざるを得ない、とぼやい

ていたそうだ。たとえ自粛が解除されても、客が戻ってくるかどうか不安だとこぼしてたよ。

「そんなこと言ってたんですか。ライブハウスで接したときとはずいぶん印象がちがいますね」

――無理して自粛警察みたいに振る舞っていたのかもしれないな。署に来たときには、ずいぶん気落ちしている様子だったぜ。

まいったな。もうちょっとじっくり話を聞いてやればよかった、と真行寺は後悔した。

――実は奥さんが感染者なんだそうだ。いまは赤羽《あかばね》のビジネスホテルに隔離されている。

予想外の一語に真行寺はまた驚いた。ということは店は自粛して閉めたのではなく、閉めざるを得なかったというわけか。

――まあ、そうだな。法的にはそのまま経営できないこともないらしいが、奥さんも店に出ていたから、保健所に消毒液を散布されちまったらしい。それを近所に見られた手前、しばらくは閉めざるを得ないんだろう。となると頼みの綱は、協力金や給付金なんだが、これがなかなか入金してもらえないって嘆いてたよ。

「だとしたら、もう一点気になる点があるんですが。奥さんが感染者だとすると、鳥海は感染者と濃厚接触していることになりますよね。鳥海は感染者じゃないんですか。PCR検査は受けてるんですかね」

――そうだな、そこは気になるな。ちょっと待て。調書を読んでみる。

PCR検査は、検査できる人間の人的資源も検査装置も足りず、めったなことではおこな

われていないのが実状だ。それらしき症状を訴えてもなかなか受検できないという苦情も出ている。鳥海は検査を受けているのだろうか。

自粛を要請しに来て、さらには真行寺のマスクのつけ方にまで難癖をつけたが、自身はしていなかったことも気になった。なぜ鳥海はマスクをつけていなかったのだろう。ふと真行寺は少し前のニュースを思い出した。

三月の上旬だったろうか、感染していると自覚しながら、「ウイルスをばらまく」と言ってフィリピンパブを訪れた男がホステスの肩を抱いてカラオケを熱唱し、従業員を感染させ、自分はまもなく死亡した。

男はいったいなにを思っていたのか。

なぜ俺なんだ、ではなかったか？

いくら閉じこもれと言われても、人は人と交わらなければ生きていけない。だから、限界はある。ひょっとしたら交わらなくても生きられる社会、最近よく耳にするようになった〝アフター・コロナ〟だの〝ウィズ・コロナ〟なんて社会がこれから出来上がっていくのかもしれないが、それはまだ先の話だ。

だから人は街に出て、満員電車に乗り、人と会う。

そして、人は感染するかもしれないし、しないかもしれない。

男は感染した。なぜ俺で、お前じゃないんだ。そう男は思いつつ死んだ。

男の不幸は、確率に捕らえられた結果だ。もっと砕いて言えばたまたまやられた。

そして、ウイルスをばらまきにフィリピンパブを訪れた男は、この店の従業員を道連れにするつもりだっただろうが、しかし、感染したのは、男を接待したホステスではなく、接触を持たなかった女だった。これもたまたまだ。

人はいつも、死ぬかもしれないいし死なないかもしれないという確率の中を生きている。浅倉マリの言葉を借りれば「人は死ぬときは死ぬ」だ。これは不条理である。その不条理に直面したとき、なぜ俺で、お前じゃないんだと思ってしまうのは人情としてはわかる。だから、鳥海もそう思った可能性はある。ということは、自粛警察は表向きで、真意は感染拡大にあったと疑う必要もあるのでは……。――おい聞いてんのか。岩田警部補の声が聞こえて真行寺ははっとした。

――PCR検査は受けているよ。陰性だ。

思わずため息が漏れた。そうか。思い過ごしだったか、と真行寺は安堵《あんど》した。

――とにかく、こういうことでは困るんだ。ちょっとは反省してくれ。

いったん流れを変えた岩田警部補とのやりとりは、勤務態度についての説教に戻った。

「はい。で、なにが困るんでしたっけ」

――馬鹿野郎。お前がやってることは、捜査にかこつけてライブハウスでサボって、自粛を要請しに来た善良なる市民を署に連行したようなものだろ。ちょっとは反省しろよ。

さすがにこれは頭にきた。

「じゃあ、ちゃんと自粛しましょうか」

——え、なに言ってんだ、お前。

「いや実は今日はどうも風邪っぽいんで、休ませてもらいます」

岩田警部補は黙り込んだ。ちょっとの風邪がなんだ、人手が足りないから出てこい、働いてりゃ治るだろ、などとはいまは絶対に言えない。わかったよ、自宅でじっくり反省してろ馬鹿。不機嫌極まりない声のあとに、ツーツーという話中音が残された。

真行寺はふてくされた。とにかく自粛を求めるパトロールなんてのはもうごめんだ。しかも、徹夜明けで帰宅し、ベッドに潜り込んだと思ったら、寝入りっぱなを起こされ、くだらない説教を食らう。ただ、ああすればよかったと反省しないわけでもなく、忸怩《じくじ》たる思いもわだかまっている。寝直そうと思って枕に顔を押しつけていたが、眠れない。布団をはいで起き上がり、自室を出た。

キッチンに行くと流しに洗い物が溜《た》まっている。なるべくすぐに洗えといくら言っても洗わない。言わないとさらにサボる。

森園の部屋をノックしてノブを回したら、こちらに背中を向け、一心不乱に音をいじくっていた。真行寺は、そおっとヘッドフォンに手をかけてそいつをはずし、森園の肩にポンと手を載せると、驚いて振り返った顔に向かって、

「飯は食ったのか」とできるだけにこやかな面相《めんそう》を作ってひとこと浴びせた。

森園は目を丸くした。いちおう平日は昼飯は作らないでいいことにしてあるからだ。朝方に戻りすぐ寝たんで、朝飯もパスした。

「あ、今日は休みですか」

「そうなんだ。休みにしたんだ。腹が減ったな。なにかできるか?」

森園はまごまごしている。総じて家事は駄目だが、特に料理は苦手で、サランにしょっちゆう助けを求めている。

「作りたくないなら弁当を買ってきてもいいぞ、駅前の食堂はいまなら仕出し弁当を出してるだろ」

外出自粛要請の煽りを受けて外食産業は大打撃を受け、この窮地をなんとか凌《しの》ごうと、ほとんどの店舗がメニューを持ち帰りの弁当にして出している。

森園の顔はますます曇った。弁当ふたつ買いに行くにも、丘の上に建つこの家からでは、自転車で長い坂を下って、帰りは急坂をおっちらおっちら登って来なければならない。口元が不安げにまごまご動いているが声が出ない。なんだよ、若いんだからちょっとは身体動かせよと思いつつも、

「それとも出前でも取るか」と妥協案を出してやった。

居候はふーっと安堵の息を吐いて、

「カツ丼食べたくないですか」と言った。

こいつが「なになに食べたくないですか」と言うときは、自分が食いたいときと相場が決まっている。料理は駄目だが食い意地は人一倍張っているから、虫のいいことばかり言う。けれど、この日は、反対する気も起こらなかったので、そうするかと真行寺は応じた。

「そういえば、ゆうべ意外なところでサランに会ったぞ」丼《どんぶり》に載った蓋を取りながら真行寺が言った。

「池袋の〝地下室〟ですよね、聞きました」

「お前に見切りをつけて、浅倉マリのマネージャーになったみたいだな」

軽い嫌みだったが、相手もこの手の売り言葉には慣れているので、なんか可愛がってもらっているようですよ、と受け流した。

「可愛がってもらっているってのはどんな風に？」と真行寺は訊いた。

「いまはほら、皆ライブができなくて困ってるでしょう」

ああ、そうだな。真行寺はうなずいてカツを頬張った。

「でも、いつになったらできるようになるのかもよくわからないじゃないですか。やれるようになったころにはライブハウスなんてどこもかしこも潰れてるってこともあるわけで。ひょっとしたらずっとできないんじゃないか、そんなことを心配して、相談に行ったみたいです」

「だけど、あの人に相談したってどうにもならんだろ」

「そうなんですか」

「たしかにベテランではあるけれど、あの人の全盛期はとうに過ぎて、いまは小さなライブハウスで歌ってるんだ。固定ファンに支えられて、いまもなんとかやってはいるが、若い連

中の面倒なんか見れっこないさ。だいたい、お前とは音楽性だってて**ん**で**ち**が**う**じゃないか」

　そう言うと、まあそうなんですけどね、と言って森園はいちど黙り、この店わりとうまいですね、また頼みましょうよ、などと言った。こいつは答えに窮すると、すぐに話題を変えたがる。しかし、真行寺は追及の手を緩めなかった。

「知らないのか、お前は」

「……なにをです」

「サランがなぜ浅倉マリのところに行ったのか、具体的にはなにを相談したんだ」

　森園は黙って、丼の縁《ふち》に口を付けて飯をかき込んでいる。

「あの人、確かに名は知れているが、金はそんなになさそうだぞ」真行寺はなおも言った。

　森園は口にした飯を麦茶で流し込むと、ようやく口を開いた。

「もともと好きなんですよね、サランは。死んだ親父《おやじ》さんの影響で」

　みたいだな、とうなずいたものの、森園の返答はまともな答えにはなっていない。

「あまり焦るなと言ってやれよ」と真行寺は言った。

　サランは、すこしまとまった金を手にしたときに、遅れてすみませんと数ヶ月分の家賃を入れてきたことがある。ワルキューレをここに登記しているだけでなく、森園の音楽活動がやりやすいようにと家にも手を加えてもらっているので、と言って。なんとか利益を出せないかとサランが心を砕いていることはまちがいない。しかし、ここで焦ってし損じるとその

ダメージはでかいぞ、と真行寺はそちらのほうを心配した。

「家賃のことなんかしばらく忘れていいよ」

「言っときます」

「お前はいまなにやってるんだ」

「曲作ってます。サランに新曲を書けって言われてるので」

「レコーディングでもするのか。まあ、お前はほぼ毎日なんか録音してるけど」

「いや、ライブに備えてろって言うんです。だから佐久間らにも来てもらったんですよ」

ライブに備えて――？　本気なのか。そいつはまずいぞと真行寺は思った。


飯を食ったあとに、テレビをつけたら、例によってどの局も新型コロナウイルスの話題で持ちきりだった。その中に、自粛に従わない店舗などを探し出して、場合によっては店先に貼り紙をしたりする自警団、いわゆる〝自粛警察〟が現れたという報道があった。これはまるで、昨日のあれじゃないかと思っていると、画面が切り替わり、ライブハウス「地下室」の受付が現れて、昨日の自分と鳥海とのやりとりが流れた。

映像のアングルから判断するに、天井にぶら下げられた防犯カメラの映像らしかった。

幸い、テレビ局の配慮で、ふたりの顔には処理が施されて、人相はわからないようにされていた。鳥海の名前も匿名である。

報道は、自粛要請にもかかわらず営業していたライブハウスに、自粛警察が現れ、本物の

警察と一問着《ひともんちゃく》ありましたと伝えていた。岩田警部補に注意された〝転び公妨〟についてはは言及されていない。真行寺は「助かった」と思うと同時に、「しろよ」とも思った。

ライブハウスのキャパとか立地とかどうでもいいことを逐一伝えていたが、番組の趣旨は、自粛警察はそれはそれで問題ではあるものの、こんな時にライブをおこなうというのはいかがなものか、という浅倉マリへの注意勧告の色合いが強かった。

覚醒剤を所持して逮捕されたわけではなく、脱税を摘発されてもいないし、不倫でスクープされたわけでもない。たしかに行政側の要請には従ってないが、法を犯してはいないのだ。しかし、レポーターや、コメンテーターの口ぶりには糾弾の調子があった。

さらにライブをおこなっていたのが、アマチュアバンドなどではなく、一応名の知れたアーティストなので、浅倉マリの若い頃の顔写真や代表曲、さらには YouTube から引っ張り出してきた映像なども流された。そしてキャスターはこう言った。

「それではここで浅倉マリさんにすこしお話を伺ってみます。浅倉さん」

耳を疑った。わざわざこんな取材に応じて、餌食《えじき》になる必要はないじゃないか。

画面が切り替わって、現れたのは、ライブハウス地下室の客席に座っている浅倉だった。先日と同じように、テーブルに肘《ひじ》をつき、その手の指先には煙草が挟まれている。

——どうも、浅倉です。

パソコンのアプリをつかった通信にしてはやけに綺麗な音声だなと思ったら、浅倉マリの頭上には、コンデンサーマイクがぶら下がり、スタジオでよく使うヘッドフォンを被ってい

た。ミュージシャンだけあって通信の音質にも気を遣っているのだな、と変なところに感心した。

「昨日は、そこでライブをやられたんですか」とキャスターが声をかけた。

――そうよ。そのあと打ち合わせに行ってね。昨夜はよく働いた。だからまだ眠いの。

「浅倉さんは、いま全国に自粛要請が出ていることはご存知なんですよね」

――なんかそんなこと言ってるわね。

「では、承知でやられていると」

――だから、自粛っていうのがよくわからないのよ、私は。

「と言いますと？」

――自粛ってのは自分から進んで止《よ》すことよね。辞書で引くとそう書いてある。自分で勝手にやめたんだからはした金でガマンしなって、理屈をすり替えてお上《かみ》はそう言うわけだ。でも、そんなやり口、私には通用しないわよ。

「……仰《おっしゃ》ることもわかるんですが。とにかくいまは非常時なので」

――だから、どこが非常時だっていうのよ？

「ですから、ライブハウスのような密集した空間ができてしまうと、そこが感染源となって、多くの人に感染させてしまう恐れがあるんですよ……」

――ああ、それについては、さっきビデオが流れてたけど、うちに来た刑事さんがいいこと言ってたわね。車を運転したって、加害者になる可能性はあるんだって……。つまりね、人

間いくらきれいに生きようとしたってどこかで誰かを傷つける可能性はあるわけよ。

　褒めてくれているのだろうが、たいへん迷惑である。

――私の歌にしても、聴いて励まされたり、慰められる人もいるけど、傷つく人だっている。それはしょうがない。そのくらいの覚悟がないとやってられないわよ、こういう商売は。

　それはそうだろう。しかし、キャスターはぽかんとしている。

――それに私、仲間やファンと交わってそこから感染《うつ》されて死ぬんだとしたら、それは本望だと思ってる。

　まずいな。こういう発言は視聴者の怒りを駆り立てるだけだ。案の定、スタジオの面々は苦笑している。

――だいたい、非常時だなんて私はちっとも思ってないもの。やたらと難しい名前がついてるけど、しょせんは風邪でしょう。

「いや、現にそれで人は死んでいるわけですから」

　ついにキャスターは伝家の宝刀を抜いた。先日新型ウイルスでなくなった志村けんを話題に持ち出したのである。しかし、それでも浅倉マリは平然としていた。

――あの人はもともと肺を病んでたわけでしょ。それにもう七十超えてたし。だから私はこれは年寄り風邪だって呼んでるわけ。

　年寄り風邪。きょとんとしてキャスターはくり返した。

――だって死ぬのはたいてい爺《じい》さん婆さんなんでしょ。

「いやいや、甘く見るのはまずいですよ。若い人もこないだ亡くなってますし」
――そんな例外を持ち出して大声張り上げるのは止してちょうだいな。ちゃんと数字を見てみなさい。死ぬのはたいてい年寄りです。一目瞭然でしょ。だから、若い人はどんどん街に出ればいいし、死にたくない年寄りは巣ごもりして、なるべく人に会わないようにするってことでいいんじゃない。私みたいにそういうのは嫌だと思う偏屈な老人は外に出て、感染したらこれは寿命だと思って死ねばいい。それだけの話よ。

いや、それはまた極端な意見を、とキャスターが苦笑すると、浅倉マリはなに言ってんの、こんな風邪で引きこもってろっていうのがむしろ極端な意見なのよ、と返して泰然としていた。

――あのね、人は死ぬときは死ぬのよ。どう抵抗したって、いくら医術が発達したって、人は生まれて、生きて、死ぬってことから逃れられない。その切なさから歌が生まれるんだと私は思っているわけ。

キャスターは苦笑するばかりである。浅倉の死生観や歌い手の筋目などどうでもよく、まずいのをテレビに出してしまったと焦っている様子だった。

「では最後にお伺いしますが、ということは浅倉さんは今後もこのような活動を続けられるわけでしょうか」

そうです、という答えを期待しているのだ。そうすれば番組はなかなかセンセーショナルなものになり、こんな変人をテレビに出した甲斐もあるってもんだ。そして、浅倉はその期

待に応えた。しかも、盛大に。

――ええ、近いうちに、若い連中も誘って、もうちょっと大きなコンサートをどこかでやろうって計画しているの。

驚いたキャスターは、思わず尋ねる。

「それは、どちらで？」

――それはまだ言えないわよ。昨日みたいに妨害されると困るからね。私、ちょっと前に肺《はい》癌《がん》やっちゃってさ、最近は思ったように歌えないことも多くなってきてるから、ここらで一花咲かせたら引退しようと思ってる。長いこと頑張ってきたんだもの、引退公演ぐらいやらせてよ。

そして、最後に浅倉はこう言った。

――さっきも言ったけど、人間、死ぬときは死ぬわけよ。死ぬかもしれないし死なないかもしれないけども、死ぬときは死ぬ。人間は神様じゃないんだからなにもかもコントロールできるわけじゃない。死なないことを祈りながらそれぞれ頑張っていくしかないのよね。それが私にとっては歌なんだな。

テレビを消したあと、森園を呼んで、浅倉マリの引退コンサートのことでなにかサランから聞いてるかと尋ねたが、森園は首を振った。

「サランは次はいつここに来るんだ」

そう訊いても森園は首をかしげているだけだ。役に立たない野郎だなと思いながら、コー

ヒーを淹《い》れるように言いつけて、放免した。

はて。大規模なコンサートってのはどの程度なんだろう。いまは小さなライブハウスで歌っているが、引退公演ともなれば千人程度は収容できる場所でやりたいだろう。しかしそんな会場《ハコ》を押さえる力が、いまの浅倉にあるのだろうか。もちろんサランにもない。それに、この時期に、そんな大人数を集めてライブをやって感染者ゼロという首尾はさすがに期待できないだろう。このウイルスの毒性は、さほど強烈ではないが、感染力はやたらと強いらしい。感染者を大量に出したら、それで人が死のうが死ぬまいが、数字だけが独り歩きし、いっせいに世間は浅倉を叩く。そうなるとサランも無傷ではいられまい。

「連絡取ってみましょうか、サランに」

台所から森園の声がした。

「そうだな、ちょっと話があると言っといてくれ」

翌日は、家でゴロゴロしながら、ソファーに寝転んで古いロックを聴きながら軽い本を読んで過ごした。実に快適で、このままずっと家にこもっていろと言われても文句はない。その一方で、どこか気が咎めていた。働きたくても働けない人たちのことが気になり、いつものずる休みとは心持ちがちがった。

ふと思いたち、CDを収めた棚の前に立って、浅倉マリを探してみた。やはり見当たらなかった。所持しているCDやレコードが六千枚を超えるあたりから、持ってるつもりのもの

が持っていなかったり、持っていないと思って購入したら、棚にすでに並んでいたりするということが起きる。ひどい場合には、棚に収めようとしたらすでに同じものが二枚以上並んでいることもあるから油断ならない。どうやら浅倉マリについては、盤を購入するほどまでには、気が乗らなかったようだ。

森園の部屋に行って、お前は持っていないのかと訊いたら、オーディオファイルならありますよ、と言った。サランが持っていたCDからデータを引っぺがして保存したものだと言う。ひょっとしたらこれは違法行為なのではと思ったが、聴かせろと言って、リビングのハードディスクにコピーさせた。

森園は自分のパソコンを操作して、線がつながっていないはずのハードディスクにオーディオファイルを移動させた。そんなことができるのかと真行寺は驚いた。森園が言うには、少し前に、自分の部屋のパソコンとリビングのオーディオシステムとをネットワークでつないで、部屋で作ったオーディオファイルをすぐリビングのシステムで聴けるようにしたらしい。そんなに便利になったのなら、俺に知らせろよ、と脇腹を小突くと、痛いと身をよじった。俺の部屋のパソコンも同じようにしてくれと言ったら、もうしてありますよ、と意外な返事があった。ありがたかったが、勝手に俺のパソコンいじるんじゃない、とやはり小突いた。森園がまた、痛いですよと身をよじるのが面白かった。

リビングでコーヒーを飲みながら、浅倉マリの歌をあれこれ聴いていると、ウトウトしてきた。暗鬱《あんうつ》な歌が、まどろむ夢を蒼暗《あおぐら》く染めた。仮睡《かすい》の中、古い映画の疑似夜景《ぎじやけい》のような暗

い丘の上に立って、「朝日のあたる家」を聴いていた。

目が覚めると、ワイドショー番組での浅倉マリの発言がやはり気になりだした。しかし、仮病を使って休んでいる身分としては、下手に動くわけにもいかない。

なんとなくウズウズしながら翌日もロックを聴きながら、世間に歩調を合わせて蟄居《ちっきょ》していた。もっとも、世の中の大半は家にいながらも、通信ネットワークを通じて商談したり会議に参加したりしている。こうしてソファーに寝転んでいる者はあまりいないだろうが……。

週が明けての火曜日、ジョニ・ミッチェルの「ソング・トゥー・ア・シーガル」を聴いているときだった。あてどなくたゆたうような複雑なコード進行で奏でられるアコースティック・ギターのアルペジオとハイトーンの歌声に突如、電子音が混入した。

まどろみから現実に引き戻された真行寺は、アンプのボリュームを絞ると、スマホを取った。

――お風邪をお召しになられたそうで。

水野玲子は涼やかに言った。

こちらの仮病を見透かした邪揄《やゆ》である。はい、とだけ真行寺は返答した。池袋署から連絡が行ったのか、テレビ番組を見た水野がこれはいけないと思って署に問い合わせたのか、そのへんはよくわからない。

――〝病は気から〟の類いではなくて？

「かもしれません」

――じゃあ、これから本庁に来られる？

「これからですか？」

――ええ、池袋署へ出張《でば》るのは今日付けで解除します。

署のほうが扱いに困るので戻したいと言ってきたのだろうか、と真行寺は疑った。それとも、いまから来いというのは緊急の用件があってのことか。

症状のほうはどうなの、と水野は言った。咳とか喉の痛みとかは？　真行寺は観念して、「ちょっと疲れが出ただけだったようです。ぐっすり寝たら完治しました」と返した。

――では、待ってます。

寝転んだまま、スマホをソファーの前のテーブルに戻して考えた。面倒を起こした上で反抗的な態度を取ったのだから、署のほうが、なんとかしてくれだの、使えないだのと本庁に苦情を持ち込んだ可能性はある。けれど、そうであったなら、まずはもうちょっと手厳しい訓示を食らうはずだ。いったいなんだろうと思いながら起き上がり、とりあえず自粛要請のパトロールから解放してもらったことはありがたく受け止めて、スーツに着替えた。

2　最悪のミッション

桜田門《さくらだもん》に着いた頃には、永くなりはじめた春の日も暮れていた。それでも、一課の部屋には、まだ刑事たちがそこかしこに残って事務仕事に精を出していた。入ってきた真行寺を認めて、お、時の人が出戻《でもど》ったぞ、と冷やかす声が上がった。

書類に目を通している水野課長の前に立ち、真行寺ですと声をかけると、机の横に置かれたパイプ椅子をボールペンで指した。

「いまはあちこちに防犯カメラがあるんだから、言動には注意してもらいたいな」

水野玲子はそう言いながら書類を伏せると、身体を少しひねって真行寺に向き直った。マスクをしているので口元は隠れている。もったいないという気持ちになったが口には出さない。こういう状況だと、口紅はしないのかなとも思ったが、もちろん黙っていた。マスクの内側からまた声がした。

「一般市民が自粛を促して自警団のような動きをしていることは知ってるよね」

もちろん、と真行寺は答えた。

「池袋で起こったやつはまだおとなしいほうだね」と水野は言った。

たしかに、もっと過激な行為に及ぶ連中もいる。店の看板を壊したり、窓ガラスを割ったり、誹謗《ひぼう》中傷の落書きや貼り紙をしたり……。

「それで、浅倉マリさんなんだけど」と水野は意外なところに話頭をむけた。「ああいう発言をテレビでしちゃうと、危ないと思う。完全に挑発する格好になっちゃったからね」

そうですね。とりあえず真行寺は同意した。ここから本格的に説教が始まるんだろうが、セットアップがいつもより長い。

「彼女のほうに脅迫が来てるんですか」

「それも含めて調べてもらいたいの」

「ということはまだ？」

まだよ、と水野は首を振った。

「ただ、ネットにはかなり剣呑《けんのん》な書き込みがある。殺すぞ、なんてのも含めて」

そうですか、と真行寺は言った。

「インターネットの風向きだって最近は無視できなくなってきてるから」

それは確かにそうだ。凶悪事件の発生後に、犯行をほのめかす書き込みなどがネットに残っていると、なぜもっと早期に犯罪を防止しなかったんだという非難が警察に寄せられるようになった。

「殺害予告まで出たとなるとこちらも動かざるを得ない。ここで浅倉マリの身になにかあったら、いろんな意味でまずい展開が予想されるから、そう判断してるみたい」

「みたい……みたいってどこが？」

「うん……っと、公安筋かな」

総じて公安部と刑事部は、折り合いがよろしくない。

「いいえ、この件では公安は出張《でば》らない。この任務は警視庁の刑事部が受け持つことになったから」

浅倉マリを自粛警察から守ることが任務と呼ぶほどの仕事なのだろうか。なんだか要領を得なかったので、そんなたいそうなものなんですか、と探りを入れた。

「そうね、重要だね、ある意味では」と水野は応えた。

「で、どうしてうちが受け持つことになったんですか？」

水野は手の中でおもちゃにしていたボールペンを持ち直すと、その尻を真行寺に向け、

「真行寺巡査長がいるから」と真顔で言った。

はあ。真行寺は気の抜けた声を発した。俺？　俺がどうしたって？

「どうやらあなたは浅倉マリに気に入られているみたい。もうちょっと詳しく言うと、〝警察官にしては〟って但し書きがつくけどね。それに、年齢からいってもああいう古いロック？　それともフォーク？　とにかくそういうものに詳しいわけでしょ。それならうまくマルタイに話を合わせられそうだってことになった」

「ことになったって……。ちょっと待ってください、課長はいったい公安の誰と話をしてるんですか」

「正確には公安じゃないけどね、公安畑ではある」

公安畑ではあるが公安ではない？

「いったいそれはどこなんです」と真行寺は訊かざるを得なかった。

「DASPA《ダスパ》だね」と水野はあっさり種明かしをした。

DASPAか。内閣府直轄でできたその新しい組織については風の噂《うわさ》で聞く程度にしか知らなかった。ただ、警察庁や警視庁からかなりそちらに流れ、その連中のほとんどが警備つまりは公安畑だそうだ。DASPAがいったいなにをやっているのかはよくわからない。正式名称は国家防衛安全保障会議というらしいので、流れていった連中の出処《でどころ》と併せて察するに、安全保障にまつわる活動だと思われる。だとしたら、DASPAが公安部でなく刑事部の水野と相談していること自体が不可解だ。真行寺は出し抜けに、

「吉良《きら》警視正ですか」と言った。

「いま彼はインテリジェンス班でサブチェアマンをやってる」と水野は認めた。

「出世ですか、そのポジションは」

「さあ、そこは微妙かな。知ってるんだってね」そう言って水野はふっと笑った。

知ってはいる。しかし、キャリア組の吉良大介《だいすけ》はいまや警視正、こちらは警察官僚組織の最底辺でくすぶっている巡査長だから、ふたりの間に気の置けない交流があったわけではない。ただ、吉良が署に勤めていた昔に一緒に働き、こいつとは馬が合うんじゃないかとは思った。新宿に住んでいるらしく、中央公園の芝生の上でヴァイオリンを弾いているところを見かけたこともある。そういえばその時、これから新しい部署に行くと言っていた。しかし、

国家の安全というでかい案件を扱っている人間が、なぜこんなちんけな話に首を突っ込んで、しかも俺なんかを使おうとしているのだろう。

そもそも、巡査長の俺になにを期待する？　話の流れから察するに、任務はどうせ浅倉マリの身辺警護だ。だったら公安がやるのが筋じゃないか。

「そうなんだけど、その先がある」真行寺の反論に水野は急に声をひそめた。

あるだろうな当然、と思いながら真行寺はうなずいた。

「浅倉マリに危害が加えられるようなことがあったら、自粛に対する反感が増大して、政府の言うことなんか聞くもんかという空気が醸成されるかもしれない。すると気が緩むどころの話じゃなくなって、感染爆発につながっちゃう危険がある」

そうかなあ、と真行寺は怪しんだ。

「それ、誰が言ってるんです」

「ＤＡＳＰＡだね。そうかもしれないくらいは私も思ってるけど。ちなみに巡査長はどう思う？」

「俺はむしろ、ほら見たことか、自粛しないからこんなことになるんだって空気が濃厚になる気がします。まあ、だからといって、浅倉マリに危害が及んでもいいってことにはなりませんが。ただ、だったら、それはやはり公安の仕事ですよ」

公安は事件が起こらないように動き、刑事は事後に動いて被疑者を捕捉する。だからこれは公安の管轄だ、というのが真行寺の言い分である。

「それに俺ひとりで浅倉マリに張りつけって言われても、それは無理ですよ」

「実は任務ってのは警護じゃない。むしろもう一歩踏み込んだものになる」

真行寺は首をひねった。巡査長、いいかな、と水野が真行寺の目の前でボールペンを振った。

「浅倉マリは自粛なんかしないと宣言した。反感を買うのはまちがいない。ただ、今回の自粛に不満な人たちは、まだそれを表だって言える空気ではないけれど、よくぞ言ってくれたと内心では思っている。補償もないまま自粛させられていることに不満を抱いている人たちは、あの放送を見て我が意を得たりと喜んでいるんじゃないかな」

「いや、俺もそう思いますよ」

「だよね。やっぱり吉良君の見立ては正しいんだよ」

警視正に対して君づけか。新宿の公園で吉良と交わした言葉の端《はし》から、水野と吉良が東大の先輩後輩であることを知ったが、ふたりは相当に親しいようである。

「どう正しいのですか、吉良警視正の見立ては？」

「あなたはどこかで浅倉マリと波長が合っている。そのことは浅倉マリの言葉にもチラチラ見え隠れしてる。そういうふうにＤＡＳＰＡのサブチェアマンは鑑定した。また彼女がやってるような音楽にも詳しい。これは私のほうから警視正に情報を渡しました」

それだけですか、と真行寺は確認のために先を促した。

「まだある。浅倉マリの助手らしき女性がいるんだけど。白石サラン、在日韓国人で本名は

白沙蘭《ペクサラン》。――知ってるわよね」

やはりか。公安が動いてるとしたら、そのくらいは調べ上げているだろうとは思ったが……。

「うちの居候のガールフレンドです」一応そう説明した。

「それだけじゃない。音楽制作事務所ワルキューレ代表。そして、この会社の所在地は真行寺さんの自宅だよね」

「登記上、住所を貸しているだけですが」

「いまはそのことを云々しようとしてるわけじゃない。つまり、よく知ってる間柄ではあるわけね、おふたりは」

「そうですね。だとしたらなんです？」

「そこで警護以上の任務が生まれるわけ」

「――だと思いながら聞いてましたが」

「あいかわらず、勘はいいね。コンサートの計画の詳細を探って欲しい」

やれやれ、やはりそうかと真行寺はげんなりした。

「そして、できれば思いとどまるように説得してもらいたい。もちろん恐喝にならないように」

「説得ってのは無理じゃないですか」

「難しいのはわかってる。ただ、この状況だとやるなとははっきり言えない」

「圧力はかけられるでしょう。公安は得意なんじゃないですか、そういうの」

「かけて欲しいの、圧力？　巡査長が可愛がっている子に、しかも公安から」

真行寺は黙った。

「公安がやめさせようと動けば、白石さんは絶対に傷つくわよ。しかも在日韓国人ときたら公安は妙な詮索をするかも知れない」

「妙な詮索ってのは」

「このコンサートの開催がある種の工作だって疑いをもって公安が動くってことも……」

「彼女は韓国籍ですよ、朝鮮籍ではなく」真行寺は呆れたふりをしてそう言った。

「公安は疑《うたぐ》り深いからね。父親は朝鮮籍のまま亡くなっているし、それに最近は韓国籍も油断ならないと公安は見てるよ」

馬鹿な、と吐き捨てたが、公安がそのような読みをする可能性はゼロでないことは、真行寺も知っていた。

「会ったことないけれど、個人的には、この年齢《とし》の女子が起業するのは見上げたもんだと思うし、応援だってしたいくらい。だから、ここは真行寺さんに一肌脱いでもらいたいわけ」

「ちょっと待ってください。そもそも水野課長自身は警視正のプランについてどう思ってるんですか」

「いろいろ考えた末にこのプランが選択された。私はそう思ってる。そして巡査長にもそう思って欲しいと思っている。——そんなところかな」

よくわからない理屈だ。そう思ったものの、自分に選択の余地などないこともわかっていた。

警視庁を出るとすぐに森園に電話を入れて、いまから帰ると伝えた。

はあ。真行寺が帰宅の時間をわざわざ電話して知らせるなんて滅多にないからだろう、森園は要領を得ない声を出した。

「それでなんか食いたいものはあるか。空いてる店があればだけどな。どうだ、鮨《すし》でも食うか」

そういうと相手の反応はますます鈍くなった。森園にこういう気遣いをしたことがないから不気味に思っているにちがいない。やがて、おずおずと森園が言った。

——いや、今日はカレー作ったんですよ。それも大量に。

くそ。いまに始まったことではないが、まったくもって間《ま》の悪いやつである。

「そうか、それは残念だな。ところで、サランから連絡あったか」

——ありました。

「今日は来ないのか」

——ええ、浅倉さんのところにいるそうです。

了解して切った。サランに直接電話をするのはどこか後ろめたく、ためらわれた。だから、森園から情報を仕入れようと飯で釣ろうとしたのに、こんな時に限ってカレーなんか作って

やがる。帰ったらいじめてやろうと思って、中央線に乗った。

「どうですか、なかなかうまくできたでしょう」と森園は言った。「マドラスの味に似てませんか？」

マドラスというのはインド人が赤羽に出していた店だ。森園はよくそこでタダ飯にありついていた。サランがバイトをしていたからである。店長はインド人で、店長が流す南インドの歌謡曲も森園は気に入って、サンプリングして自分の楽曲に取り入れたりしていた。

「店長、元気かなあ」と森園は言った。「名前なんて言ったっけ店長」

「アリバラサンだ」

その名前をひさしぶりに口にした真行寺は複雑な心持ちになった。そのインド人に対する共感、そして自分がしたことに対する罪悪感が入り混じった玉虫色の感情が胸中に渦巻いた。

「格闘技やってただけあっておっきかったなあ」と森園が言った。

「そうだな」と真行寺もうなずいた。

森園がもうすこし頭の冴《さ》えた男なら、え、真行寺さんって店長の名前知ってましたっけ、とか、店長に会ったことありましたか？　などと突っ込んでしかるべきなのだが、自分が興味のないことにはてんで注意を払わない森園は、店長はでかかった、アリバラサンでかかったとつぶやきながらおかわりのライスを皿に盛り付けていた。

アリバラサンは、その豪腕でなん人も殺《あや》めていた。そのことは森園には教えていない。

インド人がひとり荒川の河川敷で死体となって発見され、その事件を追って、真行寺は北海道のインド人の村を訪ね、さらに南インドのチェンナイまで飛び、アリバラサンと対座した。会ったのはその一度きりだ。その後アリバラサンがどうなったかは真行寺も知らない。

「ところで」と真行寺は言った。「浅倉マリはこのご時世にコンサートを企画しているらしいんだが、サランはこれに関わっているのか」

森園はスプーンを咥えながら首をかしげた。

「どうでしょう。いろんな人に紹介してもらってるとか言ってましたけど」

浅倉マリほどの長いキャリアがあれば、確かにいろんな業界人を知ってはいるだろう。

「例えば？」と真行寺は訊いた。

「例えば……、このあいだは五藤嗣春《ごとうつぐはる》が楽屋に顔を出したと言ってましたよ」

現在はプロデューサーとして第一線で活躍している五藤だが、彼もまた若い頃、浅倉マリの後ろでベースを弾いていた。坂下龍一郎もそうだが、いまやビッグネームとなったこういう連中に楽屋に表敬訪問されれば、そこに居合わせた駆け出しの業界人は舞い上がるだろう。

「ただ、サランの場合、そういうのはあんまり気にしないみたいですよ」森園が言った。

「そうでなければお前みたいなのとつきあわないものな」

そう言えばサランは以前、アメリカのフォークロック界のレジェンドの血を引く、けれど自身はてんで才能がなく、その血筋だけを鼻にかけているクズみたいな業界人に言い寄られても、まったく取り合わなかった。――そうなんですよ。森園の声がした。

「結局、自分が好きか嫌いかだけらしいです、あいつは」

「えらいな」と真行寺は言った。

好きとか嫌いとかそんな純粋な気持ちを貫いて生きていけるほど世の中は甘くない、などとは言わず、後悔したければするがいいという方針にいまは切り替えた。ただ、どうしても浮上できなかったり、転落などしたときには、なるたけ手を差し伸べてやるつもりでいる。

好きか嫌いかで判断すれば、サランは浅倉マリが好きなのだろう。しかしサランが浅倉マリに付き添っているのは、そのためだけではないはずだ。この新型ウイルスでエンターテイメント業界全体が活動停止を余儀なくされている。大物だろうが小物だろうが、全員が苦境に立たされていると言ってよい。そんな中で、浅倉マリは強行突破しようとしている。それは大物だからではなく、向こう見ずだからだ。その蛮勇にサランは賭《か》けようとしている。これは、押し付けられた今回の自分の任務を考えると、非常に厄介な事態である。

「あ、そうだ、サランから真行寺さんに伝言がありました」

なんだって、と真行寺は言った。

「家賃を振り込んだそうです」

「だっていまは収入ゼロだろう」

「浅倉さんからすこしもらったんですかね」

いや、と言って真行寺は昨日の池袋のライブハウスの模様を思い出した。客席にいたのは五十人くらいだろうか。入場料はたしか三千円だった。ということは売り上げは十五万円。

店の取り分が半分だとして、七万五千円がとりあえず浅倉のほうにいく。ここから、バンドマンにいくら払うんだろう。楽器を提げた連中は、機材の持ち込みなんかもあるのでおそらくはみな車で来ている。彼らにしてみたら、駐車料金やガソリン代なんかを考えると、ひとり一万五千円くらいはもらわないと割に合わない。だとしたら、浅倉の手元に残るのは三万円。

学生時代に軽音楽サークルに所属していた真行寺は、ここでさらに細かく電卓を叩いた。リハーサルはやったりしてないだろうか。昨日の演奏を見てるとぶっつけ本番のようには思えなかった。もししていたとしたら、スタジオ代とやはりその分の手当を払ってやらなければならない。そうしたらもう浅倉の手元にはほとんど残らず、下手をすれば赤字である。サランが浅倉マリからまともなギャランティを受け取っているとは思えない。

「そもそも俺は家賃の請求なんかしてないんだぞ。サランが少しでも入れたいと言うからもらっておいただけだ」

「そうですよね。そんな金があるなら俺にちょっと給料出してくれればいいのに」

「そりゃまた話は別だ。お前は新聞配達でもしろ」

そう言うと森園は、恨みがましいような、拗《す》ねたような笑いを口元に漂わせながらうつむいて、カレーと白飯を混ぜた。

「でも振り込んだそうです。遅くなってすみませんと言ってました」

なぜだ、素朴に考えて理由はひとつしかなかった。スポンサーを見つけたのだ。しかしそ

の推量を森園にぶつけても、こいつの反応から当否は判断できない。

あ、そうだ。食い終わり、カレーの皿を流しに下げた後、思い出したように、森園は言った。

「サランが真行寺さんに会いたがってました」

驚きつつ、黙って続きを待った。

「相談したいことがあるそうです」

真行寺はゆっくりと腕を伸ばすと、森園の脇腹を突いた。

「そういうことは早く言え」


通りにサランが立っていた。近づいて行って、わざわざ待っていてくれなくても、とねぎらうと、自分もちょうどいま着いたところで、少し手前で真行寺の姿が見えたから、と言った。それから、地下への下り口に備えつけられた郵便受けから、封書やはがきを取り出して抱えると、暗い階段を下りはじめた。

サランが、鍵を回してドアを開け、入ってすぐのところにあるスイッチをぱちんと押すと、先日来たばかりのライブハウスが空っぽの状態で照らし出された。

それからサランは、バーカウンターの上に郵便物を置いて、カウンターテーブルを撥《は》ね上げて厨房に入り、好きなところに座っててください、と真行寺に中から声をかけた。

普通ならどこかのカフェか喫茶店で落ち合うところだが、自粛要請の煽りを受けて、その

手の店の多くは閉まっている。どうしようかと相談したら、〝地下室〟にしましょう、とサランから提案があった。

「なに飲まれますか。コーヒーだとお湯沸かすのでちょっと時間かかりますけど」

サランはそう言ったあとで、でも浅倉さんはたぶんコーヒーだろうからいまのうちに淹れておこうかな、とつぶやいた。真行寺も、コーラやジンジャーエールを出されるよりもコーヒーのほうがありがたかった。そう伝えるとサランは、よしと気合いを入れるように言って、大きなコーヒーメーカーに水を満たしはじめた。

すると、ノックの音に続いてドアが開き、紺絣《こんがすり》の作務衣を着た男が現れて、ダイゴです、と名乗った。先日、ここに出前の炒飯を届けに来た男である。

あ、すみません。こちらですとサランは言って、皿を四枚重ねてカウンターに置いた。わざわざ洗っていただいてありがとうございます、と男は礼とともに受け取った。

「ダイゴさん、大丈夫ですかってマリさんも心配してましたよ」

「ありがとうございます。そりゃきついんですけど、ここはなんとか凌ぐしかないですね」

「頑張ってください。マリさんもまた食べに行くと言っていました」

「いや、ありがとうございます。当日はよろしくお願いします」

〝ダイゴ〟はそう言い残して出て行った。

「当日ってのは？」真行寺は豆をセットしているサランに声をかけた。

サランはこれにすぐには答えず、コーヒーマシンのボタンを押してから、

「このあいだはちゃんと話ができなくて……」とはぐらかすような返事をよこした。

「そうだな」と真行寺はとりあえず話を合わせることにした。「まあ、ああいうことになったんで」

ええ、とサランはうなずいた。そして、盆を持ってテーブルにやって来ると、縁《ふち》の分厚い陶器のカップを真行寺の前に置いてから、はす向かいに腰を下ろし、「さてと」と視線を上げてこちらを見据えてきた。

「浅倉マリさんが好きだということは聞いていたが、まさか一緒に仕事してるとは思わなかったよ」と真行寺が先に口を開いた。

「なんとなく、なりゆきで」とサランは言って自分のカップに口をつけた。

そのあたりはもう少し細かく聞きたいところだった。しかし、逆に向こうから質問があった。

「真行寺さんが、先日ここに来たのは、自粛を促すためなんですよね」

サランはそう言ったあとで、「職務上」と一言《ひとこと》つけ足した。

そうだな、と真行寺はうなずいた。

「でも、やめろとは言えないわけですよね」

「そうみたいだ」

「するとどうなります？」

「なにが」

「例えば、やめろとは言わずに、やめさせようとなにかする可能性ってありますか」

「どこが？」

サランは、さきほど取り出した郵便物の束の中から抜いたはがきを真行寺のほうに突き出した。赤い油性マーカーで『ヒトアツメルナ！　コロス！』と殴り書きされていた。住所はなく宛名は浅倉マリ。消印がないところをみると直接郵便受けに投げ込んでいったらしい。差出人はもちろん空欄だ。

しげしげと眺めているとサランの声が聞こえた。

「これはこれで困るんですけれども、こういうのとは別に、大きな組織が別な表現で自粛を強要してくる可能性はありませんか」

例えば警察が……、サランはそう言いたいのだろう。

「あるだろう」と真行寺は答えた。

「例えばどんな強要がありますか？」

「急に消防署が抜き打ちで査察に入って、こういうところに段ボールを積み上げてはいけないとか、とにかくなんでもいいから難癖つけて、ここを営業停止に追い込むことはできるかもしれない」

「感染者がひとりも出なくても？」

真行寺は言葉に詰まった。どうだろうか。とにかく、先例がないのでよくわからない。考え込んでいると、

「でも、そのくらいだったら大丈夫です」とサランは言った。

その意味するところを測りかねて黙っていると、サランがまた言った。

「ここはもう、再来月には閉めるそうなんです」

「オーナーが自粛に応じると？」

「いや、ここは近いうちに取り壊して、ショットバーをやりたいって人に貸すんだそうです。だから、ライブハウスとしては間もなく幕引きなので、ずっとここで定期的に歌ってきたマリさんには、最後くらい好きにしていいとオーナーさんが言ってくれたみたいで。実際、マリさんはいま事務所に所属していないから、郵便物もここに届くようにしてるんですよ」

「なるほど。じゃあ、ここでのライブを心配してるわけじゃないんだな」

サランがうなずき、いよいよ企画している引退コンサートの話題に移れるなと身構えた時、ドアが開いた。

おはよう、とかすれた声がして、入ってきたのは浅倉マリだった。

「待たせたわね、刑事さん」

そう言って浅倉は、カウンターの上に、自分宛に取り分けられた郵便物の束を見はじめた。サランがコーヒー入ってます、と声をかけると浅倉は、サンキュと言って自分で注ぎ、カップを手にこちらにやってきた。

「なんて言ったっけ、刑事さん、お名前？」

「真行寺です」

「刑事なんだけどすごく話がわかる人だって聞いてるけど」そう言って浅倉はサランを見た。

「いや、それはどうでしょう……」

「自宅をレコーディングできるように改装して若い人に開放してるって話じゃない。サランちゃんに写真を見せてもらったけど、なかなかのものだね、あれは」

そんな話までしているのか、それに開放なんかしてるつもりはないぞ、と真行寺はいささか面食らった。

「こんど私にも使わせてよ」

「そんな、プロがレコーディングできるほど本格的なものじゃありませんよ」

「大丈夫よ。音漏れとかはないんでしょ」

「それはまあ、もともとはピザ屋が使っていた石造りの建物なんで、遮音性は高いでしょう。近くに民家もないのでもとから周りは静かだから、防音してるのはブースだけですよ」

「じゃあ、いいじゃない、こんど行く」

「いや、遠いですよ、うちは」

「高尾だっけ。かまわないわよ、都内のスタジオで何日もかけてじっくりレコーディングしたら、大変な金額になっちゃうから。歌用のマイクだけ自分のを持っていくからよろしく」

「コンサートを計画してると聞きましたが」真行寺は強引にしかるべき方向に話頭を持っていった。

「そうなの。協力してよ」

冗談じゃない、俺はそれを思いとどまらせに来たんだ、と口にしかけたが、詳細を聞き出すほうが肝心だと思い直し、

「いつごろやるつもりなんですか」と訊いた。

「うーん、まだあまり言いたくないの、詳しいことは」

「では、どのぐらいの規模で」

「ここより大きいわよ、もちろん」

「野音《やおん》くらいでしょうか」

日比谷《ひびや》の野外音楽堂はたしか収容人数三千人弱だ。

「そのくらいのところではやりたいわね、なにせ最後なんだから」

それは大変である。そんな大人数が集まったら、おそらく感染者はかなりの数出るだろう。そう考えないでノンビリ構えていられるほど、真行寺も楽天家ではなかった。

「ライジングサンのことは聞いてますか」

新型ウイルスの感染を懸念して、北海道の石狩《いしかり》市で毎年開催されている夏のロックフェスティバルが中止になりそうだという話題を持ち出してみた。

「知らない。もう決まったの」

「おそらく」と真行寺は言った。「まだ発表はされていませんが」

「残念だな。あれはオールナイトでやるイベントでしょ。夜明けの時間帯にステージに上がって『朝日のあたる家』を歌ってみたかったたな」

笑えない洒落《しゃれ》である。

「でも、誰がなにを中止しようと私には関係ないから。それはちゃんと言っておこうと思ったの」と浅倉マリは言い放った。

真行寺は黙って、五十年以上も歌い続けてきた老齢の歌手を見た。

「で、私がそう言ったらどうするの、警察は？　あなたの後ろにいる国家権力は？」

どうするかどうかはまだ決まってないし、そんな質問に答える権限は、下っ端の自分にあるはずもなかった。

「会場は都内ですか？　それだけでも」と真行寺はなおも尋ねた。

浅倉マリは首を振った。トレードマークの長い髪が揺れる。

「それに答えたら、あなたたちはそれらしきホールに片っ端から連絡を取って、貸すなと圧力をかけたりしない？」

そうするだろう、と真行寺は思った。答えに窮した真行寺は質問を重ねた。

「資金の目処《めど》もついているんですか」

相手は煙草を咥え、ふっと笑った。こちらの正体を見極めたような憫笑《びんしょう》だった。それから、火をつけて、ゆっくりと紫煙を吐き出すと、そうねえ、とのんびりした口調で言った。

「なんとかなるわよ、捨てる神あれば拾う神ありってね」

ありえない。大規模なイベントともなれば、贔屓筋《ひいきすじ》にポンと出してもらう程度の御足《おあし》では到底足りないだろう。

夏の大きな野外フェスには、スポンサーとして錚々《そうそう》たる大企業が名を連ねている。このような大手企業は反社会的で反体制的なイベントには絶対に金を出さない。一九六九年に無名のヒッピーたちによって運営されたウッドストック・フェスティバルは遠い昔の話である。いくらファンが熱望しようが、主催者が強行突破を切望しようが、コンプライアンスの強化がさかんに謳《うた》われる昨今《さっこん》、感染拡大の懸念をよそに開催しようとするロックフェスに、企業が金を出すことはない。善かれ悪《あ》しかれ、それがいまのロックの現状である。それなのに、目の前の浅倉マリは悠然《ゆうぜん》と煙草をふかしている。本当にやれると踏んでいるのだろうか。いや、本当にこの人はやるつもりなのか？

あっ、と思った。

ひょっとして、これはブラフではないか。

目的はコンサートの実施ではなく、やるぞと表明することそのもの、そう宣言することによって世間に異議申し立てをすること、つまりある種の社会運動だ。

社会運動という言葉が真行寺の脳裏をかすめ、彼の思念は、目下急速に拡大しているSNSの動きへ向かった。

Twitterでは、〝#検察庁法改正案に抗議します〟というつぶやきが勢いを増している。#をつけることによってタグ付けされ、ウェブ上でユーザーどうしの連帯が生まれている。少なくともそう評価する向きがある。

また、このハッシュタグつきの政治的発言を拡散させる者の中には、歌手、ミュージシャ

ン、俳優ら、いわゆるエンターテイメント業界のアーティストらが目立つ。
さて、浅倉マリは、このような流れの中、さらにもう一歩踏み込んだ〝運動〟を展開しようとしているのではないか。つまり、自粛はせずにコンサートをやる。感染して重篤な状態に至るのはほとんど年寄りに限られるのだから、若者は活動を再開する。この方向に世の中を導くことこそが本意であり、自身のコンサートは開催できなくてかまわない。

テレビの取材に応じ、あのような過激な言動に出たのも、初手をいい場所に打つためだ。たとえ番組中で批判的な扱いを受けたとしても、いやそのほうがむしろ、のちにネットニュースで大きく取り上げられることになる。

しかし、サランがこの〝運動〟に一枚嚙《か》んでいるのならそれは気掛かりである。彼女は、弱者への共感と、正義感、権力に対する反感が人一倍強い。このリベラルな精神を育んだのは、在日韓国人という彼女の出自だろう。

「親戚がやってる新大久保《しんおおくぼ》のあの焼肉屋はどうしてる？」と真行寺はサランに訊いた。

去年、森園と三人で、サランの誕生日祝いの会食をそこで持ったことがあった。

「大変です」とサランは言った。「ランチどきに店先でお弁当とか売ってすこしでも売り上げようとしてるんだけど、夜のお客さんが多い土地柄だから、大した額にはならなくて。これ以上緊急事態宣言が延長されると、店をたたむしかないなんて頭抱えてます。あそこだけじゃなくて、うちの親戚はほとんどみんな個人で商売をやっているので。まあ、公務員の真行寺さんにはこういうこと言っても実感が持てないかも知れませんが」

それを言われると反論のしようがない。

「でもまあ、やっぱり真行寺さんは例外かな」とサランは慰めるように言った。「もしくは、かなりマシって感じ？」

マシか。同じことを言われたことがある、上司の水野玲子に。

「コーヒーもう一杯飲みますか」

サランの声が聞こえて、真行寺は顔を上げた。

浅倉マリは、人と会うからと言って、少し前にここを出て行った。いま〝地下室〟に残っているのは、サランと真行寺のふたりきりだ。

「もらおうか」と真行寺は言った。

大規模なコンサートを本当に企《たくら》んでいるのか、それとも、そう宣言することによって異議申し立ての渦を世間に巻き起こすことこそが狙《ねら》いなのか、それを見極める必要があった。

浅倉マリは、自分の持論を立てる時には、正面から斬《き》り込んでくるものの、こちらが投げた質問には煙幕を張って、実体を摑ませないよう用心していた。このあたりは年の功なのだろう。それに比べると、サランの受け答えはずっと率直だ。ごめんなさい、それは真行寺さんには言えないんです、などとわかりやすく返答を控える。

コーヒーを満たしたカップを持って戻ってきたサランと向かい合い、さてどこから訊くべきかと考えた。すると、先にサランが、

「真行寺さんはいわゆるバブル世代ですよね」と口を切った。

そうだけど、と真行寺が言うと、うちの父親がそのあたりだったんです、とサランが言った。日頃の彼女との会話から察するに、亡くなった父親から大きな影響を受けているようだった。

「大学には行かず自営でやってたんですが、やっぱり商売はずいぶん楽だったそうです」

サランの父親はいったいどんな仕事をしていたのだろう。彼女はハードなロックを好むが、父親に感化されて好きになったのだと言っていた。ただ、真行寺の興味とは裏腹に、話は別の方面へ転がった。

「私たちって、そういう華々しいこととか、エポックメイキングなことがまったくない世代なんです。とうの昔にバブルは終わっていたし、ソ連も崩壊していたし、ベルリンの壁だって崩れていた。神戸《こうべ》で震災があって、オウム事件が起きて、津波が来て、原発が事故を起こしてって具合に、だんだん豊かな国だった日本が壊れはじめ、上の世代からは、『昔はよかった』とか、『これからは大変だぞ』とかムカつくようなことばかり言われ……つまり、私たちには勝利ってものがない、浮かれて騒ぐようなことがなにもないんです、夏フェス以外には。だから夏のロックフェスティバルっていうのは、少なくとも私にとっては、とても大切なものなんです」

そう言うサランの口元には寂しい笑いが浮かんでいた。

「だいたい、これから大変になるなんてのは、私たち世代の責任ですか？　例えば年金が破綻《はたん》するのは、どう考えたって私たちのせいじゃない。先の世代が日本を駄目にして若い世代

にそのツケを回しているだけだと思うんですけど、ちがいますか？　でも、そんなことも、日頃はあまり意識しないようにしてるんです。ただ、あんまりこの先いいことないんだろうなって諦めて、暢気な人で通そうとしている。なぜかって言うと、真剣に考えるとつらくなるだけだから」

　罪悪感のようなものが真行寺の気持ちを塞いだ。

「でも、それだけじゃなくて別の感情もある。それはある種の覚悟みたいなものなんです。ふざけんなよって、だったら好き放題に生きてやるぞって。……父親もそう言ってたし」

　真行寺はうなずいた。

「だけど、自己責任だとほうっておかれた挙げ句に、今度は、お前らに自由はない、自粛しろと言われている。それもこんなひどい国にした老人の命を守るために。これはどう考えても、不公平なんじゃないですか」

　真行寺は、悲しみと憤慨に染まったサランの言葉が自分に浴びせられているように感じて、思わずため息をついた。

　すると、サランは視線をこちらにまともにぶつけながら、

「私がそう言ったら、悪いな、なんてすこしは思います？　バブル世代としては」と言った。

　真行寺はその真剣なまなざしに引き込まれ、ああ思うよと言うべきだと感じ、その言葉を口にした。すると女の顔に急に幼い笑いが広がった。

「あ、じゃあ、これお願いできますか」

そう言って、サランはなにやら用紙を何枚か取り出した。

「これは？」

「不動産の賃貸契約書です。保証人のところにサインもらえませんか。私は若いし、それに韓国籍なので、不動産の契約はハードルが高いんです。警察官の保証人だとバッチリみたいなので」

――保証人になった！

呆れ返った水野の声が耳に突き刺さった。

――それじゃあまるで、頑張れって励ましているようなもんじゃないの！

「いや別に励ましているわけじゃあ……」

――巡査長の役割は、コンサートを中止するように説得することでしょう。

「最終的にはそうですが、その前にいろいろと情報を仕入れ、先方からも信頼を得ないと説得もできかねると判断しました。それに、俺がならなきゃ誰かがなってましたよ」

――つまり、説得工作の一環である、と。そう期待していいわけね？

言質《げんち》を取るような調子で水野は言った。

「全力を尽くします。吉良警視正に対して水野課長の面子がつぶれることがないように――」

――吉良はどうでもいい。

君が、はずれ、警視正は呼び捨てになった。

——DASPAに対して警視庁の威信がかかっていると思ってください。

「わかりました」

そう言ったが、そんな大それたものを巡査長に背負わせるのはどうかとは思った。

——若い子とロック談義で意気投合して、開催に加担したりしないでよ。

また妙に鋭いところを突いてくるな、と真行寺は怖じ気づいた。

「私が日頃から愛聴しているのとは系統がまた別なので大丈夫かと」

——そう願います。

切れた。ため息をつきながらポケットにスマホを戻していると、不動産屋のガラス戸が開いて中からサランが出てきた。

「おかげさまで、契約できましたー。さすが警視庁は最強ですね」

その声は明るかった。叔父《おじ》ですと紹介された真行寺を、不動産業者は訝《いぶか》しげな表情で見つめたが、バッヂを見せると態度が一変した。

「どうする、池袋のほうに戻るのか」

「いえ、これから部屋に行って掃除します。真行寺さんも行きませんか。ていうか行きましょうよ、どうせこれから帰るだけでしょ」手にした鍵をふってサランは言った。

彼女は今回のコンサートを企画するに当たり、事務所として使える物件を探していた。そして、真行寺という頼もしい保証人を得て彼の自宅にほど近い、空き家になっていた高尾の

一軒家を契約したのだった。少し前に、リフォームも済ませていたのだが、立地が悪いのか、また昨今の人口減少を反映してか、なかなか借り手が現れず、大家もじれていたので、払うものさえ払って契約書のしかるべきところに押印がすむとすぐに鍵を渡してもらえた。

そんな不便なところに事務所を構えて、コンサートの企画なんかやれるのだろうかと真行寺は怪しんだが、打ち合わせなどはネット通信でできるし、いまはむしろ直接会って話したりするのは嫌がられる時節なので、都心の物件を借りても意味がないのだそうだ。

「それにスタジオからも近いし。真行寺さんも遊びに来てください」

サランが言うスタジオというのは、真行寺の自宅のことらしい。

とりあえず同行することは承諾した。サランから情報を摑もうと意図しての同伴だと言い張れるので、サボって現場から直帰したことをいつものようにやましく思う必要もない。サランはちょっと買い物につきあってくださいと言い、八王子《はちおうじ》の駅ビルに真行寺を誘った。

箒《ほうき》とちり取りでも買うのかなと思っていたら、サランが足を向けたのは家具売り場だった。八人がけの大きなダイニングテーブルのセットを躊躇《ちゅうちょ》なく購入し、さっさと配送手続きをすませると、こんどは家電売り場に下り、冷蔵庫、掃除機、電子レンジ、プリンターなどを次々と買い求めた。それからさらに階下に下って文房具売り場で書類ケースやバインダーなどを買い込んだ。

こんなに景気よく金を使って大丈夫なのか。浅倉マリから支度金を預かっているのならいいが、後日渡すからと言われてサランが立て替えていやしないか。そして最悪なことに、や

っぱり資金調達できなかったわと浅倉マリが音を上げて、サランが自腹を切らされることになりはしないか、と真行寺は勝手にやきもきした。

「そこは大丈夫です」とサランは保証した。

近くの駐車場で、ワゴンカーの後部ハッチの扉を持ち上げながら、「そのくらいはなんとか」などと言い、「じゃあ、ここに入れちゃってください」と言って、すでに積み込まれていたふたつの段ボール箱を奥へ押しやった。真行寺は言われるがままに、いま買ってきたもろもろの品を空いたスペースに押し込んだ。

ワゴン車の後部ハッチをバタンと閉じたサランは、

「私もやるときはやりますよ」などと意味不明の、しかし妙に自信に満ちた台詞《せりふ》を吐いた。

そして、運転席に座ると、スマホのスピーカーをオンにして、エンジンを回しながら、どこかにかけた。短いコール音の後に、若い男の声が応答した。

——ういーっす、岡井だけど。

「あれ、森園君は」

——いま自分の部屋で、曲いじってる。白石からかかってきたら出てくれと言われてたからさ。

「そうなんだ。そこにみんないるの？」

——うん、今日の練習は終わって、飯食いに行こうって相談してたとこ。

「なるほど。こっちはいま真行寺さんといっしょ」

——あ、先輩と。

「保証人になってもらった。鍵もらえたからいまからあっちに行く。みんなも来て手伝ってよ。森園君には作業やめてこっちに来いって言って。ちょっと掃除した後で出前取ってごちそうするから」

——お、いいねえ。わかった。いくよ。

電話を切って車を出すとサランが言った。

「出前ですけど、なにがいいですか。保証人になってくれたお礼に、真行寺さんが決めていいですよ」

その声は弾んでいた。

到着した時、メンバー全員が家の前で待機していた。

一同は、サランが車を降りると、一軒家だ、シェアハウスできるじゃん、社長最高、などとはしゃいだ。サランもやったぜと鍵を高く掲げてガッツポーズを作り、解錠して中に入った。

一階にダイニングキッチンとリビング、上には洋間と和室の二間ある、築年数は二十年ほどの二階屋である。サランはてきぱきと掃除の手順を示し、男たちもそれに従い、雑巾をかけたり窓を拭いたりしていた。俺もなにか手伝うよと真行寺が申し出ると、そうだなあ、だったらバンに積み込んである段ボール箱ふたつ、二階の洋間に運んでもらえたら嬉しいです

とサランは言って、購入したばかりの掃除機を取説《とりせつ》を見ながら組み立てていた。

　真行寺は、駐車場に出てバンの中から段ボール箱を取った。さほど重くなかったので小さ目のを上にしてふたついっぺんに抱えて運んだ。

　家に戻ると、台所の床に掃除機をかけながらサランが、「おおー、こいつパチもんのくせにけっこう吸うじゃん」などと感心しているのを横目で見ながら、二階へ上がった。

　ふたつ重ねて床に置いた段ボール箱の、上の軽いほうには油性マーカーで〝マリさん〟と書かれてある。こっちは合わせ目にガムテープが貼ってない。それをいいことに真行寺はそっと広げた。なにか黒いものが見えた。それは透明のプラスチックのケースに収められたウイッグだった。

　なぜか、見てはいけないものを見てしまった気分になった。たしかに七十を過ぎている浅倉マリがあんな艶やかなロングヘアなのはかえって不自然であるから、鬘《かつら》はステージ衣装のようなものだと割り切ればいいのかもしれないが……。

　階段を上る足音がして、真行寺さーん、とサランの声が呼んだ。

「森園君たちはお寿司がいいって言ってるんですけど、どうします？」

　真行寺は、箱を部屋の隅に寄せ、大丈夫なのかと二階に現れたサランに訊き返した。さきほど、リクエストはと訊かれたとき、サランの懐を痛めてはまずいと思い、では蕎麦をと答えたのである。

「大丈夫ですよ。ボーイズは夕飯にお蕎麦だと餓死するとかぶうぶう言ってるので、真行寺

さんさえよければお寿司にしますけど」

大丈夫かとまた訊くと、だからお金のことなら大丈夫ですってと言いながら、サランはタブレット端末を見ながら、電話した。

「お刺身の盛り合わせの上を六人前、雅《みやび》を三人前と楓《かえで》を三人前、お願いします。あと、茶碗蒸しを六つ。竜田揚げの十個入りを三つお願いします。はい、領収書はカタカナでワルキューレ、ワ、ル、キュー、レでお願いします。前にもお願いしたことあるんですが、場所がちがいます。いや、移ったんじゃなくて……、あの一本道をもう少し三百メートルほど行ったところです」

佐久間と森園が、サランが乗ってきたワゴンで、駅前のスーパーまでお茶とビールと醬《しょう》油《ゆ》と乾き物を買い出しに行き、戻ったところにタイミングよく出前が届いて、宴会となった。

リビングの床に車座になって桶《おけ》を囲んで乾杯をした。

岡井が「社長いただきます」とサランを見て紙コップを捧げ持ち、サランも「これからもよろしく、岡井君のドラム最高」などと言って、自分の紙コップを持ち上げた。

それから、彼らの会話の端々から、メンバーは、練習の後は、ここでコンサートの事務を手伝うことがわかってきた。

「そんなには出せないけどね」

サランがそう言うと、岡井がペットボトルを傾けて茶を注ぎながら、

「いやいや期待してますよ、社長」と言った。

どうやらボランティアではなく、バイト代も払うつもりでいるらしい。

「今年は花見どころか新歓コンパもなかったからなあ」と佐久間がしみじみ言った。

大学の構内への立ち入りも原則禁止されているので、サークルは事実上休眠状態にあるらしい。OBとしては聞き捨てならない事態である。

「社長、愛欲人民カレーの持ち時間はどのぐらいですか」佐藤が訊いた。

「四十五分くらいじゃないかな、まだ決まってないけど」とサランが言った。

盛り上がってる時間帯に出たいなあ、と岡井が独り言のようにつぶやいたかと思うと、いや俺は盛り下げるぜ、などと不穏なことを言いながら森園は竜田揚げに箸を伸ばしている。

「他にはどんなバンドが出演予定になってるんだ」

真行寺はこの自然な流れに乗るようにして、探りを入れた。

「いま交渉中です。ただ、この状況下で出演すれば反社会的だと批判されると心配するアーティストは多いので、渋いラインナップになるとは思いますけど」とサランは言った。そして「渋くていいんですよ」と自分を納得させるかのようにつけ加えた。

だとしたら、やはり会場はそれほど大きなところではないのかもしれないな、と思い直そうとした時、

「だけど隠し球があるじゃないか」と森園が言った。「あれは目立つでしょ」

するとサランがきつい目で睨《にら》んだ。

「まだ決まってないんだから余計なこと言わない」

釘《くぎ》を刺された森園は、つまんだカッパ巻きを口の中に放り込み、肩をすくめた。

「会場はどこを予定しているんだ」と真行寺は単刀直入に訊いてみた。

するると全員が黙って、寿司をつまんだりコップに口をつけたりして、サランのほうを窺《うかが》っている。どうやら不可侵の領域に足を踏み入れたようだ。ここにいる全員はすでに知らされているのだが、真行寺の前では決してこの話題を出すなと箝口令《かんこうれい》が敷かれているにちがいない。

「それにしても、浅倉さんはやっぱりキャリアが長いだけあってたいしたものだな。この時節に、こういうコンサートになかなか金は出ないだろう」

真行寺は話の糸口をスポンサーのほうに向けてそこからたぐり寄せようとした。

「ええ、マリさんはミュージシャンズ・ミュージシャンってやつで、業界の人間にファンが多いので」

サランは真行寺のコップにビールを注《つ》ぎ足しながらそう説明してくれたが、彼の疑問に対する答えとしてははなはだ不十分であった。

ミュージシャンズ・ミュージシャンは、セールスとしてはさほどではないが、同業者にファンが多い音楽家という意味だ。しかし、浅倉マリのファンであるミュージシャンは、「一緒にやろうよ」と声をかけられれば、「やりましょう」と応じるかもしれないが、金を出すわけではない。むしろ、ギャラはちゃんと出るのかと確認してくるはずだ。

となると、考えられる資金調達の方法はこうだ。浅倉マリの顔で出演者を募る。浅倉マリ

に声をかけられた連中は、「マリさんに呼ばれたらしょうがない」と承諾する。こうした豪華な顔触れを並べた企画書を携えてスポンサーを探す。浅倉マリ本人には投資する価値はないが、浅倉マリが募ったメンバーが魅力的であれば、このラインナップによって投資が決まる。

ただ、この方法はかなりリスキーだ。もし資金が調達できなかったら、それまでにかかった経費は捨て金になる。痛む懐が浅倉マリのものならまだしも、サランが自腹を切らされたりするようなことになれば、これは一大事である。

皆で寿司を平らげた後、サランは合鍵を森園に渡し、メンバーをバンに乗せて都心へ帰って行った。

真行寺は森園を連れて自宅に戻った。自分の部屋に引きとろうとする森園に、コーヒー飲もうぜと言って淹れさせた。

森園が運んできたマグカップの白い肌には黒々と〝自由〟の二文字が染め抜かれてある。これは、黒木という例の悪友が、自由はなにより大切なんだと力説する真行寺に、多分の揶揄を込めて、プレゼントしてくれたものだ。森園やサランが〝自由マグ〟と呼んでいるそれは最近、真行寺の専売特許ではなくなった。たまたま三人で高尾山口に出かけたときに、とある土産物屋《みやげもの》の前で真行寺が立ちどまり、あのマグはここで作ったんだと教えてやると、サランと森園が自分たちも欲しいと言って色ちがいのものを拵《こしら》えたからである。だからいま目

の前の森園は薄い蓬《よもぎ》色の自由マグでコーヒーを飲んでいる。

真行寺はダイニングテーブルに尻を落ち着け、最近は名前を聞いてもさっぱりわからないミュージシャンが増えたなあ、特にヒップホップ方面はケンドリック・ラマーくらいしか知らないぞなどと言って、気乗りしない表情の森園と音楽談義を続けた。

「僕も名前知っているくらいですよ」

「じゃあ、鼻血だして転がる美女は誰だ」

「ビリー・アイリッシュですね」

「あれはいいのか」

「どうですかね、俺はやたらとビデオクリップに凝るやつは嫌いなんです。あれは佐藤が好きなんですよ、顔が」

「ふうん、テイラー・スウィフトってのはどうなんだ」

「ロックというよりカントリーじゃないんですか。顔は好きですよ。女優もやってますよね」

「で、隠し球ってのはなんだ？」

意表を突かれたように森園は黙った。

「あれは目立つ。お前がそう言ったんだ。知ってるんだろう」

「サランに訊いてくださいよ」森園は蚊が鳴くような声で言った。

「馬鹿野郎、サランに嫌われたくないからお前を締め上げてるんじゃないか」真行寺は露骨

な本音を投げつけた。

「訊いたっていいじゃないですか、顧問なんだから」

「わかった。鍵を貸せ」

「鍵？」

「あの家のだ」

「事務所に行ってどうするんですか」

「訊かないほうがいいぞ。後でサランにバレたときに、知った上で俺を行かせたとなると、嫌われるのは俺だけじゃなくなるからな」

「真行寺さんはサランのことが好きなんでしょう」出し抜けに森園が言った。

いささか面食らったが、日頃から、真行寺さんはサランに甘いなあとぼやき、言いにくいことはサランを通して伝えてくる森園が言いそうなことではある。

「真行寺さんはサランに嫌われてもいいんですか」

「よくない。けれど職務上、諦めざるを得ない。ほら」

そう言って掌を上に向けて差し出すと、森園はしぶしぶそこに鍵を載せた。真行寺はそいつを握って、スニーカーに足を突っ込み、家を出た。

鍵を回し、暗い階段を上るときすこし軋《きし》んだ。洋間に入って電気をつけ、段ボール箱の前で胡坐《あぐら》をかく。上に載せてある軽いほうの蓋を開け、ウイッグを収めたプラスチックケース

を取り出した。その下には、ノートが重ねてある。一番上の一冊を取って開くと、二行とばしの横書きで何行も書いてあり、その行の上にはGだのCだのE7だのと記号がふられている。このアルファベットは和音《コード》にちがいない。おそらく曲作りのためのノートだ。

さらにめくってみる。ところどころ落書きがしてあるほかは、どのページもみんな似たり寄ったりだった。最初のページに戻って、浅倉マリが書いた歌詞を読んだ。

ヴァンパイア

私とあなたが出会ったとき
大きな樹のしたに立っていた
夜は短く　淡かった

私とあなたが出会ったとき
あなたはすぐに抱こうとした
私のことを知らないまま

だから忠告してあげた
私はあなたを蝕《むしば》むかもって

でもあなたは聞いちゃいなかった
草のベッドを整えるのに夢中で

愚かなあなたと　あわれな私の
罪深い魂と身体《からだ》が重なって
わたしたちはほんとうに出会った

激しい電子音が鳴って我に返った。ディスプレイを見ると、白石サランと浮かんでいる。おそらく、泡を食った森園が報《しら》せたんだろう。大変なバトルになるなと覚悟して真行寺はスマホを耳に当て、もしもしと言った。

——サランです。今日はありがとうございました。

とりあえず相手は低い姿勢でやわらかく当たってきた。

「いや」とだけ言って真行寺はその先を待つ。

——すみませんでした。

いきなり謝られた。戸惑《とまど》いつつも反射的に、

「なにが？」と問い返した。

——出演バンドの件、これからウェブに出しますので、そちらで確認してもらえますか？

「ああ、それをわざわざ伝えに」

――ええ、せっかく保証人になってもらったのに、隠し立てするようなことになって本当にごめんなさい。

「どうやって検索をかければいいんだ」

――〝浅倉マリと愚か者の集い〟です。それでヒットすると思います。

また刺激的なタイトルをつけたなと思いつつ、わかった、と真行寺は言った。

「会場を訊いてもいいか」

――まだ決まってないんです。

「都内なのか」

――そうなると思います。

よし、これで絞られる。収容人数二百以上の会場をしらみつぶしに当たっていけばいい。ただ、かなり手間がかかるので人手は必要だ。明日、水野課長に相談しよう。

「交渉はしてるのか」

――してます。

「日程は?」

これさえわかれば作業はずっと楽になる。サランにとっては妨害が入るということを意味するのだが……。

――まだです。会場との交渉の結果決まると思います。

これは嘘だ。目玉のバンドが決まっているのに、日程が出ていないなんてことは考えにく

い。

それでは失礼します、とサランが言って通話は終わった。ノートとウイッグを元の箱に戻し、ワルキューレの事務所を後にした。

自宅に戻ると、古い電気製品から発する低いノイズとゆるいシンセサイザーの旋律が混じったような音響がリビングをひたひたと満たしていた。

「なんだこれは」

ソファーに寝そべっている森園に声をかけた。

「エリアーヌ・ラディーグですよ」

「知らん」

「フランスの現代音楽作家です。若い頃はすんごい美人でした。気持ちよくないですか、これ」

半眼で酩酊《めいてい》しているような顔つきで居候は半身を起こしてきた。この手のわけのわからん音に、外連《けれん》でなく素直に陶酔できるらしい。変わったやつだ。それもひとつの才能だな、と真行寺は感心した。

「お前、サランにチクったのか」

森園は眠たげな面を下げてポカンとしている。

「さっき電話をもらったぞ」

「サランから？」

ぼやんとした虚《うつ》ろな声の調子から、こいつは報せてないな、と判定した。だとしたら、サランが独自に判断して電話をよこしたことになる。

「俺のほうにもありました」と森園が言った。

「なんて」と真行寺が訊いた。

「浅倉マリさんが来るそうです」

「あの事務所に？」

「いや、ここです」

「ここ？　どうして」

「さあ、機材が揃っているからとか言ってましたけど」

たしかに浅倉マリはここでレコーディングしたいなどと言っていた。

「それに明日はサランも来ますよ」

そりゃあ来たっていいだろう、新しい事務所に荷物だって入れなきゃならないだろうし。

「仮歌《かりうた》を入れに来るそうです」

「仮歌ってなんだ」

「マリさんのために作った曲が上がってきたんですが——」

「誰が書いたんだ」

「さあ知りません。譜面で受け取ったみたいです。でもマリさんは読めないんですよ。で、サランが歌ってみせるんだそうです」

真行寺はようやく仮歌の意味を理解した。サランもかつてはバンドを組んでリズムギターとボーカルを担当していた。サランのアルトは、浅倉マリの仮歌にはうってつけかもしれない。

「愚か者の集いにはお前も出るんだろ」

「あれ、イベント名なんで知ってるんですか」

「さっきサランに教えてもらった。出るんだよな」

「はい。愛欲人民カレー名義ですけど」

「恥ずかしくないのか、その名前」

「実は、ノリでつけちゃったんで、最近は恥ずかしくなってきてます。演奏は恥ずかしくないようにがんばるつもりです」

あははと笑って、部屋に引き取った。簡易防音が施された扉を閉めると、静けさの中で疲労がじっとりと身体にまとわりついてくるようだった。肉体的な消耗よりも、身内を捜査していることの精神的な負担のほうがつらい。相手もこちらの意図を承知の上で距離を測りながら接している。因果な商売である。真行寺はシャツとトランクスだけになると、ベッドに潜り込んだ。

二時間ほどウトウトまどろんだものの、眠りはなかなか深まらず、諦めて起き上がり、机に座ってデスクトップの電源を入れた。

——浅倉マリと愚か者の集い。言われた通りの語句で検索をかけると、トップにそれらし

きものが見つかった。クリックすると、画面全体に煙草をくゆらせてマイクを握っている浅倉マリが現れ、横に大きな文字で〝浅倉マリと愚か者の集い〟の文字が添えられていた。開催場所、日程は未定。先程サランに言われた通りである。しかし、真行寺が予想しなかった衝撃的な情報が載っていた。

フリーコンサート。え？　フリーってなんだよ。自粛せずに自由に外出して来いってメッセージなのか。だけど、フリーコンサートといえば、とりわけロックでは、別の意味で使われる。真行寺は〔入場料金〕のタグをクリックした。

無料。

たしかにそう書いてある。〈会場で販売しているフードやドリンクは有料になります〉と但《ただ》し書きがあるので、入場料は無料ってことだ。しかし、参ったな。なんでこんなことが可能なんだ。これじゃあ、家でおとなしくしている連中だって、興味本位で見に行っちゃうじゃないか。

社会運動、という言葉が真行寺の心にふたたび浮上した。運動であれば入場者は多いほどいい。デモの参加者が多ければ多いほどどいいのと同じだ。しかし、フリーコンサートを可能にする懐事情はどうなっているんだ。

そして出演者。こいつを確認したかったのだ。そう思って〔予定アーティスト〕のタグをクリックした。

「おい！　マジかよ！」

真行寺は思わず叫んでいた。

3　愚か者の集い

速報！
出演決定

さよならばんど
ベース：細野雄大《ほそのゆうだい》　ギター：鈴木一樹《すずきかずき》　キーボード：坂下龍一郎　ドラム：松本洋輔《まつもとようすけ》

浅倉マリ&さよならばんど

さよならばんどがリユニオンだって⁉　解散して以来、いちども再結成されなかった伝説のバンドがよりによってこのタイミングで！　日比谷野音くらいなら確実に満杯になっちゃうぞ。俺だって見たい。というか絶対に見に行く。つまり、まずい。とてもまずい！　これかよ、隠し球ってのは！　呼吸を整えてから、真行寺はほかの出演者名を追った。

パンタックスワールド
ネコ

トロツキスト
不連続射殺魔
みちょぱでほい
とてもジャンキーな猿
アーントサリーヌ
バイソンドーター
たえこさんと新しい日常
コレラ
岡元技術
愛欲人民カレー
グランブルー（交渉中）
…………

真行寺には馴染みのない名前がずらりと並んでいる。ああこれは知ってるなと思ったのはパンタックスワールド。日本のロック界では古株だ。真行寺よりもかなり上、さよならばんどよりもほんのすこし下の世代になる。反体制を叫ぶメッセージ性の強い曲を歌ってきた。あと、アーントサリーヌは、真行寺が学生時代に、アンダーグラウンドなロックシーンですこしばかり有名だった。アバンギャルドなロックをずっとやっている女性アーティストだ。

グランブルーはガレージロックバンドで、たいして売れたことはないものの、ミュージシャンからの評価は高いバンドだ。あとは、愛欲人民カレーを除けば、名前すら知らないバンドばかりが並び、一点豪華主義のラインナップとなっている。

おそらく、さよならばんどだけは浅倉マリが交渉し、あとのバンドはみんなサランが引っ張ってきたにちがいない。みなアンダーグラウンドなシーンで活動している連中だから、この状況下でなにもできずにくすぶっているところにオファーを投げたら、「感染上等」って感じで乗ってきたところを捕まえて、ブッキングし、頭数《あたまかず》を揃えた。——そんなところだろう。

問題はさよならばんどだ。彼らが出るとなると、音楽ライターはこぞってこの再結成について書く。絶対に書く。これはまったくもって確かなことだ。おそらく話題になり、人は集まる。非常にまずい。

なぜこんなことが可能になったのだろう。さよならばんどの再結成なんて、たとえ浅倉マリだって、そう簡単にアレンジできるものではないはずだ。メンバー全員が、一国一城の主《あるじ》となったいまは、所属している事務所の方針に従う必要もほとんどなくなり、勝手気ままに仕事を選べる立場にあることが、きまぐれな決心に結びついたのかもしれない。けれど、それだけでは説明がつかない気がした。

真行寺は自室を出た。リビングに森園の姿はない。ノックをしても応答がなかったので、ノブを回して中に入ったら、森園はヘッドフォンを被った頭を振って、エレキギターをでた

らめに激しく弾いていた。真行寺は背後から近づいて、また森園のヘッドフォンを外し、その首にかけた。

弾けもしないギターをむりやり弾いていた森園は、首をねじ回して真行寺のほうに視線を向けながら、手だけはまだ弦の上で忙しく動かしていた。真行寺はその手をそっと押さえ、

「悪いな。ちょっと話がある」と言った。

森園は真行寺を横目に見上げながら黙っている。

「明日サランが来ると言ったよな」

「ええ」

「何時だ」

「さあ」

「仮歌を録るんだって」

「ええ」

「それは、坂下龍一郎が作曲してるやつか」

「あ、知ってるんですか」

「馬鹿、当てずっぽうだ。明日はなるべく早く帰るようにするから、サランには俺が帰るまでいてくれと伝えてくれ」

「なんでってサランに訊かれたらなんて答えればいいんですか、俺は」

「サランを怒らせないような答えをお前がこしらえろ」

「自信ないですよ」

「お前、俺のために一肌脱ぐつもりはないのかよ」

すこしばかり語気を荒くしてそう言うと、森園はいまにも泣き出しそうに顔を歪《ゆが》めた。職場でこんなことをやるとパワハラになるなと思ったが、巡査長という最下層の階級に甘んじているのだから無用な心配だとすぐに気がついた。

「なんだ、だらしないなお前は、日頃は売れてるミュージシャンに呪いの言葉をまき散らしてるくせに」

そう言うと森園は急にえへへと笑った。

「なにやってたんだお前」

森園は机の上のディスプレイを指さした。そこには、森園が嫌っているミュージシャンがアコースティックギターを抱えている映像があった。

「こいつと共演してたんですよ。ヌルい音でコラボを呼びかけてるから」

ああ、あれか、とすぐに思い当たった。この星乃元一《ほしのげんいち》は、「こんな時はステイホームして、それぞれの場所で重なり合ったり手をつなごうよ」などと政府広報に依頼されたような曲を弾き語りして、これに自由に音を加えてください、とネットを通じて呼びかけた。この時点では、ミュージシャンどうしのお遊びである。これに目をつけた官邸が、人気狙いで、首相が自宅で愛犬を撫でたり、紅茶を飲んだりしている映像を添えて便乗し、大変な不評を買った。

まあ、「おうちで踊ろよ」って相手が歌ってるんだから、せめて腰くねらせてタンバリンでも叩くべきだったよな、と真行寺は便乗の下手さに呆れた。

「コラボってことは、このピースフルな歌にお前の邪悪《じゃあく》なノイズを加えてたってわけか」

「そうです。見ますか、面白いですよ」

「見よう」

見て聴いた。そして、真行寺は笑った。なんというかノイズの入れ方が絶妙なのだ。一方的にノイズを加えて嫌がらせをしているというわけでもなく、不協和音やノイズでコミカルに応答している部分もあり、とはいえ全体的にはやっぱり暴力的で凶暴な侵襲《しんしゅう》ってものを感じさせた。

また、通常はこういう場合、画面分割で例えば左に星乃、右にコラボに参加するミュージシャンが現れるように画面を構成するのだが、森園は星乃の上に自分が踊る姿を小さくして複製し何人も半透明で重ねたりしていて、これもおかしかった。

やっぱりこいつはなんらかの才能はあるんだな、と感心した。もっとも金儲《かねもう》けの才能は星乃の足下にも及ばないが……。

「ウイルスを注入したみたいだな」

「わかりますか、それが狙いなんです」と森園は少し得意げである。

「完パケたらこれをアップするのか」

「いけませんか」

「俺はべつにいいよ」

「じゃあ俺もいいですよ」

「だけどサランはどうだろう」

「サラン、サランも星乃元一のことあんま好きじゃないって言ってましたよ」

「それはお前に言っただけだろ」

「……どういう意味ですか」

「俺の記憶が確かならば、星乃はさよならばんどの細野さんにかわいがられてるぞ」

森園の顔色がさっと変わると同時に、机の上に置いていたスマホが鳴った。ディスプレイに〝白石サラン〟と浮かんでいる。出ていいぞというサインを目で送った。ためらいがちに森園がスマホを耳に当てる。うんうん、わかった。うん、了解、うん、と言って切ろうとしたので、真行寺は星乃元一が映っているディスプレイを指さして、アップしていいのか確認しろとジェスチャーした。

「あのさ、元ちゃんがアップしている『おうちで踊ろよ』って動画あるじゃん。うん、それそれ。それに俺も参加していいかな。…………いや、どんな風って、俺がやるんだから俺っぽい感じにはなるんじゃないの。…………いや、まだ。まだぜんぜん手をつけてないよ。これからやろうかなって。なんで？　なんでって言われても、…………ヒマだしさ。……そうだったヒマじゃない。でも、そっちはちゃんとやってるから。うん……うん……そうだね、わかったそうするよ」

スマホを切って森園は小さくため息をついた。笑いをこらえながら真行寺は、

「なにが元ちゃんだよ」と言った。

「俺これからやることできたんで」

どうやらNGを食らったらしい。なんだやることって、と真行寺は訊いた。

「浅倉マリさんの新曲のバックトラックがMIDIでニューヨークから届いてるんで、それに適当な音を当ててデモを作ります」

MIDIというのは音楽をデータ化したものである。ここには音程、長さ、立ち上がりや減衰、強弱などの情報が埋め込まれている。ただ、このまま再生するとあまりにも味気なく、まともな音にするには、これにしかるべき音色や響きを当ててやらないといけない。その作業がサランから森園に託されたわけである。

「ニューヨークから送られてきたそのデータの送り主っていうのは坂下龍一郎なんだろ」と真行寺は訊いた。

意表を突かれたような森園の表情が答えとなった。真行寺は笑った。

「お前、サランにそんな動画アップするんじゃないぞと叱られて、あわてて電話を切りやがったな。話がしたいという俺の伝言はどうしたんだよ」

「あ、それは大丈夫です」

「大丈夫じゃないだろう」

「サランは仮歌を入れたあと、明日はここに泊まるそうです」

あくる日、上司の水野玲子に報告するために登庁した。

「そのさよならばんどっていうのが問題なのね」

応接室で向かい合うと水野はまずそう言った。上司にはおおよそを自宅から電話で伝えてあった。

「そうです。大いに問題です」

「どう問題なのかを簡潔に説明してもらえるかな」

「さよならばんどっていうのは、日本のロックバンドです。さよならばんどなくして日本のロック史は語れません。日本のロックは日本語とロックのリズムとの兼ね合いをどうするかということをいろいろと悩んでいたわけですが、このさよならばんどが日本語のロックの礎《いしずえ》を築いたといっても過言ではないんです」

「日本語で歌うってのが画期的だったの？」不思議そうに水野が訊いた。

「そうですね、当時はそんなことが真剣に議論されていました。ロックは英語で歌うべきだなんて主張にも勢いがありましたからね」

「じゃあ、日本人でも英語で歌ってたんだ。気持ち悪すぎるね、それ」

そう言われるとどこか心外だった。

「日本語で歌うっていうことがこのバンドの偉大な点なんだと言われてもよくわからないな」水野玲子はさらにシビアな批評を加えた。

真行寺も、さきほどの説明が説得力のあるものだとは思ってなかった。なぜこのバンドがロック史において重要なのか？　そちらへと赴き向かおうとした心は、しかし水野の質問によって引き戻された。

「で、浅倉マリとのつながりはどうなっているの」

ああそうでした、と真行寺は我に返った。

「このバンドは一九六〇年代後半から七〇年代初期にかけて浅倉マリのバックバンドを務めていた時期があり、おそらく浅倉マリがこのライブで引退するからということで、重い腰を上げたのでしょう。バンド解散後、メンバーはそれぞれの道を行き、みなその分野で大きな成功を収めています。そして、これまでなんども再結成の噂は立ったものの、実現には至っておりません。それがほとんど半世紀ぶりに再結成されるんですよ、これは大事件です」

真行寺は喋っているうちにだんだん興奮してきた。

「さよならばんどの再結成を目撃できるのなら大枚はたいてでも駆けつけるという人が大勢いることは疑いようがありません。しかも、無料で、地の利のいい東京でとなれば、俺も、もとい私も、業務なんぞはほったらかして絶対に見に行くでしょう」

「もういいわ。真行寺さんのロックへの愛を謹聴しているとキリがないからそのへんで。で、そのさよならばんどってのが出演するとなにが起こるわけ？」

「それをこれから話そうとしていたんですよ」

真行寺はすこし恨みがましい視線を上司に向けた。水野は、あら、それは失礼と言って、

ペロリと舌を出した。荒っぽいのが持ち味の一課の長を張っている女だから、日頃はかなり隙なく構えているけれど、ときどきこういう無邪気が覗くこともある。

「とにかく、さよならばんどのリユニオンは事件なんですよ。間もなく音楽ジャーナリズムはこれを報道するでしょう。しかも無料。となると渋谷公会堂、えっと、いまはなんて言うんだ、ラインキューブ渋谷？　とか日比谷野外音楽堂くらいは埋まっちゃうだろうということです」

「それってどのくらいのキャパなの」

「二千から三千の間です」

「困るなあ、そんなに集まられると」

「とりあえず二千以上の小屋はすべて調べるべきでしょう」

「日程はわからないのね」

「言わないんです。ただ、こちらに知られたくないから言わないだけで、おそらくもう決まっているんだと思います」

「だとしたら、なんとか聞き出してちょうだいよ」

「やってはみますが、会場運営側にワルキューレで問い合わせればすぐにわかるはずですよ。ワルキューレはほかにはなんのイベントも手がけてないんですから。会場をあぶり出すのはそんなに難しくはないでしょう」

なるほど、と水野は言ってから、それだけ？　と尋ねた。

「もうひとつあります。さよならばんどが出演した場合、這ってでも見に行きたいと思うリスナーの年齢層はかなり高くなると思います」

「どのくらい」

「結成時にこのバンドを見ていた連中はいま七十代です。もしくは、六十代後半か……」

「え、そんなに高齢なの」

「だから感染すると死亡率は高くなります。ただ、このバンドをリアルタイムに追いかけていたファンは実はそんなに多くはないんですよ。その後、しだいに評価が高まり人気が出てきて伝説にまでなったバンドなので。おそらく中心は六十代、そして徐々に占める割合は下がりますが、五十代、ここに俺がいますね、ただ、その下は二十代もおそらくいるんじゃないかと思います」

「二千人からクラスターができて、彼らが街に散らばって、あちこちでウイルスをばらまくようなことになったら、これはまずいわよ」

「ですね。ならば、コンサートを開催させる代わりに、感染対策を徹底的にやらせるという交換条件はどうですか」

真行寺が出した妥協案に水野は渋い顔をした。

「コンサートが開かれることが大々的に報道されると、反社会的な行為だと見なされ、過激な行動の標的にされる可能性もある。やはりやめさせたいな」

「課長が仰ることもわかるんですが、要請という形をとっている以上、説得して駄目だった

場合は、どうしようもないんですよ」

「そこを巡査長が頑張る」

「そういうのを無茶振《むちゃぶ》りって言うんじゃないんですか。それに、もし俺が説得に失敗したらどうするんです」

「そうなったらもう感染対策を徹底させて警備を固めるしかないわね」

　真行寺は腕組みをしてうーんと唸った。

「どういう理屈で説得したらいいのかちょっと途方に暮れますね。私には歌う自由があると言われたら、返す言葉がありません。ほかに私が思いつくのは、札束で黙らせるという手なんですが、そいつは無理なんですか？」

「それは政府や自治体が配る給付金以外に積み増ししろってこと？」

「そうです。もっとも彼らは店を構えているわけではありませんから、自粛に応じる手打金として支払うってことになるんでしょうが」

「それは無理でしょう」

「でも、この件には内調《ナイチョウ》直轄のＤＡＳＰＡが絡んでいるんですよね。あそこは闇の金を握ってるっていうじゃないですか」

「官房機密費のこと？　そんなもの渡してバレたら大変なことになるわよ。次から次へと金目当てで密な状況を前提とするイベントが企画されるようになる。つまり、脅迫に屈して金を渡したって前例を作りかねない」

「だけど相手ははした金じゃ納得できないって言ってるんですよ。いやそもそも、金の問題じゃないいんだと言われたら、俺はなんと答えればいいんですか」

「金の問題じゃないとしたらなんの問題なの」

「自由です」

自由ねえ、と水野は言った。なんだそんなことかと言いたげな調子にむっとした真行寺が、自由ですよとくり返すと、水野はこう言った。

「自由よりもいまは自粛することが正しいことだと理解してもらうしかないね」

「正しいんですか」

水野はすこし黙ってから、「わからない」とつぶやくように言って真行寺を驚かせた。

「俺は正しくないような気がしているんです」と水野は言った。

「それはうすうす気がついてますけどね」

「正しいのだという理屈を授かって、それがあたかも自説のように相手にぶつけることくらいは職務なのでやらせてもらいますが、頼りの上司に匙《さじ》を投げられたら手の打ちようがありませんよ」

そう言うと水野は考え込んで、そうね、じゃあ説得方法はこちらでも考えておくわ、と請け合った。

その約束があくまでも形式上の返答に留まっていると察知して、真行寺は不安になった。

浅倉マリは明日にはやってくる。コンサートまであと何日の猶予が残されてるのかも不明

だ。一刻も早く武器を支給してくれないと戦えないぞ。

リビングでは森園がソファーを占拠して、かなりでかい音でスローなテンポのロックを聴いていた。ボーカルが乗っていないからだけではなく、なにか足りない、間の抜けた印象を受けた。曲調から察するに、森園が手がけた曲ではあるまい。おそらく坂下龍一郎が浅倉マリのためにプログラミングしたMIDI音源を基に森園がこしらえたバックトラックだ。

森園は真行寺が入ってきても、ちらと視線を送っただけで、スピーカーから出てくる音に集中していた。落ち着きがなく注意力散漫な若者の見本のようなやつだが、ときどき驚異的な集中力を見せることがある。

「どうですか」曲が終わると、森園が訊いてきた。

「どうって、これ仮歌のカラオケだろ。いいも悪いもないじゃないか」

「そうですが、これを基準にさよならばんどは練習することになると思いますよ」

「ふうーん、ただギターの音が聞こえなかったぞ」

「ギターは打ち込めないので鈴木さんに任せるとメールにあったそうです」

たしかにエレキギターの音は、プログラミングではなかなかさまにならない。そしてロックは、ギター抜きではなかなかロックになってくれない。どうりでさっぱりしすぎているなと思ったわけである。そうですよね、このままだとなんかしまらないですよね、と森園も同意して、

「真行寺さん弾いてくださいよ」と篦棒《べらぼう》なことを言った。

「馬鹿、冗談じゃない」

「割と簡単ですよ。これがコード譜です」

そう言われて渡された譜面には、ややこしいテンションノートや分数コードがまぶされてあった。

「なんだ、難しいじゃねえかよ」譜面を放り出して真行寺が言った。

「肝《きも》の音だけ出せばいいですよ」と森園はすましている。

「ソロパートはあるのか」

「ええ、十六小節。短いし、速弾《はやび》きする必要もないんで、適当でいいですよ」

「佐藤を呼べ」

「バイトだそうです」

「バイト？　いまはどこの店も閉めてるんじゃないのか」

「Ｕｂｅｒ　Ｅａｔｓのバッグ背負って自転車乗ってます。大繁盛《だいはんじょう》だそうです」

「楽器はどうすんだよ」

「ゆうべ俺が弾いていたテレキャスを使ってください。佐藤が置いていったやつです」

ややこしげなコードの押さえ方をネットで確認し、そこから一番簡単なのを選んで、二十分ほど練習させてもらってからブースに入ってヘッドフォンを被った。テンポが遅めの曲なのでなんとか弾けるかなと思ったが、やはりところどころまちがえて、天を仰いだ。

焦る真行寺に対して、ヘッドフォンから聞こえる森園の声はやけに落ち着いていて、じゃあパンチインしますよと言って、ミスしたところだけをもう一度弾かせ、元のトラックにはめ込んで、うまいぐあいに馴染ませ、ひと続きのトラックに仕上げてくれた。

シャツの袖《そで》で汗を拭《ぬぐ》いながらブースを出ると、いつの間にか来ていたサランが手を叩いていた。

「いま来たのか」

「高尾には朝から来てましたよ。家具や机なんかの搬入があったから、ずっと事務所のほうに詰めてましたけど。真行寺さんギター弾けるんですね」

「これは弾けるなんてもんじゃない」と真行寺は言った。「そこまで弾けなくて許されるのはボーカリストだけだけどって言われたことがあるくらいだ」

「へえ、誰にですか」

「あのキムさんに」

「へえ、奥さんキビシいですね」

奥さんじゃないと言いながら、真行寺はタオルで額の汗を拭った。

「あいつには、学園祭のライブで簡単なフレーズをまちがえて、そのときもけっこう叱られたな」

サービスのつもりで過去の恥を披露してサランを笑わせた後で森園の部屋を出た。

台所に入り、真行寺は冷蔵庫からアイスコーヒーの紙パックを取り出してグラスに注ぎ、

リビングのソファーに腰を下ろして、一息ついた。

しばらくして、森園がやってきて、アンプのセレクターをひねった。サランが発声練習をしている声が流れてきた。録音ブースに入ったらしい。

「ここで聴きますよね」と森園に声をかけられ、聴けるのかと驚きつつ、うんと答えた。

ブースの音声がこのリビングでモニターできるということは、森園は黙って配線を変更したということだ。たしかに便利にはちがいないが、ワルキューレの業務に都合よく自宅が改修されるのは、自分の城を我が物顔で歩かれているようで、ほんの少しではあるが、気に食わなかった。

――いちど通してバックトラック聴かせてもらえる？

サランの声がして、流しますと森園が応答し、ベース、ドラム、ピアノとそして真行寺が弾くギターの演奏が流れた。それに合わせてサランがときどき音程を確認するように軽く声を出す。けれど、まともには歌わない。なんだか焦《じ》らされているような気分になる。真行寺のギターソロのところにくると、おっと、などと言って冷やかす。真行寺は素直に反応して赤面した。

〈録っていいかな〉

――いいよー。

イントロが始まり、すうっと息を吸い込む音がして、私とあなたが出会ったとき、とすこしずつ息を吐き出すようにサランが歌いはじめた。

私とあなたが出会ったとき
大きな樹のしたに立っていた
夜は短く　淡かった

私とあなたが出会ったとき
あなたはすぐに抱こうとした
私のことを知らないまま

だから忠告してあげた
私はあなたを蝕むかもって
でもあなたは聞いちゃいなかった
草のベッドを整えるのに夢中で

愚かなあなたと　あわれな私の
罪深い魂と身体《からだ》が重なって
わたしたちはほんとうに出会った

浅倉マリのノートをめくったときに見つけた歌詞の曲だった。タイトルはたしか、『ヴァンパイア』だ。もちろん、浅倉マリが自分で歌うために作った曲だから、サランが歌うには妖艶《ようえん》すぎたが、それでも魅力的だった。楽曲そのものの力なのかもしれない。

あなたは蝕まれ、
乾いて死んだ
私はあなたを樹の下に埋めて
歩いていった
遠い荒野へ

〈どうしますか〉

森園がブースの中のサランに問いかけた。

——いちどプレイバックしてもらっていいかな。

〈了解、ちょっと調整します。そこでヘッドフォンで聴く?〉

——いや、スピーカーで聴かせて。

ドアが開き、サランがやってきて、真行寺の隣にかけた。プレイバックしますと森園の声がして、いましがた録音したトラックが流れた。

サランは手に持っていた歌詞カードに視線を落としつつ、足でリズムを取りながら聴いて

いた。

「どうですか」

曲が終わると、感想を求められた。

「いいと思う」

思わず口にしたひと言は、本心からのものだった。色っぽい歌詞をサランが歌うことに照れくさく感じる気持ちは、曲が進むにつれて霧散し、気がつくと引き込まれていた。

「真行寺さんがいいならいいや」とサランは言った。「仮歌だし」

サランはレコード会社からスカウトされたこともあったようだ。しかし、ミュージシャンとしての自身をあまり高く評価しなかったサランはむしろ、わけのわからないノイズだらけの音楽を作っていた森園を気に入った。そして、自分自身がステージに立って喝采を浴びるよりも、森園を世に出すことに熱心になり、表現者になることをやめてしまった。そのことを残念に思う気持ちが真行寺にはある。

「歌ったのひさしぶりだもんな。あのインドの歌謡曲のカバーやったとき以来。そのときもここで録音したんですよね」

そうだった、と真行寺も思い出した。

インド人の遺体が発見された荒川の河川敷からほど近いインド料理店でサランはバイトしていた。サランを訪ねてそこでよくカレーを食べていた森園は、店長のアリバラサンが店内で流していた南インドの歌謡曲を気に入った。

そして、その曲の歌詞に事件の核心を嗅ぎ取った真行寺は、森園に命じて、この曲をダンスミュージック風にアレンジさせた。さらに二番の歌詞を書き加え、英語が達者なサランに訳してもらい、歌ってもらった。録音した曲をＣＤ‐ＲＯＭに焼いて、真行寺は北海道に飛んだ。

北海道の広大な敷地にあったのはインド人の村だった。そこに住んでいたのは、ある運命の下に生まれ、そこから逃れようと船に乗って灼熱のインドを離れ、極寒の北海道にやって来た人々だった。

この村から東京に出てきた店長が流していた歌謡曲は、その運命への抵抗の歌だ、たとえ歌手がそんなつもりで歌っていないにしても、彼らはそう解釈して聴いている。そう理解した真行寺は、彼らを励ますような二番を加えたその曲を彼らの祭りでかけ、これがやたらと受けた。このときも、サランはもっと歌ってもいいんじゃないかと思ったものだ。

だからいま、森園がリビングに出てきて「どうする、もう一回歌う？」と訊いたのに対して、これでいいよ、とサランが言ったときには、納得するまで歌えばいいのに、と未練が残った。そして真行寺は、むしろサランにこの曲を歌ってもらいたいとさえ思っている自分に気がつき、いかんいかん、自分の使命はこの曲をしばらくはどのステージでも歌わせないことなのだ、と思い直さなければならなかった。

サランは、すこし音を整えてからオーディオファイルに吐き出したのを、ワルキューレのサーバーにアップしておくように森園に言いつけて、立ち上がった。これから臨時オフィス

に行くという。真行寺が保証人となって賃借した二階屋はそう呼ぶことになったようだ。真行寺も立ち上がった。

「俺もついて行っていいかな、その臨時オフィスまで」

サランが一瞬ためらったのを真行寺は見逃さなかった。しかしすぐに笑顔を作り、もちろんです一緒に行きましょう、と言った。森園は宿題があるのでお留守番である。

普段着に着替え、バイクスタンドからクロスバイクを下ろした。サランは真行寺宅への出入りが頻繁になった頃、赤いクロスバイクを購入した。真行寺の自家用車は去年の暮れに廃車にしてしまったので、駐車場には車は駐《と》まっておらず、森園に買い与えたもう一台を加えて三台のクロスバイクが、スタンドにかけられて並んでいる。

「下りはサイコーだー」

そう無邪気に言って、隣でサドルに跨がるサランの横顔には、反逆児の面差しはまるでなかった。

臨時オフィスの、賃貸のわりにはなかなかに広い庭の中に自転車を入れて、一階の掃き出し窓を見やると、屋内に人影が動くのが見えた。サッシ戸が開き、さっき食器棚が届いたんで言われた場所に配置しておいたよ、と佐久間が声をかけてきた。来たかと言ってサランは玄関に回り、その後を真行寺が追った。

玄関の古びた郵便受けには「白石」と印字された紙が貼り付けられてある。靴脱ぎ場にはスニーカーが二足脱いであった。

一階のリビングには大きなダイニングテーブルが入っていた。その上にノートパソコンを開いて、佐久間と岡井がなにやら仕事をしている。彼らはふたりが入っていくと、それぞれうぃーすと挨拶した。それが社長のサランにしたものなのか、先輩の真行寺に対しての礼儀なのかは曖昧《あいまい》だった。

サランは自分のものと思《おぼ》しきノートパソコンを抱えると、ちょっと上で仕事をしてきますと言って上がっていった。残された真行寺には、ダイニングテーブルに腰かけ、パソコンに向かっている連中を眺めることくらいしかできない。

「忙しいか」とりあえずそんな質問をしてみた。

「いや大して忙しくないですね。入場に関することはみんな自動応答のメールで処理しちゃうので」

「自動応答？　どういうことだ」

「入場希望者からメールが届くとそれに自動で返信するようにしたそうです。電話番号も載せていないし、そもそも固定電話を引いてませんからね」

固定電話を置かないと信用されないのではないかと思った。しかし置けば自粛を迫る脅迫電話が絶対にかかってくる。ふたつを天秤《てんびん》にかけて置かないことに決めたのだろう。

どんな文面を返信してるのかが気になった。

「俺も知らないんですよ」と岡井が言ったので真行寺は驚いた。

「問い合わせとかこないのか」

「わざと取りつく島がないようにしてるんですよ。まあただですからねえ。そこに書いてあることが納得できなければ、来なければいいだけの話なので」

　まあたしかにそうかもしれないが……。

「気になるのなら、入場申し込みのメールを送ったらどうですか。サイトで自分のメアドを登録して申し込んだら、すぐに返信がくるそうですよ」

「そうですよってのは？」

「俺も今晩やるつもりです。出演者用なので真行寺さんとは少しちがうでしょうが」

「マスコミへの対応は？」

「これもマスコミ専用の問い合わせフォームをホームページに作ってるのでそこに媒体がメアドを登録すれば、メールがいくようになっています。ただ、今回は誰もバックステージには入らせないそうです。つまり、扱いは一般の観客と同じ。観客がいるところから勝手に取材して書けばいいということらしいです」

「しかし、すぐに返信するっていっても会場や日程はまだ決まってないんだろ」

「そうですが、とりあえずコンサートに来たければ、そのメールを見ればわかるんだそうです」

「じゃあ、お前らはなにをやってるんだ」

「出演者への応対ですね、あとは飲食関連がすこし」

「会場も日程も決まってないのになんの打ち合わせをしてるんだ」

「ですから、もうちょっと待ってくださいというメールを送ってるわけです。もっとも、それも定型文を送るだけなんですけどね」

どうりでのんびりしてるはずだ。

「だったらわざわざこんなところに来る必要ないだろう。いまはテレワークが推奨されてるってのに」

「だから今日は、家具の搬入が主な目的です。あ、あいつあんなことやってやがる」

岡井が掃き出し窓の外を見やると、佐久間が立っていた。庭に生えている松の木の太い枝の叉《また》の部分と庭を囲む柵《さく》の横木にロープを巻き付けてハンモックを吊《つ》るしている。

「それで納得するのか?」そう声をかけ、岡井にまた正面を向かせた。

「待ってればいいじゃないですか。いまは全員がなんの仕事もないわけですから」

「お前らみたいなアマチュアに毛が生えたようなバンドはそうかもしれないが」

「ひどいなあ。まあ、言いたいことはわかりますよ。さよならばんどのことですよね」

真行寺はうなずいた。

「あのオジサマ方へのコンタクトだけは浅倉さん通しなんです」

これはもう完全に会場を押さえてあるんだなと真行寺は確信した。とにかく、情報を与える人間を限定して漏洩《ろうえい》を防いでいるのだ。真行寺は席を立った。サッシ戸を開けると、地面との段差を解消するための踏み石があり、その上にサンダルが置いてあったので、そいつを突っかけて庭に下り立った。

吊ったばかりのハンモックに揺られながら、佐久間がこちらに笑いかけた。

「試してみますか、先輩」

そう言ってくれたので、是非と応じた。

サンダルを脱いでハンモックに寝転んだ。五月晴《さつきば》れの空とはいかず、朝方晴れていた空は重そうな雲に覆われはじめていた。今日のところは雨にはならないそうです。じゃあ、おれはちょっと夕飯の買い出し行ってきます。佐久間はそう言って庭を出ていった。

ハンモックに揺られ、真行寺はスマホを取り出して、〝浅倉マリと愚か者の集い〟のサイトにアクセスし、そこで入場申し込みを済ませた。スマホのメールで登録するとすぐにメール着信を知らせる電子音がチンと鳴った。そいつを開く前に、一本電話を入れることにした。

「浅倉マリの公演会場ですが、見当はつきましたか」

簡単な挨拶の後、真行寺は水野にそう尋ねた。

――わからない。ワルキューレからはどこにも申し込みはないそうよ。

「ひょっとしたら、もっとキャパの大きな小屋を押さえたのかもしれません。まずありえないとは思いますが、武道館《ぶどうかん》、有明《ありあけ》アリーナなんかもチェックしたほうがいいかもしれませんね」

――そのあたりも調べさせてはいるんだけれど。

「ヒットしないんですか」

――残念ながら。

「ほかの名義で申し込みがあったということは？」

――ない。新たな申し込みが皆無なのよ。どんな名義であってもこの時期は目立つはずよね。あるのはキャンセル、キャンセル、キャンセル、キャンセルばかり。

「マジですか」

――逆にもっとキャパの小さいライブハウスも当たらせるつもりだけど。その可能性はあると思う？

ないと言う勇気はなかった。しかし、あの伝説のバンドがおよそ半世紀ぶりに再結成されるのに、二百や三百のライブハウスでおこなったらどうなるだろう。しかも無料なのだ。そんなことをしたら、感染の前に、あまりに大勢が詰めかけて事故が起こるのを心配しなければならない。

「調べたのは都内の二十三区ですか」

――いまのところは。

「都内全域を調べてみてください。まさか八丈島《はちじょうじま》の野外でゲリラ的にやるなんてことはないと思いますが」

――ならば島に隔離すればいいから、むしろそのほうがありがたいんだけど。とにかく了解。とりあえず東京全域のホールや会館を調べさせます。

「あとは、さよならばんどのメンバーの事務所に接触して日程と会場を聞きだすほうが早いかもしれません。彼らに日付と場所が伝わってないなんてことはまず考えられませんから」

——それがおかしなことに。メンバーのマネージャーらが言うには、事務所のほうにはなんの連絡もないんだって。

「本当ですか」

——浅倉マリがメンバーたちに直接コンタクトを取ってるようなんだけど、それもあと二、三日待って欲しいとだけ言われてるみたい。

揺れるハンモックの上からは、家の中から出てきた佐久間が臨時オフィスの前に駐めてあったバンに乗り込むのが見えた。

——ただし、場所は都内。期間はおそらく今月中だろうとだけは聞いているんだって。

「今月？　今月はあと二週間ほどしかありませんよ。それなのに、どの会場にもブッキングの形跡がなく、ヘッドライナーに会場も知らせてないなんて、ありえない。どう考えてもおかしいですよ、これは」

五里霧中《ごりむちゅう》の苛立《いらだ》ちから荒い声を上げた真行寺をなだめるように、そうなんだよね、と水野も同意して黙り込んだ。沈黙が続き、やがて、「例えば——」と水野が呼びかけた。

——これ、やるやる詐欺ってことはないかしら？

「やるやる詐欺？」

——つまり、やるぞと言うことでなにかをアピールしているってこと。そう考えれば、会場に予約が入ってないことも理解できるんだけど。

「つまりブラフですね」

――そういうこと。

「それは私もちらと疑いました」

――やっぱり。

「先日お話ししたように、さよならばんどにはこれまでに何度も再結成の噂が立ったんです。ただ、理由の詳細はわかりませんが、今日まで実現には至っておりません。それが今回、突然のリユニオンとなった。その理由はなんだろう。すぐに思いつくのは、昔世話になった浅倉マリが引退するからってことになるんですが、それだけでは説明がつかない気がしてたんです」

――そうなの。じゃあ再結成できた理由はなんだと思う？

「ひとつ考えられるのは、彼らがしてもいいと思えるようなギャラを主催者側が用意したということです。メンバー全員、金に困ってはいないでしょうが、金はいくらあっても邪魔にはなりませんからね」

――なるほど。

「なるほどではあるんですが、浅倉マリにも白石サランにもそんな資金調達能力はありません。そう考えると、やるやる詐欺って線は捨てがたい。最終的には再結成しないという約束が交わされていると考えれば、このような事態になっていることにも辻褄《つじつま》が合います」

――ん、つまり、再結成すると発表はするけれど再結成はない。このことを、主催者とさよならばんどが事前に申し合わせてるってこと？

「そうです。再結成しますと発表するだけなら、浅倉マリには世話になったんだし、協力しましょう、そういう合意ができているってわけです」

――けれど、コンサートは諸般の事情でおこなわれなくなりましたって幕引きはするわけね。つまり、最終的にさよならばんどの再結成は流れる。この作戦をメンバーらに事前に打ち明けておいて、再結成することにしておいてねと頼み込み、メンバーもこれを承諾した。

「ええ、そう考えれば、さよならばんどのメンバーに連絡がつかないのも説明がつきますよね」

――なるほど。メンバーにはこれはブラフだ、ブラフにつきあってくれと最初から説明してるわけだから、メンバーはいつどこでコンサートが開催されるのかは知らない。最初からやるつもりがないんだから知りようがない。けれど、知らないと発言するのはあまりにも不自然だから。

「さすが水野課長。飲み込みが早いですね。さらに、警察がやってきて根掘り葉掘り訊かれるのも避けたい。うっかり適当な嘘をまぶしてしまうと、あとで虚偽の情報を伝えたと責められかねないので……。だから、中止の責任は浅倉マリが負い、中止が発表されるまでは、マスコミや警察には、連絡がつかないの一点張りでいこうと申し合わせてあるんじゃないかと」

――なるほど、そう考えるきっかけは？

「先日、社会運動という言葉が頭をかすめたんです。コンサートをやるぞと声明を出すこと

によって、なにかをアピールする。つまりこれは社会運動なんじゃないか。世代的にも浅倉マリはいわゆる全共闘世代ですよね」

――やるやる詐欺の目的が社会運動ってわけね。ふむ、なるほど。いちおう筋は通っている気がする。で、その線をいまはどう考えてるの？

「いや、これはないなと思っています」

――なぜ？

「彼女らの社会運動ってのはもっとマジなんじゃないかと」

――もっとっていうのはなにと比べてそう思うわけ。

「課長は、Twitterでハッシュタグで〝#検察庁法改正案に抗議します〟ってのがすごい勢いで拡大してるのはご存知ですか」

――もちろん知ってるよ。

「拡大している要因のひとつは、このハッシュタグ運動に芸能人らがかなりの数参加してるからですよね」

――それはあるかもしれない。

「日本の芸能人は政治的な発言を避ける傾向にありました。人気商売なので当然といえば当然ですが」

――じゃあ今回のハッシュタグ運動にはどうして乗っかってるの？

「まず、政権への不満がエンターテイメント業界に溜まっているからではないかと。愛甲政

権は芸能人などに取り入りつつ、彼らの人気を政権支持に利用していたところがかなり見受けられます。にもかかわらず、今回の非常事態宣言で彼らを失業状態に追い込んで、ケアはないに等しい。このことに対しての不満はかなり募っている」

——なるほど、さすがにワルキューレの顧問をやってるだけあって鋭いわね。

「あともうひとつ、ひと言で言うと、ハッシュタグ運動が盛り上がっているのは、お手軽だからだと思う」

——そう言ってしまっていいのかな。

「いいことにしましょう。例えば国会前で反対デモに参加するには、電車かタクシーに乗って永田町《ながたちょう》まで出かけ、密な群衆の中で反対と叫ばなきゃならない。これは一般人でさえ面倒くさいし負担が大きい。芸能人ならなおさらです。これに対して、ハッシュタグ運動はタイムラインの空気を読んで、そのハッシュタグをリツイートするだけでいいんです。たしかにリスクはゼロになったわけではないが、リスクが軽減されたと思わせるような仕組みがある」

——たしかに。

「浅倉マリらは、テレビで『コンサートをやる』と打《ぶ》ち上げ、そのメッセージを、こういうライトな運動に結びつけることを狙ったんじゃないか。テレビで熾《おこ》した火種がネットにまで燃え広がっていくということはありますからね。最初はそう考えました」

——え、でもいまはそうじゃないと巡査長は思っている。それはどうして？

「ですから、浅倉マリと白石サランの性格を考えると、もっとマジなんじゃないかと思うわけです」

——ハッシュタグ運動と比べて？

「そうです。あれはあまりにもお手軽すぎるということです」

——どういう点が？

「#ってのはなんにでも付けられるんです。たとえば〝#とにかく連帯しよう〟とつぶやけば、連帯のための連帯だってできてしまう。こんなもの、ほとんどまったく意味ないんですが、連帯のネタは無数にできる。そして、拡散して終わる」

——いや、終わるかどうかはわからないよ。たしかにお手軽かもしれないけれど、この勢力は無視できないんじゃないかな。検察庁法改正案だって廃案になるかもって噂が立ってるし。

「そうなんですか。なるほど。ただ、ふたりの性格から考えると、やっぱりそれはお手軽にすぎるんですよ」

——粘るね。それはどうして？

「演奏に譬《たと》えるとわかりやすい。ハッシュタグ運動ってのは自宅からのリモートライブなんです。それに対して、コンサート会場でのライブをなにかに譬えるとすれば、とりあえずは街に出てのデモになると思います。あのふたりはリモートのライブが嫌なんです。実際、浅倉マリに聴取したときに、客の前で歌いたい、ネットで歌うなんて嫌だと言ってました。また、白石サランは所属アーティストに、ライブ用の新作を書けって命じています。これはや

っぱり本気でやるつもりだと思っておいたほうがいい。少なくとも我々は」

水野は黙り込み、刑事部屋で電話を取る桜田門の水野とハンモックの上に寝そべる高尾の真行寺を沈黙だけがつないだ。やがて、了解しましたとつぶやく水野の声が届いた。

——聞いていると、巡査長の見立てが正しいような気がする。ただ、そうなると、ブラフだろう、やるやる詐欺にちがいないと悠長に構えてはいられないってことだよね。

「そういうことです。つまり向こうが本気なだけに、説得も難しいってことです」

——で、宿題になってた説得方法だけど。

「なんか妙案を思いつきましたか？」

——妙案かどうかわからないけれど、ある種の正論だとは思う。

「聞かせてください」

——いまはある意味で戦時中である。戦時中には人々の自由やプライバシーは制限される。だからこれは要請ではなく実質的には命令なんだ。そう言って説き伏せる。どう、これは？

うーん、と真行寺は唸った。

「それは水野課長が考えたんですか」

——いや、実はこれ吉良警視正の案です。

「言ってみりゃ、それは脅しですね。うわべは要請なんだが実は命令だと凄《すご》むのは、みかじめ料を取り立てるヤクザと一緒じゃないですか」

——ちがうでしょう、それは。

水野の声がかすかに尖《とが》った。

――戦時下においては、国を守るために、つまり国民の命を守るために、国家が強権を発動することがある。今回の場合は、戦争ではないが戦争状態であるというところがややこしいのだけれど、そこを汲み取って、これは命令なんだと自覚させて欲しい、吉良警視正が言いたいのはそういうことだと思う。

なんだなんだ、このあいだは呼び捨てにして、「吉良はどうでもいい」なんて言ってたくせに、こんどはキャリア組で連帯かよ、と真行寺は多少うろたえた。

「わかりました。そう説得してみましょう」

面倒くさいのでそう言って、この対話を切り上げることにした。

真行寺はスマホをポケットに戻し、ふたたび空を仰いだ。どんよりと曇っている。

サランの声が聞こえた。真行寺さーんと呼んでいる。視線をわずかにずらすと、ベランダの柵につかまってこちらに手を振っていた。

「気持ちいいですか」

単純にそういう気持ちではなかったのだが、ピースサインを作ってみせた。

「このハンモックどこから持ってきたんだ？」

「父のです」

布の上で丸くなった背中がしゃんと伸びるような気がした。亡くなったサランの父親は、真行寺よりすこし上の年齢である。パンク全盛期に、ストラングラーズの荒れに荒れた最終

公演に出かけ、後楽園《こうらくえん》ホールの椅子が飛ぶのを見て人生が変わったんだそうだ。過激なパンクロックの衝撃を多感な青年期にモロに浴び、おまけにマイノリティだった。サランの反骨精神はおそらく父譲りだろう。

「夕飯は、みんなはお好み焼きにしようって言ってるんですけど、真行寺さん的には問題ないですか」

それ以前に、一緒に飯を食うことにためらいがあった。しかし、作業中の森園もこっちにきて食うのだろう。片意地張ってひとりで自宅に戻ってラーメン食ったりしたら嫌みだ。そんなふうに壁を築いて、取れる情報も取れなくなったら元も子もない。ピースサインを崩し、人さし指と親指で丸を作ってオーケーと返事した。

しかし、どこかのタイミングでは、よせと説き伏せなければならない。そして、時間はあまりなく、その論拠もこれから拵えなければならなかった。

真行寺はもういちどスマホを手にとり〝浅倉マリと愚か者の集い〟のサイトからの返信メールを開いた。

〔はじめに〕

〝浅倉マリと愚か者の集い〟コンサートについて、入場のお申し込みをいただき誠にありがとうございます。以下の注意点を必ずお読みになってご来場ください。会場のゲートを通過して入場された時点で、以下のことに同意したものと見なさせていただきます。

〔感染のリスクについて〕

●このコンサートの観客となることによって感染する可能性があります。その感染の確率は現在のところは算出できておりません。信頼できると思われる情報に接して各自で判断し、来場されるかどうかをご決断ください。

●会場に医療スタッフは配置しておりません。

●会場には消毒液などは置いてございません。各自お持ちください。

〔会場・日付とその告知〕

●まず、入場を希望される方は、必ず次のサイトからアプリケーション freebird（以下フリーバードと表記）をダウンロードして、ご自分のスマホにインストールしてください（必ずです！）。このアプリが入場券となります。スマホをお持ちでない方、フリーバードをインストールされていない方はご入場できません。

https://walkure.com/application………/download

●入場時、フリーバードをインストールしたスマホを持っていれば、そのまま入場ゲートを通過することができます。センサーにスマホをかざす必要もございません。

●但し、危険物を持ち込むことはできません。入場ゲートのセンサーが危険物を感知することがございます。その際は指摘された危険物を取り除いてご入場ください。

●日程は決定し次第、フリーバードがお知らせいたします。
●会場の場所はフリーバードがご案内いたします。（当日のご案内になります）
●会場への道順については、フリーバードがご案内いたします。フリーバードの案内に従って会場までお越しください。会場は東京二十三区内を予定しております。

〔入場制限〕
●アプリのダウンロードとインストールの回数は主催者側が把握しています。フリーバードをダウンロードしインストールされた方の中から何％がご来場されるのかは、主催者側のほうが予測しておこないます。
●会場のキャパシティの都合によりフリーバードをインストールされていても入場制限をおこなうことがございます。
●入場制限の詳細については、当日フリーバードができる限り早く細かくお伝えいたします。

〔その他 注意事項〕
●マスク着用の義務はございません。
●声を上げる、叫ぶなどの行為は、演奏を妨げない限り、自由です。また、声を上げている人や叫んでいる人に対して、抑制するように注意を促す行為は、ステージの演奏者に限られます。

●モッシュ（演奏者の音楽に対して観客どうしで体をぶつけ合ったり揉みあいながら歓喜や興奮を表現する行為、もしくはそのような行為をおこなうことによって、より一層ステージの演奏を楽しもうとすること）は禁止いたしません。これを望まない方、巻き込まれたくない方はその場から離れてください。
●その他、新型コロナウイルス対策前にコンサート会場で一般的に許されていたことがらについては禁止いたしません。自由にコンサートをお楽しみください。ただし、暴力行為、個人の名誉を傷つけるような言動が〈自由〉に入らないことは言うまでもありません。
●電話でのお問い合わせには一切お答えできません。
●質問はメールにて受け付けておりますが、内容によってはご返信いたしかねることがございます。

なるほど、と真行寺は感心した。こうしたITによる自動化の環境を築き上げられれば、やめろバカ！　開催したら殺す！　などの脅迫に晒《さら》されないですむ。岡井たちがほとんどやることがないと言っていたのももっともだ。

しかし、音響や照明の機材の搬入などはどうするのだろう。小さなライブハウスはともかく、千人以上を集めるロックコンサートでは、このふたつは持ち込みになる。その手筈《てはず》はサランがやっているのだろうか、それとも浅倉マリが？　はたまた外部にスタッフがいて動いているのだろうか？

フリーバードのようなアプリを入場券や情報のアップデートに使うことから見ても、背後に誰かスポンサーと技術屋がいてバックアップしているのはまちがいない。いや、それとも真行寺が知らないだけで、こんなものはたいして難しいものではなく、サランが理工学部の友人に頼んで作らせたのだろうか。

ＱＲコードを読み取って、フリーバードをインストールした後、真行寺は Gmail アカウント meandbobbymacgeetakao@gmail.com にログインした。そして、メールを一つ作成し、本文欄にこう書いた。

このサイトからフリーバードというアプリをダウンロードし、このアプリがアマチュアでも簡単に作れるようなものなのかどうか、それともＩＴ企業のエンジニアでないと無理なシロモノなのかを教えてくれないか。また、どこの企業が作ったものかの見当がつくのならそれも教えて欲しい。サイトは以下のとおり。

https://walkure.com/application………/download

それから、このアプリがどのくらいの数ダウンロードされ、またインストールされているのかを、お得意のハッキングで調べてくれたらありがたい。

そして、宛名欄は空のまま、送信しないで下書きホルダーに納めた。

このアカウントは真行寺と黒木のふたりが共同で管理しているものだ。たがいにログイン

してメッセージを残し、下書きフォルダに保存する。このアカウントには頻繁にログインし、相手が自分宛にメッセージを残していないかどうかを確認する。また、自分が下書きフォルダに残したメッセージが削除されていたら、それは相手が読んだという証拠だ。

以上が真行寺と黒木がメールでやりとりする際の方法である。なぜ書いたメールを送信しないのかというと、インターネットのデータ送信はいってみればバケツリレーであり、途中で盗まれる可能性があるからだ。

では、なぜここまで警戒しなければならないのか。黒木が警察に追われる身だからだ。その原因を作ったのは真行寺である。また、その危険は徐々に高まりつつある。だから、なるべくなら連絡は取らないほうがいい。けれど彼はいまメッセージを残した。ここで頼れるのは黒木しかいないからだ。コンピュータの技術において黒木が抜きん出たものを持っていることは明白だ。実際、彼の技術や提言によって事件の背後にある真相に肉薄したことが何度もあった。

ハンモックから起き上がり、いったん自宅に戻ることにして、クロスバイクに跨がって坂を上った。

自宅に戻ると、三和土《たたき》に馴染みのないスニーカーが一足脱いであった。そのままリビングに進むと、Ｕｂｅｒ　Ｅａｔｓのバッグを背負って走っているはずの佐藤がいて、森園と話している。壁を背にして鎮座する大きなスピーカーに向かって据えられた長いソファーの、その肘枠《ひじわく》に背中を預けるように端と端に別れて座り、ふたりは向かい合っていた。真行寺と

視線が合った佐藤が、うぃーすとくだけた挨拶をよこした。

「あれ、もうすぐ飯じゃないんですか」

首をねじ向けて森園が言った。

「やることないんでな。もう少し早く来てくれれば恥をかかずにすんだのに」

そう声をかけると、さっき森園に聴かせてもらいました、と佐藤は言った。

「なかなか味のあるギターでした」

なにを言ってやがる、そう言って自分の部屋に引っこもうとしたら、森園が妙なことを言った。

「真行寺さん、当日も弾きますか」

意味がわからなかった。

「佐藤が出られないそうなので」

森園の声は沈んでいた。

馬鹿言うな。真行寺はソファーの前のカーペットに尻をつけて胡坐をかいた。

「てことは、コンサートの日程が決まったんだな。その日はどうしても外せない予定が入ってるってことか」

「いやそういうのとはちょっと……」と言って佐藤がその先を濁した。

「どういうことだ」

「家の者に注意されまして」

「就職か」

困惑気味に佐藤は、ええとうなずき、刑事の勘ってすごいな、とつぶやいた。

「そうなんです。俺、銀行を狙っているんで。ちょっと兄貴に相談したら、兄貴もうちの高等部から大学に上がって一昨年《おととし》都市銀に入ったんですが、そいつはまずいぞって言われて」

確かに、このコンサートに加担するような学生を、世間からの信用を重んじる銀行が歓迎するはずがない。バレたら採用枠からはじかれると覚悟したほうがいいだろう。また、バレる確率もかなり高い。群衆に紛れてデモをするのとちがい、顔を晒してステージに上がるのだから。

「銀行でなきゃ駄目なのか」

真行寺がそう尋ねると佐藤は、これは意外な質問だとでも言うような表情になった。

「いやあ、どうしてもってわけじゃないんですが、やっぱり強いですからね」

「借り手からは担保を取って、政府からは護送船団方式で守られているからな」

言ってから、嫌みに過ぎたなと後悔した。真行寺は、ある事件をきっかけに、銀行だけに与えられている信用創造という特権を知り、この生業《なりわい》に対して厳しい目を向けるようになった。銀行ほどロックから遠い職業もない。もっとも警察を除いてはの話ではあるけれど……。

突然、玄関のほうから物音がしてサランが現れたかと思うと、森園のほうを見て、「私の仮歌が入ったオーディオファイル、USBメモリーに移して」と言った。

サランに似合わない、どこか息せき切った登場のしかただった。

「なんで」のんびりと森園は訊いた。

「マリさんに渡すから」

「え、明日ここに聴きに来るんじゃなかったっけ」

「ちょっと予定が変更になったみたい。――いいから早く」

「もうちょっと修正したいんだけどな。明日、マリさんがここに来るまでに仕上げればいいやと思ってたから」

「だったら急いで」

サランは森園を追いやった。するとようやく、いま佐藤に気が付いたかのように、

「聞いたよ」と言った。「出られないんだって」

佐藤は曖昧に笑って、ごめん、とひとこと言った。

「しょうがないよ」

そう淡泊に言ってのけたサランの口吻《こうふん》には憮然《ぶぜん》としたものがあった。

「白石」思い切ったように佐藤が言った。「このままこの会社を続けていくのか」

「もちろん」とサランは言った。「就職する気なんてさらさらないよ、私は。だけど、私のやり方をみんなに押し付けることはできない。それはわかってる。だから、しょうがないって言うしかないんだよね」

「ただギターはどうするんだ」と真行寺は割って入った。

「誰か見つけてくるしかないでしょう」落ち着いた調子でサランは言った。

そして、ややあってから、

「ギターならいくらでもいるから」とつけ加えた。

佐藤が顔をこわばらせて立った。たしかにサランの物言いはあんまりである。それに、かつて佐藤はサランに惹《ひ》かれていた。そのことを知っている真行寺は、ああまずい展開だな、と思った。

「それじゃあ、ここにいたってしょうがない」怒りをにじませて佐藤は言った。

「はるばるここまで来たんだから夕飯食べていけば。お好み焼きだよ」サランは平然としている。

しかし、それは無理な相談だ。佐藤が玄関に向かい、派手な音を立てて扉が閉まった。

部屋に漂う気まずい空気を払いのけるように、サランが口を開いた。

「遅いな、そんなに細かく直さなくてもいいのに」

サランは、佐藤のことなど忘れてしまったかのように、スマホの時計を見ている。

「ほかのメンバーは平気なのか」と真行寺が声をかけた。

「出たくないと言ったのは佐藤君だけです」

「けれど、そのへんをほかの連中が気軽に考えているってことはないのか」

「そのへんってどのへんを言ってるんですか」

「お堅い銀行に就職するから出られないというのが佐藤の主張だ。だけど、銀行だけが絶対ＮＧでほかの企業はＯＫなんて考えるのは楽天的すぎるだろう」

そう言うとサランは顔をこわばらせ、それで、と言った。

「森園のバックを務める連中にとって、さよならばんどと同じステージに立てるというのは誉《ほま》れかもしれない。確かに全員かなりうまいと俺も見ている」

「特に岡井君はいろんなところから引きがきてますよ」とサランは言った。

だろうなと真行寺は思った。あのドラムを欲しがるバンドは多いはずだ。スタジオミュージシャンで通用する腕なのかはわからないが、いろんなバンドを掛け持ちすれば食っていける気もする。けれど、それも、このウイルスがはびこる前ならという話だが。

「ただ、みんなまだ学生だ。それにいまは音楽業界がかつてないくらいに小さくなっている。これからはさらにそうなるだろう」

「先輩たちがサボっていたから……」

上の世代がサボってやるべきことをやっていなかったから下の世代に皺寄《しわよ》せがきている。それがサランの一貫した主張だ。一理も二理もあるが、上の世代として、はいすいませんでした、とここで白旗を揚げるわけにはいかない。

「CDは売れない。そして、コンサートだって今回強引にやったとしても、次があるかどうかわからない。浅倉マリさんだってこれで引退するんだろ。若い連中は彼女と一緒に引退するわけにはいかないじゃないか」

「なにが言いたいんですか」

そう言われた真行寺は、たしかにもういちど自分の考えを整理する必要を感じた。

「つまり、いくら申し分のない技術を持っていたとしても、この状況の中で、プロで食っていくのは難しいってことだよ」

真行寺は、なんとか言葉をつなぎながら、吐き出す言葉が本意とずれているのを感じていた。これはちょっとちがうぞ、と思った。しかし真行寺は続けた。

「みんな来年は就活が待っている。さっきも言ったように、政府が自粛しろと要請している中で、感染予防対策も決して万全とはいえないコンサートに出演するのをよしとする企業はないんだよ」

サランは恨みがましい目でこちらを見た。その目は、就職の話なんて聞きたくない、結局あなたは警官だ、父とはちがう、と訴えていた。

リビングにはサランと真行寺のふたりだけが残っていた。真行寺は床から腰を上げ、長いソファーの端に移動して、向かいの端を示し、座らないかと誘った。指《さ》された場所を眺め、すこし躊躇したあと、サランはそこに腰を下ろした。ふたりの間には約一メートルの距離《ディスタンス》ができていたが、専門家が奨励しているものには足りなかった。たがいに視線を交わすことを避け、しばし黙っていた。

「真行寺さんは、この状況下でこんなふうに自粛することが正しい選択だと思っているんですか」サランが先に口を開いた。

きたな、と真行寺は思った。いよいよ、このコロナ禍における自分の考えを述べなければならなくなった。これからもサランとつきあっていくことを考えると、嘘はつきたくなかっ

た。一方で、コンサートを思いとどまらせるという任務があった。サランの将来を顧慮すれば、コンサートを思いとどまらせるという方針に異論はない。嫌われることもよしとした。問題は、説得のための理論武装がまるで整っていないことだった。

　真行寺の脳裏を、水野を介して吉良警視正から授かった「いまは戦時中なのだ」がよぎり、そして彼はそれを払いのけた。この理屈は使えない。

「俺個人の意見をここで述べてもしょうがない気もするけどな」ととりあえず真行寺は言った。

「しょうがないかどうかは私が決めます。質問したのは私なんですから」

　まっすぐ射貫《いぬ》いてくるような真剣なまなざしに気圧《けお》された真行寺は、なんとかして自前の理屈をこねくり上げなければ、と内心焦った。

「こんなにみんなでこぞって自粛するまでの事態ではないんじゃないかとは思っている」

「だったら、どうしてこういうことになってるんですか。さっぱりわからないんですけど」

「俺にもわからんよ。わからないというのが本音だ」

「じゃあ、わからないまま自粛しろと言われて自粛してればいいんですか、私たちは」

　向こうは遠慮なく攻めてくる。

「たしかに理不尽だな」と真行寺は折れた。

　いよいよ、コンサートは止《よ》すべしの理屈をひねり出さなければならなくなった。さらに、そこにわずかながらも真理が含まれていなければ、サランを説得することなどできない。

「だけど、別の角度から考えてみる必要もあるんじゃないか」

「別の角度ってなんですか？」

「世間がまちがっていて、サランや浅倉マリさんが正しいとしよう。にもかかわらず、まちがっている世間になぜ従わなければならないのかってことを、別の角度から考えてみるんだ」

　サランは黙って真行寺の言葉の続きを待った。

「それは世間の大多数がそう思っているからだ。これは、たとえ世間がまちがっていても簡単に無視することはできない」

　そう言うと、サランは気の抜けた笑いを漏らした。

「俺の答えに失望したかもしれないが、もうちょっと聞いてくれ。世間の大多数がそう思っているということを慮《おもんばか》ること、それは単純に世間に屈するということともちょっとちがうと思うんだ。自由であることは大事だけれども、世間から信用を得た上での自由のほうがいいだろう」

「はあ、信用ってなんですか」

「アーティストってのは巷《ちまた》の一般の人たちとはちがう感性の持ち主だ、そして世間一般の人たちには思いがけないような情報を発信するのがアーティストだ。アーティストを任ずる連中はこんな風に考えている。そして世間のほうも自分たちにはないなにかを持っている人間をアーティストと呼んで崇《あが》める」

アーティストという言葉が気持ち悪かったが、ミュージシャンたちをこう呼ぶ業界の慣例を利用することにした。

「ということは、アーティストは世間の常識の逆を張ってくる連中だという認識を広めてしまうことになりやしないか。あいつらは自由の名を借りて勝手なことばかりするやつらだという危ないイメージが蔓延《まんえん》することを促してしまいやしないだろうか」

「それでもいいいじゃないですか」

いいかもしれない、と思いつつ真行寺は、

「よくない、と俺は思うんだ」と言った。

「どうよくないんですか」

「ロックなんて大衆音楽は世間と呼吸を合わせていかなきゃならないんだよ」

本当だろうか？　そう思ったが、とりあえず先を続けた。

「六〇年代後半から七〇年代前半にかけて、ロックは反体制の象徴だった。七〇年代後半に発生したパンクロックも反抗ってやつを強調した。だけど当時は、反体制や反抗を後押しする空気が世の中にまだ残ってたんだよ」

「ああ、空気読めって言いたいわけですか」嘲笑《ちょうしょう》気味の笑いがサランの口元に浮かんだ。

そうかもしれない、と真行寺は思った。

「すこしちがう。もっと言えばそういった世の中の空気から出てきたのがロックだったたってことだ」

「そんなの当たり前じゃないですか」

「だけどいまはそうじゃない。サラン、この現状を見てみなよ。なぜ人々は命令ではなくたかだか要請ごときで部屋の中に閉じこもっているんだ」

「馬鹿だからです」

「馬鹿は馬鹿なりに閉じこもることが正しいと思ってるんだ。そしていま外に出ることを正しいと言ってくれる勢力はない」

「なくはないでしょう」

「あるかもしれないがそれが大衆には浸透していない。つまり勢力として大きくない」

「なぜ」

「わからん」

喉元まで出かかっていた言葉を飲み込んで真行寺はそう言った。やみくもな生への執着、過度な衛生観念の浸透、大きな票田となっている老人層重視の政策……。

「わからない。わからないんだが、それが正しいと信じている大衆の意見も無視しちゃいけないということだ。ロックは商業音楽だ。つまり商売だ。世間からの信用が大事な商売は銀行だけじゃないんだよ」

サランは黙っていた。カチャリとドアが開く音がして、森園がＵＳＢメモリーを手にして戻ってきた。サランは黙って手を伸ばして受け取ると、立ち上がった。

「いまのことは浅倉マリさんに言ってくれたほうがいいですね。明日ここに来ますから」

サランは真行寺に向かってそう言った。森園が、夕飯はいつ頃からかなあ、と間の抜けた質問をした。佐久間君が買い出しから戻ったら、みんなが好きなときに始めればいいよ、私はこれから浅倉マリさんのところに行ってくるからまかせる、と叱りつけるように言った。

「え、サランは食わないの」と森園が驚いたように訊いた。

「ちょっとこれいまから届けて聞かせてこなきゃならなくなった」

まったくもう、サーバーにアクセスくらいできて欲しいんだけど、などと浅倉への不満も露《あら》わにしつつ、サランは背中を向けた。そしてリビングの出入口で立ちどまり、振り返ると真行寺の名を呼んだ。

「こんなことを頼むのはよくないのかもしれないんですけど、私がいない夕飯の席で、いまみたいな話をメンバーにして、惑わすのはやめてくださいね」

「どんな話したんですか、サランと」

ドアが閉まる音を聞いた後、森園がソファーの端に座ってぽつりと言った。

「サランは話すなと言ってたけど、お前、聞く気あるのか」

「あ、ならいいです」

森園はすぐに撤回した。そして、今日はこっちに泊まるって言ってたのになあ、と独り言のように言った。

あんな会話のあとじゃ泊まる気になんてなれないだろう、と思いつつ、

「浅倉マリさんとなにかこじれてるのかもしれないな」と真行寺は言った。

「あれ、佐藤は？」

　真行寺は佐藤とサランのやりとりを簡単に説明した。森園はありゃりゃと声を上げて、まずい方向に進んでますねと言った。

「ほかの連中は大丈夫なのか」

「実は、ネットが炎上しはじめたんで、みんなちょっと心配になってるようです。最初は気楽に考えていたんですけど。岡井の家は饅頭《まんじゅう》屋やってるんで、コロナ饅頭なんて噂立てられたらどうしようって言ってました。いちおうみんな個人情報が出ないようにしてるんですけど、ネットのしつこい連中なんかはどこでどう調べるのかわからないけど、徹底的に追及してきますからね」

「さよならばんどの連中はそこんところはどう考えてるんだろうか」

「坂下さんはいまは活動拠点をニューヨークに移しているので関係ないと。細野さんは、あそこまでの大御所になるとたいして気にしないんじゃないですか。鈴木さんは、メンバーの中ではすこし年下なので、細野さんに出ろと言われたら出るでしょう。ドラマーの松本さんはいまや作家ですから、これをネタにして小説書いたりとかいくらでもできますよ。それよりずっと叩いていなかったんでちゃんと叩けるかどうかを心配してるんじゃないですか」

「なるほどな」

「ああいう大物と僕らがちがうことはたしかです」

「なんだお前、本当は出たくないのか」

「そりゃ出たいですよ。ここで遠慮してると、いつの間にかライブがまともにできないような世の中になるんじゃないかって岡井や佐久間は言ってます。しかし、佐藤が離脱したのはイタいなあ」

「ギタリストなんかいくらでもいるってサランが言ってたぞ」

「いやあ、うまいって評判なのとも何度かやったことあるんですけどね、うまいところ見せようとするんで駄目なんですよ」

なに贅沢言ってんだ、と思った。しかし、言わなかった。森園にはなにがしかの才能がたしかにある。日頃は小言ばかり言ってる真行寺も、それは信じている。森園がそう言うのなら佐藤は森園にとっていいギタリストだったんだろう。

「真行寺さん、弾きませんかギター」森園はまた誘ってきた。「中途半端にうまいやつよりは下手なほうがむしろいいんですよ。真行寺さんのギター、いいじゃないですか。下手くそで味があって。弾きましょうよ。マジで」

「愛欲人民カレーなんて恥ずかしい名前のバンドはやだよ」

「じゃ名前変えましょう。〝はぐれ刑事《でか》純情派と愉快な仲間たち〟ってのはどうです」

馬鹿野郎、と真行寺は怒鳴った。

「根本的にお前はまちがっている」

なにがですか。森園はぽかんとした顔をこちらに向けて言った。

「俺はコンサートを中止させたいんだ」

「え、そうなんですか」

森園はいまはじめて知りましたというような顔を向けた。すっとぼけてそう振る舞っているわけでもないらしい。おかしな野郎だ。しかし、笑ってる場合ではない。

「それサランに話したんですか」

「話した」

「なんて言ってました」

真行寺は黙って首を振った。

「そうか」と森園は言った。「こうなったら、思い切ったこと考えなきゃだめだな」

「なんだ思い切ったことってのは」

「いやあ、まだわかりませんけど、例えばベースはシンセで出して、ギターは佐久間が弾くとか」

「はあ。なに言ってんだ、お前」

「いや、佐久間はもともとはギター弾いててめっちゃうまいんですよ。でも俺、ちゃんとシンセベース弾けんのかな。自信ないなあ」

なんだ、いつの間にか、自分のバンドのことに話題を戻して、練習しなきゃ、練習やだなあなどとほざいている。こいつもやめるつもりはやはりないようだ。挙げ句の果てに、「もう考えるの面倒くさいからお好み食いに行きましょうよ」などと言いやがった。

森園を連れて臨時オフィスに乗り込むと、台所では、佐久間がお好み焼きの具材をボウルでかき混ぜていた。

「たぶん、美味しいですよ。ネットの記事を参考に配合しました」

キッチンテーブルには鉄板プレートが置かれていた。こんな特大サイズもあるんだなと感心していたら、これは業務用だろ、と岡井が言った。サランが親戚から調達したんだと森園が説明した。新大久保で焼肉屋をやっている親戚は、その昔はホルモン焼きの屋台を引いていた。当時使っていた鉄板を自宅で使えるものに改造したのがこいつで、それをサランが拝借してきたんだそうだ。

「しかしなにからなにまで中止なんだな」

鉄板の上で焼き上がっていく生地を見つめながら、森園がつぶやいた。なんの感情もこもってなさそうなその口ぶりが、苦い胸中をかえって雄弁に語った。

「なにせオリンピックが中止になったんだからな、信じられないよ」と岡井も言った。そうだ。戦争でもなければ中止されることはないと信じていたオリンピックが、まさかまさかと思いつつ、気がつけば開催なんてとても無理だという空気が立ちこめ、こらえきれなくなってついに延期が決定された。

あとは雪崩《なだれ》を打ったように中止のオンパレードである。大相撲の夏場所が中止、甲子園の選抜大会が中止、プロ野球のオールスターが中止、浅草三社祭《あさくささんじゃまつり》も京都の葵祭《あおいまつり》も隅田川《すみだがわ》花火大会もはやばやと中止を決めた。格闘技も三月のK‐1 WORLD GPは強行したものの、

先月開催される予定だったＲＩＺＩＮは中止。椎名林檎《しいなりんご》の東京事変は二月の二公演は強行したが、三月に五ヶ所を回るツアーは中止になった。

「ロック・イン・ジャパン・フェスティバルは明日、中止を発表するらしい」

マジかよ、と森園が言った。

「ライジングサン・ロックフェスティバルやフジロックもかなりあやしいよな」

「アイドルグループのＴＡＴＳＵ・ＭＡＫＩも解散コンサートが中止になっちゃったしなあ」岡井がそう言ったので、

「なんでここでＴＡＴＳＵ・ＭＡＫＩの話が出るんだよ」と真行寺が訊いた。

「いや、こいつ叩くはずだったんですよ」

佐久間がそう言ったので真行寺は驚いた。たしかに岡井のドラムはうまい。しかし、アイドルグループの後ろで叩くというのは意外だった。あのあたりはいわゆる芸能界の人事案件で、うまければ叩けるというわけではないのではないか。

「いや、俺の師匠が身体壊して叩けなくなって、一番の姉弟子もほかの仕事で塞がっていたときに、俺を推薦してくれてラッキーって喜んでたんですよ。もっともコロナでパーになっちゃいましたけどね」

岡井のドラムに師匠がいるとは知らなかった。子供の頃から教室に通って習っていたんだそうだ。師匠って誰だと聞くと〝手数キング〟の異名を取る高速連打が売り物のトップドラマーだった。師匠から代打指名された〝手数クイーン〟が「岡井君がいいんじゃないか」と

言ってくれてこの仕事が舞い込んだらしい。

「おまえあんなクソみたいなアイドルの後ろでよく叩けるなあ」

森園はあいかわらず毒舌を吐いている。

「だけど、TATSU・MAKIのコンサートなら、ワンステージのギャラもいいんだろ」

と佐久間が訊いた。

いちおうこのくらいもらえるはずだったんだと岡井が明かしたら、それはクソだってカスだってやるわと佐久間がため息をついた。森園は裏切り者、呪ってやるなどとぶつぶつ言ってるが、佐久間も岡井も取り合わない。

「その解散コンサートはソフキンが協賛してたからな。とにかく派手にやるつもりだったらしい。逃がした魚はでっかいよ」

そう言って岡井が吐いたそのため息に合わせて、ああ……とそこにいた全員が腑《ふ》に落ちたような息を漏らした。

アイドルグループのTATSU・MAKIは、通信会社ソフト・キングダムのCMにもう二十年近く出続けている。いわばソフキンの広告塔だ。そしてソフト・キングダムと言えば、日本を代表する通信会社のひとつというだけでなく、奇抜な経営でも有名だった。〈オツレサン〉という小型の人型《ひとがた》ロボットを実質無料で配ったり、オプトという電子マネーをばらまいたりして。

〈オツレサン〉については、実質無料のキャンペーンで手に入れたものを、森園が誕生日プ

レゼントとしてサランに送って、顰蹙《ひんしゅく》を買ったことがある。この森園の失策の穴埋めをするために、真行寺は電子マネーのオプトをいくらかサランに送った。ところがその後、真行寺はこのオプトという電子マネーに込められた策謀に気づくことになるのだが……、それはまた別の話である。

さて、ソフト・キングダムは、このような派手な商《あきな》いのほかにも、サウジアラビアのオイルマネーを引っ張ってファンドを作ったり、他の通信会社が躊躇《ちゅうちょ》する中国国営の通信会社華威《ファーウェイ》と提携を結ぶなど、話題にこと欠かない。このようなソフト・キングダムのアグレッシブな戦略は、財界の風雲児と呼ばれる朴泰明《ぼくやすあき》の個性を反映したものだと言われている。

「だったら中止になってよかった。岡井がそんなにギャラとるのなら悔しくて眠れないよ」と佐久間が言った。

「中止によって佐久間との友情は保たれたわけだ」そう言って岡井は焼き上がった生地に青海苔《のり》をふりかけ、「中止中止、何もかも中止だよ。セーフだったフェスはヤマザキ春のパンまつりくらいだ」と冗談で悔しさを紛らわせた。

「考えてみたら、松《まつ》たか子はすごいよな。矢沢永吉《やざわえいきち》だって春《はる》のツアーをキャンセルせざるを得なかったのに」

最後にしみじみ佐久間が言って、みんなが笑った。笑うことで不安を癒やそうとしていた。と同時に、虚ろに響く笑いは、このまま突き進んでいいのだろうかという不安を募らせた。漂う空気が変質していくのを真行寺は感じ取ったが、あえて言葉にはしなかった。

時間が経《た》つにつれて、皆の口数はしだいに減って、やがて座に沈黙が落ちた。テーブルの全員が同じ不安にじんわりと苛《さいな》まれているようであった。この沈黙を埋めるにふさわしい話題を誰かが投げてくれるのを待ちつつ、自分も探してはみるのだが見つからない、そんな居心地の悪さが沈黙をより重いものにした。

出し抜けに佐久間が、「焼きそばを焼こう」と言った。この言葉にすがるように、みなが口々に「そうだな」「桜えびを入れよう」などと言い、無言の行《ぎょう》は終わった。皆で焼きそばを平らげた後、アイスクリームを舐《な》めて、散会となった。

駅まで佐久間と岡井を乗っけていくはずだったサランがそのまま東京に乗って行ってしまったので、真行寺はタクシーを呼んでやり、二千円持たせた。ふたりを見送ったあとで、森園と皿や鉄板を洗い、ゴミをまとめてから、戸締まりをして自宅に戻った。コーヒーを飲みたくなったので、森園に飲むかと訊いたら、そうですねと言った。

レコード棚から一枚抜いて森園に渡し、クリーナーをかけさせている間に、コーヒーを淹れた。白と薄緑のふたつの自由マグのそれぞれの縁までたっぷりと注いだ。

B面に針を落とし、ソファーに座ってひさびさに聴いた「Another Day」は心に染みた。

誰なんですか、と一曲目が終わると森園が訊いた。知らないのか、ロイ・ハーパーだ。森園は首をかしげている。ジミー・ペイジをはじめとしてジョン・ライドン、デイヴ・ギルモア、ケイト・ブッシュなどのミュージシャンから敬愛されていたのに、ほとんど売れなかったプログレッシブ・フォークの雄、影の大物シンガーだ。そう言うと森園が、浅倉マリさん

に似てますね、と言った。

「サランはこのままぶっちぎるつもりなのかな」

針が上がったとき、ふと森園がつぶやいた。

「そのつもりだろう」と真行寺は言った。「ただ、明日マリさんが来たら、俺は全力で止めるからな」とも。

それに失敗したら、その先はもう知るもんか。あとはなるようになるだけだ。ロイ・ハーパーだって、言えるのはまた明日ねくらいだよ、なんて歌ってるじゃないか、と真行寺は開き直って盤をひっくり返しこんどはA面をかけた。森園ははあと要領を得ない顔で言って、ベッドで向かいあっている虎と戦士のレコードジャケットを眺めていた。


目を覚ますと、目の前に森園の顔があった。時間を尋ねると午前九時だと言う。そろそろ起きてもいい時刻ではあるが、宵っ張りの森園がこんな時間に肩を揺すりにくるのは変だ。

「なんだよ、なんかあったのか」

「サランからいま連絡があったんですが」

まだ完全に開かない目をこすっていたその手を外し、森園を見た。

「浅倉さんは今日は来れないそうです」

「どうして」

「さあ、なんか焦ってる様子でした」

「なにを」

「いや、とりあえずそう伝えてくれと言われただけなので」

「どういう具合でそうなってるのかもう少し詳しいことを訊いてくれよ」と真行寺は言った。

「俺がですか」

「ほかに誰がいるんだ、ん？」

　できるだけさわやかに笑いながら脇腹を突くと、わかりましたと言って引っ込んだ。その代わり朝飯は作ってやるよと言って台所に行き、食器棚の引き出しを開けたら、味噌味のインスタントラーメンが二袋《ふた》あったので、ネットのレシピを参考に冷やしラーメンを作ることにした。在宅勤務の合間に即席麺を食べる人間が増えて、ネットにはこのような投稿が増えた。

「うまいじゃないか」ひとくち味見して真行寺は思わず口にした。ネットで知恵を出し合ってこの禍《わざわい》をなんとか堪《こら》え、転じて福となす、なんて言うと大げさだが、まあそういうことだよなと思い、森園を呼んだ。

「あれ、うまい」と森園も感心した。

　あれじゃない、うまいんだ、と真行寺は断じて、ふたりの会話はこの手のネタで持ちきりになった。森園が言うには、カップラーメンを使って炒飯を作ってもうまいんだそうだ。じゃあ、明日それを作ろう。うちにカップラーメンはあったっけと訊くと、ないと言う。外出自粛要請の影響で、ラーメンとスパゲッティ関連の棚はどのスーパーも空っぽになっていま

すと森園は言い訳した。そう言われると、急に食べたくなって、あとでネットで注文しておこうかと言ったら、そうしましょうと森園も賛成し、ついでに冷凍餃子も買っておきませんかと言う。真行寺も、そうだな食品が切れたら大変だからほかになにかあったら書き出しておけ、などと言って冷たい麺をすすっていた。食い終わって、皿を流しに運んだときにようやく思い出し、

「それで、サランはいったいどうしてるんだ」と訊いた。

森園ははっと思い出したように、そうだと言ってポケットからスマホを取り出して耳に当てた。この野郎、俺が言いつけたことやってなかったなと思ったが、森園はすぐにスマホをしまい、

「やっぱり通じません。さっきからずっと電源切ってるみたいです」と言った。

「昨日はあれから連絡したか」

紙パックからアイスコーヒーをグラスに注ぎながら真行寺は言った。

「したんですけど通じませんでした。ただそのときは鳴ってはいました」

「つまり電源は入れてた」

「はい」

「なにが起きたのか想像しろ。そして当てろ」

「え」

「外したら……罰ゲームだ」

「……パワハラって言うんですよ、そういうの」

「お前いつからそんな洒落のわからないやつになったんだよ」

「えっと、そうですね、さよならばんどの出演の件で揉めてるんじゃないですか」

「ありえるな、最初は逆張りすることが格好いいと思って了解したんだが、世間の風向きが〝自粛は正しい〟へどんどん変わってきているから、やっぱりよしたほうがよさそうだと思って宗旨替《しゆうしが》えしたってわけか」

「真行寺さんの言い方かなり嫌みですよね」

「だな。サランのいる前だとこんなこと言えない。でもわかりやすいだろ」

「ええ、たぶん、そんなとこじゃないですか」

「それはいい。さよならばんどが出なければ、後ろにいるスポンサーだって金を引き上げるだろう。コンサートは中止だ。愛欲人民カレーなんかじゃ日比谷野音は埋まらないからな」

「それが嬉しいんですか、ひどいなあ」

「忘れたか、俺は権力の手先だぜ」

妙にどす黒い気持ちになってそんなことまで口走った。そういうふうに自分を見下さないとやってられない気分だった。

「出かけるぞ」と真行寺は言った。

「え、どこにですか」

「サランのところだ、住所をよこせ」

もちろん、一応形だけとはいえ、ワルキューレの顧問になっているのだから、社長であるサランの住所はもらっている。しかし、まったく使わないので、スマホには登録していないのだった。

「いまから行くんですか」

「そうだ。刑事にリモートワークは無縁だ。来て欲しいわけじゃなかったが、来ないとなるとこちらから出向いて談判するしかない。濃厚接触、じゃなかった臨場してくるよ」

「誰とですか」

「メインは浅倉マリだ。会えなかったらサランともういちど話す」

さよならばんどが出演しないと思うととたんに元気になった。自室に引き取ってリンジョーリンジョー、またリンジョーと妙な節をつけて口ずさみながら着替えはじめた。臨場とは事件現場に乗り込むことを指す。言い換えれば体を現場に持っていって当事者や関係者と接触することだ。濃厚接触なくして刑事の仕事は成り立たない。

真行寺はいそいそとクロスバイクに跨がって坂を下り、高尾山口から京王線に乗った。発車直前で飛び乗ると、車両には真行寺しかいなかった。森園に送らせたサランの住所をスマホで確認する。池袋だった。驚いたことに、サランの住所はライブハウス〝地下室〟の上、つまり名画座文芸館の上のマンションである。そう言ってくれれば話が早いのに、まったく森園は抜け作だなと呆れつつスマホをしまった。

新宿からJRの山手《やまのて》線で池袋に向かった。東口に出ると、家を出たときに晴れていた空

を黒い雲が分厚く覆っていた。人気《ひとけ》のない繁華街を文芸館へと歩いていると、動かしていた足は目的地の手前で止まった。何台もの特殊車両が物々しく停車し、その周りに、白い防護服に身を包み、銀色のポットを背負ってそこから延びるノズルを振り回すのが数人見えた。制服警官の姿もある。ご自宅にお戻りください、と声を張り上げ、人垣ができそうになると、すぐにそれを崩して流していた。

「住人のかた以外は入れません」

マンションの出入口でそう言われたので、真行寺はバッヂを見せ「鑑取《かんど》りに来ました」と敬礼した。警官は「それは失礼しました」と敬礼を返した。

「感染者が？」と真行寺は訊いた。どう見ても、この状況はそれらしかった。

ええ、と警官がうなずく。

急に心配になった。しかし、たとえサランであっても若いから重篤には至るまい、と不安を拭い去ろうとした。

「名前はわかりますか」

「いや、ちょっと把握しておりません」

「搬送されたんですね」

「はい、大塚《おおつか》病院へ」

踵《きびす》を返して立ち去ろうとした真行寺の背中に、

「あの、お亡くなりになられました」という警官の声が礫《つぶて》のように投げつけられた。

その衝撃で血の気が引いた。

「悪いがちょっと通してもらいます」

引き返した真行寺は、有無を言わさぬ調子で、マンションのエントランスへ進んだ。後ろで警官が声を張り上げていたが、聞いちゃいなかった。エレベーターに乗り込んで、サランの住所をもう一度確認したら、末尾に七〇三とあったので、七階を押した。

箱から出ると、通路では白い防護服を着たふたりが、白い液を噴霧していた。ひとりが近づいてきて、

「住人の方ですか」と、セルロイドのシールド越しにくぐもった声を出した。

「いや、知り合いです」

「どなたの？」

こういう場合は、白石という通名を教えるべきなのか、それとも白《ペク》という本名を答えてやるべきなのか一瞬迷っていると、スマホが鳴った。嫌な予感がしてポケットに突っ込んだ手を抜いた。ディスプレイには森園の二文字。出たほうがいいと判断した。

「真行寺さん、大変です」

なにが、と虚ろな声を返す。

「亡くなりました」

真行寺は息を飲んだ。

「浅倉マリさん、亡くなったそうです。たったいまサランから連絡がありました。よりによ

ってコロナにやられちゃったみたいです！」

　真行寺はスマホを耳に当てたまま、白い霧が盛んに噴霧されているドアの前までふらふらと歩いていった。ドアには七〇五というプレートが貼り付けられていた。そしてその下には浅倉という文字があった。


　池袋署に出向き、浅倉マリの死亡を確認した。

　浅倉真理子《まりこ》（現住所東京都豊島区東池袋一丁目＊番地＊号　飯島エステート七〇五号室）は二〇二〇年五月十五日金曜日午前二時十三分、大塚病院で死亡が確認された。

　五月十四日木曜日の午後五時二十七分頃、体調の急な異変を感じた同人は一一九番通報し、発熱と呼吸困難を訴えた。駆けつけた救急隊員によって、大塚病院に搬送されたが、当院には一機しかない人工呼吸器は別の患者が使用していて、塞がっていた。浅倉真理子の容態はみるみるうちに悪化し、午後七時頃には意識不明の重篤な状態に至り、十五日午前二時十三分に死亡が確認された。ＰＣＲ検査の結果は陽性。同人には都内に身内がいなかったことから、仕事仲間であり、また同マンションのひとつおいて隣の部屋に住んでいる在日韓国人白沙蘭が、隔離室の中に安置されていた遺体が同人であることをガラス越しに確認した。

　真行寺は署の電話を借りて、警視庁本部の水野玲子に以上を報告した。

　まちがいないの？　水野玲子はそう問い質してきた。

――ＤＡＳＰＡの吉良警視正にそのように連絡していいわけね。

「ええ、いま池袋の調書で確認しましたので」

――わかりました。至急連絡します。

　真行寺は受話器を戻し、生活安全課の岩田警部補とふたたび向かい合った。

「この人は相当なヘビースモーカーで、数年前には肺癌の手術もしていたからあっという間だった。本人もなにがなんだか訳わからなかったんじゃないかな」

　岩田は書類を眺めながら言った。

「死亡を確認した関係者はどうしました」

　真行寺は白石サランとの関係は伏せたまま、そう尋ねた。

「白沙蘭には豊島区の保健所員が聞き取り調査をおこなった。浅倉との濃厚接触の経歴などを詳しく尋ねたそうだが、ここしばらくは接触がなかったとのことだった」

「ということは、いまのところ感染ルートは不明ってことですか？」

「そうなる」

　サランは明らかに嘘をついている。浅倉マリとの濃厚接触はまちがいなくあった。少なくとも一週間ほど前には地下室で真行寺と一緒に会っている。三人ともマスクもしないで向かい合って喋ったじゃないか。おまけにあの時一番雄弁だったのは、浅倉マリだった。それなのになぜ真っ赤な嘘を口にしたのか？　ＰＣＲ検査を受けたくない理由があるからだろう。それはいったいなんだ？　その疑問に突き進む前に、自分の身の振り方を決めるほうが先だと思った。真行寺はすこし迷った。しかし、もうそう若くはない自分の年齢《とし》を考え、申告す

ることにした。

「俺はこの人と濃厚接触しています」

岩田の目が見開かれた。

「なんだって……」

「自粛要請のパトロールをしているときに。ニュースにもなりました」

「あ、あの女かよ、こいつは。調書の字面だけ眺めていたんでわかんなかったぞ。人間死ぬときは死ぬなんて啖呵《たんか》切ってやがったが、本当にコロッと逝《い》っちまったんだな。まったく、演歌歌手の分際《ぶんざい》で芸術家気取ってえらそうなこと抜かして和を乱すからこういうことになるんだよ」

岩田の態度から死者への敬意が消えた。和を乱してケシカランなんて、自粛警察と同じである。ホンモノの警察なのでなおさらたちが悪い。

「ともかく、検査を受けたほうがよさそうなので、手配願えますか」

そう言って真行寺はジャケットのポケットから紙マスクを取り出すと、ゴム紐《ひも》を耳にかけた。はじめて真行寺がマスクをしていなかったことに気がついた岩田は、ぎょっとした表情になって身体をのけぞらせた。

検査はすぐに受けることができた。鼻の奥に綿棒を突っ込まれ、スマホもなにもかも取り上げられ、テレビもない個室に押し込まれた。

PCR検査は結果が出るまでに時間がかかるのが焦れったい。何もすることがないので、頭の中でエリオット・スミスの「Waltz #2」を再生しながら、ひと晩過ごした。今日僕はここにいて、このさきもずっとここにいる。もう疲れた。そんなことを歌っていた。

幸い、歌の通りにはならなかった。あくる朝、看護師が病室にやってきて、結果は陰性だったと面白くもなさそうに教えてくれた。そうとわかればさっさとベッドを空けてくれと言わんばかりの調子である。晴れて退院の身となったときには、土曜日になっていた。

真行寺は、カウンターの前に並べられてある長椅子に座って、その上の壁にかけられた電子パネルを見ていた。パネルの上で点灯している数字に自分がいま手にしている番号が加われば、精算の順番が回ってきたことになる。そのパネルの横には大きな液晶テレビがかけられ、ニュースをやっていた。愛知県東郷町《とうごうちょう》の施設で「俺はコロナだぞ」と言って職員につばを吐きかけた男がいて、大騒ぎになったらしい。この男は平熱で、血中の酸素飽和度にも異状は見られず、味覚障害などもないという。完全に愉快犯である。暇だからやったとしか思えない。十人もの警官が、現場に駆けつけました、という字幕を読んで、

「これはたまらんな、まったく」

真行寺は思わずそうひとりごちた。続いて、新型ウイルスで亡くなった大相撲の力士の続報があった。彼の気さくで優しい人柄が報じられた。このあとに浅倉マリのニュースが流れるかと思ったが、そうはならなかった。

昼のワイドショーにとって、浅倉マリの死は報道するに値しないのか。それともまだマス

コミが死亡のネタを摑んでいないのか。

　真行寺はスマホを取り出した。このエリアではスマホや携帯電話の使用は認められているようなので、まずはサランにかけた。

　おかけになった電話番号への通話は、お客さまのご希望によりおつなぎできません。丁寧な声で音声メッセージがそう告げたが、その耳慣れない台詞回しが気になった。電源が入っていないか電波の届かないところにいると応答するんじゃなかったか。……ひょっとしてこれは……着信拒否？

　死角から飛んできたパンチをまともに食らった気がした。

「これは応えるなあ」

　苦笑いしつつ、こんどは池袋署にかけた。

――助かった。もし陽性だったら、署全体が大変なことになっていたぞ。

　検査の結果を教えると岩田は、ため息とともにそう言った。

「ところで、検査最優先でこちらに来てしまったので聞きそびれたんですが、感染ルートについては、浅倉マリ本人から手がかりになるようなことはなにも聞けなかったんですか」

――それがな、病院に運ばれたときはもう呼吸をするのがやっとの状態だったらしいんだ。

「感染の日付の目安ってのは出ないものなんですかね」

――正確には無理だが、年齢と喫煙の習慣があること、それから肺癌を一度患ったことからすると、感染してから発症まではわりと短かったんじゃないかと。ただ、あくまでも推測だ。

ヒアリングもできない状態で独り身に急死されたら保健所もお手上げなんだってよ。

保健所の聞き取り調査は警察も顔負けのしつこさだと聞いたことがある。時間をかけて丁寧に聞き取りしクラスターをあぶり出す。これは感染症対策における保健所のお家芸なんだそうだ。ただし、この連中に目をつけられると身の潔白が完全に晴れるまで身動きが取れなくなるので大変だとも聞いている。

——ただ、これは本人からの聴取でわかったことじゃないんだが、浅倉マリは道でファンに声をかけられてサインを求められていたそうだ。

「それは誰からの情報ですか」

——白沙蘭だよ。電話で聞いたらしいが。……ここに書いてあるぞ。ファンだと言ってサインを求められ、応援してます、と言われて握手した。

「男ですかそのファンは」

——そう書いてあるな。

「なぜ白沙蘭は、感染ルートのことを聞かれてサインのことを話したんでしょうか。つまり、彼女はその人物から感染したと疑っているんですかね」

——いやいや。心当たりのあることはみな話せと言われたので、無理矢理絞り出したんだそうだ。

「つまり、発症した浅倉マリが、ひょっとしたらファンから感染《うつ》されたのではと疑ってファンとの一件を白沙蘭に話し、白がそれを調査員に伝えたわけではないんですね」

――それはちがうね。とにかく保健所に、なんでもいいから思いつく限りを話せ、と言われて、それではって感じで話したらしいぜ。

　そうですか、と真行寺は言った。

　さて、ファンが敬愛するミュージシャンに偶然出会ってサインを求めるということはある。さらに、浅倉マリの立場からすれば、このご時世にコンサートをやるなどもってのほかと非難囂々《ごうごう》の最中《さいちゅう》に、ファンです、応援していますと言われれば、そりゃあ嬉しくも感じるだろうし、サインに応じるのは不思議じゃない。なにせ、ファンから感染《うつ》されるのなら本望だとまで浅倉マリは言っているんだから。

「でも、そのファンの身元はわからないんですよね？」

――そうなんだよ。浅倉マリが感染源でその人が感染《うつ》されている可能性だってあるわけだから、保健所も突き止めたいんだが、難しいらしいな。いわゆる〝感染ルート不明〟ってやつだ。

「その人物の特徴でなにかわかることはありませんか？」

――ロックミュージシャンのTシャツを着ていたと言っている。

「誰ですか、そのミュージシャンは？」

――誰かまではわからないらしいな、メモによると。

「わからないと白沙蘭が言っているわけですか」

――ああ、そう書いてある。

サランはロックミュージックに相当に詳しいから、かなりマイナーなんだろう。

「ではシャツの色は？」

――黒だ。

「で、いつですか？　浅倉マリがそのファンと会ったっていうのは？」

――十一日の月曜日。

「発症したのは？」

――十四日。三日後だな。そのファンから感染《うつ》されたんだとしたら、潜伏期間が短すぎる。通常は五日から二週間程度と言われているから。

「場所は？」

――池袋だ。

「池袋のどこですか」

――かなり人通りの多いところだったらしい。ちょっと待て、ここに書いてある。東口のビックカメラの前だ。グリーン大通りだな。白沙蘭が言うには、通りで声をかけられ、応援してます頑張ってくださいって言われ、サインした。そう浅倉マリが嬉しそうに語っていた。

――だとさ。

なるほど。やはり保健所の所員が無理矢理引っ張り出したエピソードに過ぎないのか。役に立ちそうなこともそうでないこともとりあえずなんでも聞く、というのは警察でもやっているが、ほとんどの情報はごみ箱行きである。

「聞き取り調査をしたのは池袋の保健所ですか」

――そうなる。

「その保健所の所員の名前はわかりますか」

――それを聞いてどうするんだ。

「どうもしませんが、もう少しこの件について訊いてみたいなと」

――だからなにを？

「まだ決まってません。聞き取り調査をしながら探っていこうと思ってます」

――やめとけよ。いま保健所は寝る間もないくらい忙しいんだ。医療崩壊を食い止めようと防波堤になっているのが保健所なんだぞ。

それはそうだなと思った。確かに、この時期に明確な目的もなく保健所の時間を奪うのは、褒められたものではない。

――聞きたければ、白本人《ペク》に聞けばいいだろ。呼び出そうか。

いや結構です、と断った。

――ただまあ、これで一件落着だよな。

あれこれ考えていた真行寺は、ふと我に返って、なにがですか、と訊いた。

――不謹慎だが。

なるほど亡くなったことに意識が集中して、そこに気が回らなかった。

浅倉マリは死んだ。主役がいなくなったんだから、〝浅倉マリと愚か者の集い〟もこれで

開催できなくなった。水野玲子から真行寺に下されたミッションは、意外にもあっけない幕切れを迎えたわけである。

警部補との通話を終わりにして、もういちどサランにかけたが、結果は先程と同じだった。真行寺は急に心配になった。

サランはどこでなにをしているのだろうか。まず、浅倉マリと濃厚接触していないというサランの証言は嘘だ。だから彼女の感染を疑ってやるべきである。症状がまったくないにしても、いまは潜伏期間だということも考えられる。

さらに、金の問題も心配になってきた。〝浅倉マリと愚か者の集い〟の中止はワルキューレの社長であるサランにとっては大問題である。高尾に事務所を借りて、会場も押さえていたとなると、かなりの経費がすでに発生していると考えていい。ここで中止に追い込まれたということは、これまでの経費は捨て金となったに等しい。当然、その責任をサランは追及されることになろう。

しかし、現実問題として、彼女には責任を取る能力はない。契約がどうなっているのかはわからないが、弁済の責務があるとしても、応じられないだろう。それでも、それはサランの債務となって残るのだろうか。

そんなことをあれこれ考えてみたが、この時点ではわかりようがないと気づいて苦笑した。それから、とりあえず指令が終了したことを上司に報告せねばと思い、もう一度スマホを取った。

「おやすみのところ申し訳ございません」

――おつかれさま。大変なことになっちゃったわね。

「あ、ご存知でしたか。いまテレビのニュースではやってなかったので連絡しようかと」

――ホームページには出てるわよ。でももうすぐテレビでも取り上げるんじゃないかな。

「そうですか。ホームページにはもう出てるんですか」

――そう、まったく予想外の展開だったわね、これは。

「いや、仰るとおりです」

――さてどうしようか？

「最終確認はまだですが、とりあえずこれで中止はほぼまちがいないでしょうし。なのでいちおうご連絡をと思いまして」

一瞬の間があった後、水野は言った。

――……なにを言ってるの？

「なにを……とは？」

スマホを耳に当てて待っていたが、なにも言ってくれないので、

「浅倉マリが死んだので……」と言わずもがなのひとことを追加した。

――それは昨日の時点で連絡をもらってます。

なんだ、わかってるんじゃないか。ならばこの違和感はいったいなんだ。

「故に、彼女主催のコンサートも中止になるわけです」

水野はまた沈黙した後で、「そうか」と漏らした。真行寺は恐る恐る、「そうなんです」と返した。

——じゃあ、まずはホームページを見ることね。

水野はそう言い捨てると電話を切った。後に残されたツーツーという話中音を耳にあいかわらずきつい女だなとつぶやきながら、こりゃなにかあったぞと確信した。

そう仰るのなら素直に見ますよと言って、スマホを取り出すと、この間インストールしたフリーバードのアイコンがディスプレイ上で動いて口をパクパクさせているのが見えた。一晩スマホを取り上げられていたので、なにか新たな知らせがあるのだろうと思いタップした。まず考えられるのは、浅倉マリの訃報である。その次におそらく水野が確認しろと言ったなにかがあるにちがいない。そんなことを思いながら、ホームページを見た真行寺の目はかあっと見開かれた。

〝浅倉マリと愚か者の集い〟開催日時決定！　五月二十三日（土）朝八時開場。十時スタート。

なんだって！　浅倉マリは死んだんだぞ。それとも、前の告知がまだそのまま残っているのか。

真行寺は出演者のタブをクリックした。

~~浅倉マリ~~&さよならばんど
　二〇二〇年五月十五日　浅倉マリは夜明け前に永眠いたしました。謹んでご冥福をお祈りいたします。

さよならばんど
　なお、さよならばんど単独での出演は変わりありません。

パンタックスワールド
ネコ
トロツキスト
不連続射殺魔
~~みちょぱでほい~~　都合により不出場となりました。
とてもジャンキーな猿
アーントサリーヌ
バイソンドーター
たえこさんと新しい日常

コレラ　　　　　　　　都合により不出場となりました。
閥花技術
愛欲人民カレー　　　　出演決定！
グランブルー
ブラックブラックブラック髑髏《どくろ》　出演決定！
…………

浅倉マリ抜きで強行するつもりらしい。また、さよならばんどは、浅倉マリの死を承知の上で、参加を取り止めないことにしたようだ。

主催者側からすると、さよならばんどさえ出てくれれば集客は約束されたようなものである。ここで下手に中止に舵《かじ》を切れば、大赤字になるから、サランは強行突破を決断したという舞台裏が想像された。

しかし、出場を予定していたにもかかわらず、それを撤回したバンドもある。インディーズ勢さえも怖じ気づくこの雰囲気の中で、なぜさよならばんどのような、言ってみればエスタブリッシュメントな面々が出場を辞退しないのか。自分たちの看板に傷がつくことを考えると、この決断はなんとも不可解である。

わからないことをいつまでも考えてもしょうがないので、真行寺はあらためて日付を確認した。

五月二十三日（土）

来週じゃないか！

驚くと同時にそうかとも思った。来週いきなりコンサートやるぞと言われてすぐに都合をつけられる人間はそう多くはない。しかし、いまこの時期はちがう。みんなやることがなくて部屋に引きこもっている。しかも土曜日だ。必ず来る。そう踏んでいるのだ。

そして、白石サランが、浅倉マリとの濃厚接触はないと偽証してまで、PCR検査を避けた理由もこれで明白になった。サランには、感染を裏付けるような症状は出ていないのだろう。しかし、平気なようでいて実は感染している、いわゆる無症状の感染者である可能性はある。サランの年齢を考えると、なおさらありうる。PCR検査を受けて、万が一、陽性と判定された場合は、コンサートの開催日の五月二十三日に隔離された部屋から一歩も出られないことになる。その事態はなんとしてでも避けたかったのだろう。

しかし、いま潜伏期間である場合は、急に発症し、あっという間に重篤な状態になる可能性はある。また、無症状でも人に感染させる可能性もないとは言えない。

だが、考えようによっては、そうではないと言い切れる人間がいるのかという問題も残る。真行寺だって、今日のところは〝無罪判定〟が出たが、明日になればまたわからない。とにかく、わかっていないことが多すぎて、いらいらする。「正しく怖がる」なんてもっともら

しい台詞を時々耳にするが、この新型ウイルスに関しては確実に正しい知見がまだ出揃っていないのだから、「正しく怖がる」なんてどだい無理な話なのだ。

で、場所はどこなんだ。真行寺は〔会場〕のタグをクリックした。


開催場所は当日フリーバードがお知らせします。


やはり当日になるまで知らせないらしい。

さあ、どう動けばいい？

まずサランに会わなければならない。背後で誰かが動いているとしても、サランはなんらかの情報を持っているはずだ。サランが知っていることが真相のすべてではないにしても、いま鑑取りをするべき対象はサランしかいない。しかし、サランに会って事情聴取したら、ふたりの間は険悪になることまちがいなしだ。それは大変に気が重かった。

スマホが鳴った。

――どう、読んだ？

水野の声はいくぶん穏やかになっていた。

「はい。どうやら私が検査で隔離されているうちに、事態は急転していたようです」

――そうね。電話を切ってからそう気がついて、ちょっとキツい言い方しすぎたかなと思って反省しました。

「大丈夫です。慣れてますので」

水野はくすりと笑ってから、白石サランさんに会うべきね、と言った。まあしょうがないなと観念しながら、まさしくそれを考えていたところです、と真行寺は答えた。

「さよならばんど周辺の鑑取りはどうなっていますか？」

――マネージャー通しだけども、返事をもらいました。故人との約束なので、こういう状況になっても出演したいんだって。そんなに大物だったのかな浅倉マリって……。

音楽関係者ではない真行寺にはそのへんの感触はわからない。しかし、さよならばんどの出演は浅倉マリが死んでもゆるがないということは、関係者への鑑取りで確認されたわけである。

これは大問題だ。

――白石サランさんとのコンタクトは取れてるの？

「いや、昨日から不通です。どうやら着信拒否もされているようで」

――あらあら、嫌われちゃったんだ。

「そうみたいです」

そう言いながら、この事件のせいだ、これでも多少は好かれてたんだ、と憤《いきどお》った。

――どうしましょうか。外れたほうがいい感じなのかな？

そうですねと言えば、外してもらえそうな雰囲気である。サランを問い詰めるのは気が重い。しかし、自分が退いて別の荒くれた刑事たちがサランの前に立ってオラオラと詰問する

ことを考えると、それはどうしても避けたかった。サランがかわいそうだという気持ちが半分、そうなればろくな結果を招かないだろうという気持ちが半分だった。

「いや、やりますよ。そのほうがいいでしょう」と真行寺は言った。

――そうね、そのほうがいいと私も思ってた。そして真行寺さんはそう言うだろうってね。見透かされてるようで癪《しゃく》に障《さわ》ったが、ありがとうございますと言って、切った。

聞き覚えのある番号が読み上げられた。握っていた左手を開くと、そこにはくしゃくしゃになった紙があった。紙に書かれた番号を見て自分の番が来たことを確認し、真行寺は精算カウンターに向かう。

真行寺弘道さん、ですねと言われ、そうですと答え、こちらの金額になりますと医療費を示された。これは経費で落ちるんだろうなと思いつつ支払うと、事務員は検査結果が記された紙を渡してくれた。そして、手元にあるもう一枚の紙を見つめて首をかしげ、「これもお渡しするのかな？」と隣の同僚のほうを向いた。そう訊かれたほうは、釈然としない面持ちで紙面を見つめていたが、視線を上げて、「真行寺さんですよね」と言った。なぜまた誰何《すいか》されるのかと思いつつ、とりあえず、はいと答えた。

彼女は同僚の手から紙を取り上げ、こちらもお渡ししておきます、と突き出した。いちばん上に真行寺弘道と記載されていたので、自分宛なのはまちがいない。

もういちど長椅子に座って、課長に提出する書類を確認した。医療費の明細が一枚。ＰＣＲ検査の詳細が一枚。そしてもう一枚はいましがた事務員が不思議そうな顔をして渡してく

れた用紙である。そこには彼の名前の下に、まるで医療と関係のない妙なことが記載されていた。

フリーバード　ダウンロード数　32897
同　インストール数　32862
アプリケーション開発　ワルキューレ
備考：フリーバードはかなり高度なプログラムで書かれています。誰にでも作れるものではないし、IT企業ならできるというわけでもありません。ただし、学生だから作れないというわけでもない。ちなみに僕なら作れます。

真行寺はこれが誰からの何についてのメッセージであるかをすぐに理解した。黒木だ。黒木がどうしてもすぐに真行寺に連絡を取りたい場合は、近くの電話が鳴る。こちらに真行寺さんはいますかと声をかけられ、時には苦情とともに、受話器が回ってくる。こういうことが可能なのは、真行寺の位置情報が黒木に筒抜けだからだ。いつでもどこにいたって、黒木はこちらの居場所を突き止め、近くの電話を鳴らして呼び出す。決して直接スマホにかけてこない。盗聴を用心しているからである。しかし、いくら信頼している友人とはいえ、四六時中こちらの位置情報を吸い上げられているのは、心地いいものではない。結局、メリット

とデメリットを天秤にかけて、真行寺はこれを黙認しているのだが。

ところが、今日はまた妙な方法で連絡をしてきたな。どうして紙なんだろう。考えてみたがわからない。気を取り直し、真行寺はもういちど紙面の文字を追った。

なんだって……。真行寺はようやく異変に気づいた。ダウンロード数が三万を超えている、だと？　つまり、〝浅倉マリと愚か者の集い〟への参加を予定している人間がこの時点で三万人以上いるということである。そんなバカな？　なぜいつまでもダウンロードさせるんだ？　こんな人数では武道館でも溢れちまうぞ。歩留まりが半分だとしても一万五千人。これだって無理だ。いや武道館がこの時期にこんなイベントに貸すとは思えない。ならばやはり東京といってもかなり辺鄙《へんぴ》なところで決行するつもりなのだろうか。

やはりサランに会わなければ。真行寺はそう思った。では、どうする？　自宅に戻っていないとしたら、真行寺が思いつくサランが行きそうなところはひとつしかなかった。

真行寺は新宿に出て、中央線に乗った。

窓にもたれてぼんやり外を眺めていると、立川《たちかわ》を通過したあたりで、雨粒が窓を叩きはじめた。この三日ほど曇り空ばかり見せられてきたが、ついに雨が降りだした。このまま梅雨入りするのだろうか。

駅前の駐輪場から雨に濡《ぬ》れたクロスバイクを引き出して、ペダルを踏んだ。真行寺のレンガ造りの家に到着する手前で、ワルキューレの臨時オフィスを通ることになる。真行寺はサドルから尻を下ろして、両足を地面に着けた。車が一台駐まっている。ナンバープレートに

は、レンタカーもしくはシェアカーであることを示す〝わ〟の文字。来ている、と確信した。真行寺はこの幸運に感謝し、庭に自転車を入れ、チャイムを鳴らした。

返事がないのでノブを回して引くと、抵抗なくドアは手前に開いた。入るよ。ひと声かけて靴を脱ぎ、廊下に足を乗せると、ポタポタと水滴が木目柄のフローリング材に落ちた。

雨粒をしたたらせながら、キッチンに足を踏み入れると、サランがいた。ダイニングテーブルに座り、探し物をしているかのように、その手は段ボール箱の中のノートや書類を忙《せわ》しなくまさぐっている。脇には透明なケースに収められた黒いウイッグ。

サラン、と声をかけたが、相手はこちらをちらと一瞥《いちべつ》しただけですぐ手元に視線を戻した。

「浅倉マリさんのことは気の毒だった」とりあえずそう言った。

サランは視線を落としたままで軽くうなずき、そうですねと言った。しかし、その手は休まず動いている。いいかと断って真行寺は椅子を引いた。返事はないので勝手にかけた。

「本当に浅倉さんとの濃厚接触はないいんだな」一応訊いた。

「大丈夫です」

どういう意味だろう。接触していないからという意味なのか、接触はしているけれど無症状なので問題ないと言いたいのだろうか。後者だろう。していないはずはないのだ。

「PCR検査を受けたほうがいいと思う」

返事なし。

「いまは症状が出ていなくても、潜伏期間だからとも考えられる」

返事なし。

「俺は受けた。陰性だったよ」

「よく受けられましたね」サランはようやく口を開いた。しかし、あいかわらず視線を合わせてはくれない。「保健所はできるだけPCR検査を受けさせたくない、というような態度でしたよ」

確かにその傾向があるとは聞いている。

「真行寺さんは警察枠なんですよ」

サランの言葉には、内に秘めてはいるものの、真行寺の前では抑えるようにしている、権力に対する反感がにじんでいた。

「もうやるなとは言わないが」真行寺は懐柔策に出た。「せめてその理由を教えてくれないか」

サランはうつむいたまま苦い笑いを浮かべただけだった。

「やりたいと言ってた本人がもう亡くなったのになぜ続けるんだ。やらざるを得ないような困った状況に陥っているのなら相談してくれ」

トン。サランはノートと書類を摑んで天板の上で底辺を揃え、真行寺の言葉をさえぎった。

「お気遣いありがとうございます。そういう状況にはありませんので大丈夫です」

「なぜだ」

「なぜって……」

真行寺はどんな理由《わけ》を問い質そうとしているのか自分でもわからなくなった。浅倉マリの死によってコンサートが中止となっても、返済などの義務が生じない理由《りゆう》か、それともこの期《ご》に及んでコンサートを強行する理由なのか。

サランははじめて真行寺を見た。そして前髪の先端からポタポタ垂れているしずくを見て、

「濡れてますよ」と薄く笑った。

真行寺も笑ってみせた。すると急にサランは真顔になって、

「PCR検査を受けたら、私はたぶん陽性になる」と言った。

「なぜ」真行寺はそう訊かざるを得なかった。

「マリさんがそう言った。マリさんは私からウイルスをもらったんだと思ってた」

「そう言ったのか」

サランはうなずいた。真行寺は衝撃を受けた。ロックアーティストの黒いTシャツを着ていたファンなんて話は、嫌疑を自分からそらすためのでっちあげなのか。しかし、そちらを追及する余裕は真行寺になかった。本当にサランは感染しているのか否か、その白黒をつけるほうが急務だと見極めた。

「じゃあ、なぜそのように言わなかったんだ。だったらなおさらPCR検査を受けるべきだろう」

「私はやると約束したから」

「このコンサートを？」

「それ以外になにが……」冷笑とともにサランは言った。

　ならば、それは浅倉マリからサランに託された遺言だ。少なくともサランはそう受け取っている。約束を果たそうとするのなら、陽性の烙印を押されての十四日間に及ぶ隔離は避けなければならない。だから、嘘をついてでも、検査を回避する必要があった。

「それに、私が感染したのは真行寺さんからかもしれません」

「なんだって」

「真行寺さん、去年の暮れに風邪をひきましたよね。たぶんそのときに……」

　確かに去年の暮れ、真行寺はめずらしく熱が下がらずに寝込んだ。

「年明けに、一緒にお蕎麦食べに行った翌日に、私も少し熱と咳が出たんです。熱はすぐに引いたんだけど、咳のほうは一週間ほど止まらなかった。たぶんそれってあれだと思う」

　本当かと真行寺が訊いた。サランは森園君もそうでしたよ、と言った。

「熱はないけど咳は続くよな、なんて言ってました」

　年明けに、森園が咳をしていた記憶はなかった。我ながら森園にはずいぶん冷淡だな、と呆れた。ともかく申し訳ないと言おうとしたら、

「謝って欲しいわけじゃないですからね」と先を制された。「とにかくその時点で私たちは軽症ですんで、そして抗体ができたんだと思う。だけど、抗体ができたからといってまた感染しないってわけでもないとも聞くから、いろんな人と会っていた私はどこかでまたもらって……」

それが浅倉マリに……？　なんだ、まったく確証のないただの仮説じゃないか。しかし可能性はゼロではない。そして、真行寺はこういう大胆な推理をしがちな刑事である。だからまちがうことも多い。まちがったと思ったら引っ込める。ただし、とりあえず口にすることはあるし、口にしたことのいくばくかは的中したりするのである。

「つまり、こういうことになっちゃうと全面的に無罪ってのは無理なんですよね。だから真行寺さんのことをまったく恨んでません」

まるで、真行寺から感染《うつ》されたことは確定事項だと言わんばかりの口ぶりである。

「私はやり遂げたいんです」宣言するようにサランは言った。

その傍らのウイッグの黒に真行寺の視線は吸い寄せられた。浅倉マリの遺志を継いでコンサートを決行する。それは感染させた者の責務である、そう言いたいのか。

しかし、そんな理屈は世間ではまったく通用しない。それどころか、こんなことがばれたら、動機なんかおかまいなしに、袋叩きにされる。サランは頑《かたく》なで気が強いように見受けられるが、こういう人間こそ理不尽な集中砲火に脆《もろ》い。

「浅倉マリさんは死んだんだ。それでもやる必要はあるのかい」

実に凡庸な意見だと知りながら、真行寺はそう言った。

「必要ですか……必要はないかもしれませんね」

「必要がないなら止《よ》すべきだ、いまは」

「いいえ、私は止《や》めません」

「だから、なぜ。人の命がかかっているんだ」

「命よりも自由が大事だと思っているからです」

自由。自由なんてものはない、自由という言葉だけを慈しんでいるだけだ、黒木にはよくそんなことを言われる。自由はある。自由よりも大切なものはないと躍起になって言う真行寺だが、命よりも自由が大事だとまで極言する勇気はなかった。命よりも自由が大事。その言葉は切れ味鋭く、水際立っているが、愚かであり軽薄でもあった。そうか、愚か者の集いか、と思い当たって、真行寺は慄然《りつぜん》とした。

サランは整えたノートと書類を段ボール箱の中に寝かせた。そして、その上にウイッグを収めた透明のケースを重ねて蓋を閉じ、その綴《と》じ目《め》をじっと見た。

「こう考えるのが正しいからこのように行動する。そう思ってるんだろうが」と真行寺が声をかけた。「行動する前に、その考えをもうすこし吟味したほうがよくはないだろうか」

自分の耳にさえ小賢《こざか》しく聞こえた。しかし、そこにいささかの真情もこめられていないというわけでもなかった。少なくとも、吉良から授けられた「いまは戦時下と思って自由を諦めろ」という説法よりも突っ張りが利くように思えた。

「このウイルスについては、専門家でも意見がわかれている。百年に一度の大変に難儀な病原体だという学者もいれば、こんな自粛は合理的とは言えないという者もいる。『ただの風邪だと信じたい気持ちはわかるが……』などと馬鹿にしたように専門家に言われると、やっぱり不安を掻《か》き立てられるし、『死者の数から見たらどう考えても自粛はやりすぎだ。欧米

に引きずられすぎている』という意見だってしごくもっともに聞こえる。一年経っていまを振り返った時、あのヒステリックな自粛はなんだったんだろうと苦笑する可能性もないわけじゃない。海でおぼれかかって海水を飲んで手足をバタバタさせていたら、実はそこは足のつく浅瀬だったというように……。どちらが正しいのか、専門家も含めて、誰にもわからないんだ。わからない中では、最悪のほうの目に張っておいたほうがいいんじゃないか。つまり、死者の数が抑えられているのは自粛の成果で、数字だけを追えば収束に向かっていることの状況も、ひとたび大人数の集会がもたれれば、とたんに感染は爆発し、ここまでの努力を御破算《ごはさん》にしてしまう可能性はあるってほうに」

「ちょっと待ってください。真行寺さんはこんな自粛なんて意味ないよと言ってましたよね」

「ああ言ったよ。いまだってそうじゃないかって疑っている」

「だったら、どうして止めろなんて言うんですか」

「やっていいと世間が思っていないからだ」

「じゃあ自粛こそ意味ないって世間に教えてあげましょうよ」

「だから、世間を説得するに足る知識は俺にはないんだよ。それはサランにだってないだろう」

「だったら行動で示そうってことですよ」

「それは止しなと言ってるんだ」

「なぜ」

「わからないことが多すぎるから。わからないのなら世論に合わせることも大事だよ。国はオリンピックを延期してるんだぞ」

「だったら、世間の空気を読んで止めておけってことじゃないですか」

真行寺はうなずいた。「そのとおりだよ」

「私は止めません」

決別の言葉に真行寺はため息をついた。「だからなぜ？」

「なによりも自由が大切だと思うから」

真行寺は黙り込んだ。

「たとえ国がオリンピックを中止したとしても、私はこのコンサートをやる」

「失うものは大きいよ」

「かもしれない」そう言ってサランは立ち上がった。

「行きます」

「どこへ」

サランは首を振った。それからジーンズのポケットに手を入れて抜き出すと、握った拳《こぶし》をテーブルの上で開いた。

「戸締りして、森園君に渡しておいてください」

テーブルの上に鍵を残し、両手で段ボール箱を抱えると、残念です、とサランは言った。

「真行寺さんが例外じゃなかったことが」

追っても無駄だと思い、真行寺は座ったまま、車のドアの開閉音がして、次いでエンジン音が起こり、それが遠ざかっていくのを聞いていた。

さて、これからどうする。テーブルの上に残された鍵を取って真行寺は考えた。まずサランの説得に失敗したことを水野に報告せねば、と思った。

あそこまで決心が固いのならば、コンサートができないように裏から画策するしか、中止させる方法はない。

その有力な方法のひとつが、会場を運営する企業に圧力をかけ、使えなくしてしまうことだ。しかし、サランもそのことには神経を尖らせていて、決して口を割らないように心がけている。開催日までは、真行寺との連絡を絶ち、このあたりの情報は漏らさないようにしてくるだろう。となると、森園を絞め上げるしかない。しかし、森園の性格はサランもよく知っている。森園には教えていないだろう。となると——、

コンサートは決行される。

それもいいかもしれない。真行寺はそう考えようとした。そもそもこれは水野の人選ミスが招いた事態だ。自己採点するに、キレが悪かったことは認めざるを得ない。これはサランへの同情が影響した結果だ。けれど、同情するなというほうが無理なのだ。だから水野も思慮が足りなかったと責められるべきだろう。もっとも、人選ミスをしてくれて助かった部分もないではない。刑事たちにサランがいじめられるようなことがあれば、黙っているわけに

はいかない。「なあ、姉ちゃんよ」なんて下卑《げび》た態度で迫ったりしたら、階級など無視してぶっ飛ばしてやる。いかんいかん、思わずカッとなってしまった。とりあえず、月曜は登庁して、水野に叱られよう。

4　KEEP ON ROCKIN' IN THE FREE WORLD

週が明けて月曜日、サランの説得に失敗した旨を水野に報告するため、登庁した。一課の刑事部屋に入ると、課長の机は空席になっており、仲間に外出中だと言われた。真行寺はしばらく自分の机に座って手持ち無沙汰に待った。

やがて水野が刑事部屋の出入口に姿を現した。真行寺を認めると、すぐに近くの刑事に「第二応接室にいるから」と伝え、自分の席につくことなく、またすぐ背中を向けて部屋を出て行った。これを見て真行寺も腰を上げた。

ソファーに腰を下ろして向かい合い、誠に申し訳ありませんと真行寺が頭を下げると、「わかりました」と水野はうなずいた。

いくぶん冷ややかではあったが責める調子はなく、おまけに、お疲れ様でしたと慰労の辞《ことば》まで加わったので、真行寺はすこしばかり面食らった。

「説得は続けたいのですが、現在は連絡が取れない状態にあります」

「やっぱり着拒《ちゃっきょ》されちゃったの」

「どうやら」

「それは気の毒だな。——自宅には？」

「一応、昨日の夕方行ってはみたんですが、いないようです。郵便受けを見たら土曜日に配

達されたらしき葉書が、これはたいしたものじゃなくて美容院の案内ですが、そいつがありました。おそらく白石は土曜日に高尾で私と喧嘩《けんか》別れした後はもう、自宅に戻っていないと思われます」

わかりました、と水野はうなずいた。そしてまた、お疲れ様でした、とねぎらいの言葉を足した。やはりちょっとおかしいぞ、と真行寺は思った。いつもなら容赦のない叱責が飛んできてもなんら不思議のない状況である。それとも景気の上がらない事情が上司のほうにあるのだろうか。

「とりあえず、引き続き連絡は取り続けますが」と真行寺は重ねて言った。

うん、と水野は手元のノートの表紙にぼんやり目をやりながら言った。

「ただ、その状況から察するに、白石サランはコンサート当日まで真行寺さんとの連絡をシャットアウトするつもりなんじゃないかしら」

そうだと思いますと真行寺は認め、

「今回は人選ミスでしたね」と言ってみた。

「いいえ、巡査長以外の選択はあり得ませんでした」と水野はきっぱり言った。「巡査長ができる限りの説得を試みた結果がこれではしかたがないでしょう」

「まあそうですが」と言ったものの、釈然としなかった真行寺は「吉良警視正もそう思ってくれますかね」と尋ねた。

「そのままを伝えます。最善を尽くした結果だと私のほうから言い添えて」

どうも物分りがよすぎるぞ、と思った真行寺はガラにもなく殊勝《しゅしょう》な質問をした。

「けれど警視庁の威信を失墜することになりませんか」

日頃は、とかく官庁は体面を気にしすぎて無駄なことばかりやっていると冷笑している真行寺にとっては異例の発言である。

「真行寺巡査長がそこまで言うってことは、最善は尽くされたということでしょうよ」

叱られないで幸いだと思うべきかもしれないが、やはり変だ。それとも、放免されて物足りないと思う自分は、叱責を受けてこそ満足が得られるマゾヒズムに目覚めたのだろうか。

「とりあえず、日程が出たので、会場には行く予定です」と真行寺は言った。

「それは、あくまでも個人的にコンサート会場に赴くということですか」

想定外の質問を投げられ、真行寺ははじめて、個人的に出向くのか、職務を帯びて臨場するのかについて考えた。真行寺が口を開く前に水野が結論を出した。

「白石サランが罪を犯していない以上、捜査をしろという命令は出せません」

いやこれも妙だ。とりあえず様子を見て来いくらいの命令はいくらでも出せる。

「では、個人的に出向くことにいたしましょう」釈然としない思いを持て余しつつも真行寺は言った。「さよならばんどは私も見たいので」

すると水野はいくぶん冗談めかして、

「そんなに見たいの」などと驚いてみせた。

「いけませんか」と真行寺は尋ねた。

「いけなくはないでしょう」と水野は首を振った。

なら行きます、と真行寺は言った。これには水野はなんとも言わなかった。

「ところで、会場のほうはまだあぶり出せませんか」と真行寺は改まった。

「残念ながら」

「収容人数二万人を超えるような大きな会場も当たったほうがいいかもしれません。武道館や有明アリーナくらいまでは調べるべきだと言いましたが、東京ドームや味の素《あじのもと》スタジアムあたりを押さえてないとも限らない」

「やりましたよ」

「ヒットしないんですか」驚いて真行寺は言った。

「ええ。ところで、そこまで大規模な会場を押さえるかもと巡査長が予測する理由はなんですか」

「まず、気味が悪いのは、入場料を無料にしていることです」

「だとすれば、大きな会場になればなるほど赤字が出るということになりますね」

「そうです。そう考えると、後ろに金主《きんしゅ》がついていることになります」

「だとしても、そのスポンサーは大きな赤字を背負《しょ》い込むことになるけれど、それでもやろうとしていることはなに?」

「宣伝です。宣伝だとしたら、大きな会場のほうが効果はある」

「宣伝? 自由を守れって宣言するためにこの無茶なイベントを仕掛けているってわけ?」

「自由ってのは浅倉マリや白石サランのテーマです。スポンサーはまた別のテーマがあるんでしょう」

「それはなに」

真行寺は黙った。そしてうつむいた。心当たりを探るにしては長すぎる時間であった。こめかみに指を当ててうつむいている真行寺を、水野はいくぶん不安げに眺めていた。そして、難しい顔を上げ、彼がようやく放った一言は、

「わかりません」であった。

目の前の上司の顔には安堵の色が射した。それをすかさず認めて、ただし、と部下は続けた。

「仕掛けているのは音楽産業じゃありませんね。確かに浅倉マリは大手レコード会社の重役ともつながりがあったのかもしれませんが、大手なんて言ったっていまのレコード会社にたいした力はないんですよ。そもそも、いまの音楽業界の状況は音楽産業が音楽ファンと形成したものじゃなくて、iTunes や iPhone を発明したアップル社がテクノロジーの力で横から割り込んで強引に再編成しちゃった結果なんですから」

そう言ったとたん、真行寺の表情が硬くなった。いま自分はなにか核心をつくようなことを言ったのではないか。こめかみのあたりがまたかあっと熱くなり、そこに指を当ててうつむいた。

音楽産業じゃない、音楽産業の大物なんてたかが知れている。だとしたら浅倉マリではな

い。そしてアップル社のようなテクノロジー。

白石サランだ！　小さな音楽制作事務所を起業したばかりの学生だと侮ってはいけなかった。彼女にはすさまじいテクノロジーを携えたアウトローとのコネクションがある！

黒木だ！

人を食ったような笑顔が浮かんだ。そうだ、やつはワルキューレの出資者じゃないか。黒木ならフリーバードなんてアプリの開発など朝飯前だろう。だが、待てよ。やつは組織に属していない。社会にテクノロジーを宣伝したい動機を持つのは個人じゃなくて組織だろう。あいつの技術を宣伝したい連中ってのはいったい誰だ。——真行寺さん。上司の声が聞こえて、顔を上げた。

「とにかくコンサート会場は再度当たってみることにしましょう。巡査長は引き続き白石サランとコンタクトを試みてください。もし——」

「取れないでしょう」遮るように真行寺は言った。「課長はついいましがたそう仰ったじゃないですか。私との連絡はシャットアウトするつもりだろうって」

そうですか、と水野は言った。

「でも真行寺さんこそ、これからも連絡を取り続けると言ってたけど」

「いま、確信しました、たったいま。サランはコンサート当日まで行方をくらまします。そして、コンサート会場も普通に調べたって判明しないようにしてあるんですよ」

「どういうこと？」

「具体的な手口はわかりませんが、そんなことぐらいはできそうです。ところで、さよならばんどのメンバーとの連絡状況はどうなっていますか」

「四人とも行方がわからないということです」

「行方がわからない、事務所のマネージャーがそう言ったんですか」

「と聞きました」

「それはいくらなんでも変ですね。あの四人は確かにビッグネームで気ままに行動するでしょうが、それでもマネージャーが所属アーティストの居場所を、揃いも揃って四人とも把握できないなんてのは不自然すぎる」

「ということは？」

真行寺は少し考えてから、

「意図的に雲隠れしてるんでしょう」と言った。「おそらく白石サランがどこかに連れ出して隔離しているんですよ」

　そういえば、真行寺の目の前から消えたのはサランだけではなかった。

「コンサートが終わるまで休ませてもらっていいですか」

　昨日、サランのマンションを見に行こうと自宅を出ようとしたとき、森園がそばに来ておずおずと言った。

　聞けばコンサートが終わるまで皆で合宿を張るのだと言う。

「サランに新曲をやれと言われたし、佐藤も抜けたんで練習時間が必要なんですよ」

「ギターは調達できたのか」

するとと森園は口ごもりつつ、とりあえずサランがなんとかしてくれたんで、と言った。なんであんな曲をやるのにそんなに練習しなきゃいけないいんだと思い、

「コンサート会場を教えれば暇をやる」と言っていじめてみた。

「ほんとうに知らないんですよ」

泣きそうな顔で言ったので、じゃあ、どこで合宿するんだと尋ねた。すると、いまは山荘や旅館はガラガラなので、安く借りられるんです、とまた要領を得ない返事をよこした。そんな金どこにあったんだと訊くと、蚊の鳴くような声で、「サランが用立ててくれました」と言った。

「ほお、それはたいそう潤沢に支度金を渡してもらったんだな」と真行寺はしつこく追及した。

モジモジしていた森園は、

「俺だって真剣に音楽やりたいんですよ、こんなチャンス滅多にないんですから」と泣きそうな顔で言った。

真行寺は急に可哀相《かわいそう》になって、

「いいぞ、行ってこい」と放免してやった。

サランのマンションを訪ね、空《むな》しく帰宅した真行寺は、ドラムセットやアンプや機材が消

えて、急にさっぱりしたリビングを見渡した。留守の間に、佐久間らといっしょにレンタカーで運び出したのだろう。いささか性急すぎやしないかと真行寺は呆れた。

それから曇天と雨模様の一週間がゆっくりと過ぎていった。

真行寺は一日に何度もホームページを見たが、中止の知らせはなかった。

また、meandbobbymacgeetakao@gmail.com のアカウントにログインして、黒木からのメッセージも確認した。しかし、いつ見ても下書きトレイは空だった。

真行寺は桜田門に生真面目に通った。なにか事件が起こってくれれば、シャカリキに取り組みたい気分になっていた。日頃はなるべくペースを落としてアイドリング状態で業務をこなし、ひとたび大きな事件が起こると、いきなりトップギアに入れる、そんな仕事のしかたが習い性になっている彼にとっては異例なことでもあった。しかし、また幸いなことにと言うべきか、一課が手がけるような凶悪犯罪もついでに交通事故も、ここ数年減少傾向にあり、今年はさらに減っていた。

五日間ともに定刻に退庁し、中央合同庁舎の中にある定食屋か、新東京ビルの大戸屋《おおとや》で夕飯をすませて帰った。自宅でゆっくりオーディオ機器を独占できるのだけはありがたかった。

平穏な真行寺の日常とは裏腹に、経済はじわじわと痛めつけられていた。大手アパレルメーカーのレナウンが、しばらく前から経営が危ぶまれていたようだが、新型コロナウイルスの影響によってついに倒産した。

アメリカの前大統領は現政府の新型コロナウイルスへの対応を批判した。同国の死者数は

九万人に達しようとしており、これをきっかけに、再選は固いと当初言われていた大統領選の雲行きも、がぜん怪しくなっている。

北米だけでなく南米にも感染者は増え、ブラジルは感染者数が世界第四位になり、死者数は五位になった。サンパウロの病院のベッドは90％が埋まり、医療崩壊は目前だというニュースが飛び込んできた。

春の選抜大会に続いて、夏の甲子園も中止が発表された。国際オリンピック委員会のバッハ会長は、いったん延期という措置をとったが、来年の開催が無理なら中止もやむを得ないと語った。

いまや夏の風物詩となったロックフェスの一角をなすライジングサン・ロックフェスティバルの中止が発表された。

金曜日には、夏に開催されるロックフェスの最後の砦《とりで》とでもいうべきフジロックフェスティバルも中止となったという一報が、日本経済新聞によって伝えられた。

日本の映画会社の大手十四社からは、四月の収益は96％ダウンというすさまじい数字が出てきた。小屋を閉めているのだから当然だろうが、やはりぞっとする数字である。さらに四月の訪日外国人の数は99・9％減だという。

こうして、部屋に閉じこもった国民が、景気の悪いニュースばかりに接している最中《さなか》、東京高検検事長が、大手新聞記者の家で賭けマージャンに興じていたことが発覚し、翌日、検事長は辞表を提出した。これを聞いたとき真行寺は、ひょっとしたら水野が言ったように、

改正法案は流れるかもしれない、と思った。

そして、その翌々日の土曜日が〝浅倉マリと愚か者の集い〟の開催日であった。

真行寺は午前五時に目覚ましをかけ、コーヒーを飲みながら、フリーバードに呼びかけられるのを待った。五時半にスマホからチチチと鳥の鳴き声が聞こえたかと思うと、

――おはようございます。今日は〝浅倉マリと愚か者の集い〟の開催日ですよ。

などとさえずり出した。続いて、

――開場までに現地に到着したい場合は、高尾駅から六時三十六分発の東京行きに乗り、新宿に向かってください。

と乗る電車まで指示された。

新宿に向かえということは、離島や東京のはずれではないということになる。たしかに、奥多摩《おくたま》の山中にでかいステージなど作っていたら必ずニュースになるはずだから、まあその線はないだろうとは思いつつも、そちらも探らせていたのだが。ともあれ、新宿方面だと、武道館の可能性があるが、こちらはいま完全にクローズしていることがわかっている。

真行寺がトーストと目玉焼きの朝食をとっていると、

――六時十分には家を出たほうがいいでしょう。

という秘書のような細かい助言までしてきた。ということは、予想していたことだが、フリーバードはこちらの位置情報を摑んでいることになる。

真行寺は黒いTシャツを頭から被って前身頃《まえみごろ》を伸ばした。エレキギターを抱えるニール・ヤングの写真の横に、KEEP ON ROCKIN' IN THE FREE WORLDというロゴが大文字で印刷されてある。代表曲のフレーズがあしらわれたこのシャツを選んだのは、験担《げんかつ》ぎの気持ちからだ。真行寺の胸中には、やると決まったからには成功して欲しいという、白石サランへのエールも含まれていた。

白い薄手のパーカーを羽織って、窓を開けると雨だった。しかたがないので、真行寺はタクシーを呼んだ。とりあえず新宿ということなら日比谷野外音楽堂の可能性もある。雨の日の野音は勘弁して欲しいな、と思いながら、レインウェアの上下を入れた小さなリュックを背負って、タクシーに乗った。

六時十四分発の便に間に合ったので乗り込んだ。気のせいかもしれないが、自粛期間まっただ中のこの頃にしては、すこし車内が混んでいるような気がした。

中野《なかの》駅を出たあたりで、新宿で下車し、七時十四分発の千葉行きの総武《そうぶ》線に乗り換えてくださいと告げられた。指定された便よりも二本早い快速に乗ったことを先方が掌握している証拠である。いまどの位置にいて、どのくらいの速さでどの方向に向かって進んでいるのかをリアルタイムでモニターしているのだろう。

千葉行きか。ひょっとして会場は千葉なのか。しかし、入場ゲートが八時に開くことを考えると、千葉では間に合わない。だから、千葉の線はない、などと思いながら真行寺は、橙《だいだい》色から黄色へ車両を乗り換えた。

乗ったとたんにフリーバードが降車駅を告げた。

——千駄ケ谷《せんだがや》で降りてください。

千駄ケ谷。ひょっとしてと思いつつ、真行寺は降りた。

——駅の案内に従って出口に向かってください。千駄ケ谷駅の出口はひとつです。

足の運びは自然と早まった。Ｓｕｉｃａをタッチして駅の外に出る。さほど雨足が強くないので、リュックの中のレインウェアを取り出すことなく、歩き出した。

——目の前の信号を渡ってください。

そうか。ここか。盲点だった。そう思いながら、信号を渡り終えると、タイミングよくまた青になったので、ナビに指示される前に動いた。

——渡り終えたらこんどは左に渡ってください。

何十羽という周りのフリーバードと一緒に、真行寺の手中の一羽もさえずった。

——そのまま真《ま》っ直《す》ぐお進みください。目の前が会場です。

えー、ここかあ。スマホを手にした老若男女が前方を見ながら、驚きの声を上げた。

完成したばかりの国立《こくりつ》競技場が目の前に聳《そび》え、オリンピックが開催される予定だったスタジアムへ続々と人が流れ込んでいる。

ここかよ。マジか。本当だ。いやあ、やられたわ。そんなつぶやきが周囲から聞こえた。

若い男がひとりスマホを眺めながら、

「まちがいないよ、会場はオリンピックスタジアムだって、みんなつぶやいてるぞ」とツレ

に語りかけていた。

みんな？　そうか。真行寺はいったん立ちどまり、Twitterで〝愚か者の集い〟を検索した。

〈オリンピックスタジアムじゃん　#愚か者の集い〉

〈ここ、この日はTATSU・MAKIの解散コンサートに予定されてたんじゃなかったっけ　#愚か者の集い〉

〈だったら全然余裕じゃん。ここなら五万人は入るっしょ　#浅倉マリと愚か者の集い〉

〈入場のシステムがエグい！　参った！　#愚か者の集い〉

〈めっちゃスムーズに人が流れてる！　#浅倉マリと愚か者の集い〉

…………。

スマホをポケットに戻し、真行寺は歩きだした。会場には入場ゲートへの案内は一切ない。しかし、正確にこちらの位置情報を把握した上で、この先約二十メートルを右に曲がれとか、直進しろとか、適宜《てきぎ》フリーバードが指示してくる。

入場無料のコンサートなのでチケットのもぎり番が立ってないのは不思議でないが、危険物の持ち込みがないかを調べる係員も見当たらない。そのまますするすると入場口までたどり着いてしまった。

入場口には、空港の金属探知機のようなゲートがいくつもあって、人は二枚のセンサーボードの間を通り抜けていく。真行寺の番が近づいてきた。すんなりと通してくれた。なんの

チェックもない。本当に確認してるのかと思ったその時、フリーバードがささやいた。

――真行寺弘道さんの体温は36度3分。平熱です。コンサートをお楽しみください。

このゲートを通過するその瞬時に検温したらしい。そういえば、センサーを額《ひたい》にかざすだけで瞬時に検温できる体温計があることを知って驚いたが、さっきくぐったゲートにはそれらしきものが搭載されているのだろう。

――〝浅倉マリと愚か者の集い〟はフリーバードをインストールしていない方は入場できません。

後方でゲートが発するアナウンスが聞こえた。振り返ると、スーツを着た男と制服警官ふたりずつが、目の前に下りてきた遮断バーに進路を塞がれ、右往左往している。その後方に溜まった人の淀《よど》みから、なんだよと不平の声が上がる。

――腰部《ようぶ》に銃器を感知しました。ゲートから離れてください。ゲートから離れてください。

制服警官たちが後方に退くと、遮断バーが上がり、ふたたび次々と人がスタジアムへ入っていった。このゲートに備えられたセンサーは、入場者の名前や体温、さらに危険物を持っていないかどうかまで一瞬で感知するらしい。

真行寺は、入場者に道を譲って脇にどき、仲間に声をかけた。

「銃はいったん戻して、出直してくるしかないですよ。それから、このコンサートの公式ホームページにアクセスして、そこからフリーバードってアプリをインストールすれば観客として難なく入れます」

「失礼ですが……」

角刈りにした私服が言った。

「警視庁刑事部捜査一課の真行寺です」

そう言うと、横にいた黒い眼鏡《めがね》の男がスマホを取り出し、くるりと背を向け、少し距離をあけてから耳に当てた。確認を取るつもりなのだろう。

「本庁の刑事部捜査一課……」こちらを向いている角刈りの男が言った。「ちなみに、本庁の課長は？」

本物の刑事かどうかを確認された。未成年ではないことを証明するために、生まれ年を干支《えと》で訊かれたようなものだ。水野玲子課長です、と答えたのとほぼ同時に、背中を向けていた眼鏡が振り返り、角刈りの耳元でなにかつぶやいた。

「ご助言ありがとうございます」

そう言って四人はいったん退却した。真行寺も踵を返し、先に進んだ。いちばん近い入場口から観客スタンドに出て、フィールドを見渡した。

南スタンドの前に巨大なステージが組まれ、その左右に野外コンサート用の巨大なスピーカーが群立している。ステージの上に張り巡らされた鉄骨からは、数々の照明機材がぶら下がっていた。一見したところでは、予算をケチった様子はない。完璧な設備だと見て取れた。

――会場はアリーナ含めて全席自由席となっております。

スマホを取り出すと、フリーバードがまたそんなことを言った。真行寺は手近な椅子に腰

を下ろし、雨粒が落ちていくフィールドを見つめながら、リダイヤルした。

「真行寺です。ただいま臨場しました」

——お疲れ様です。

「原宿《はらじゅく》署の刑事から私の身元確認の電話が入ったかもしれませんが」

——そうなの？　今日は土曜日で私は署にいないからわからないけれど。

「いないんですか。てっきり出ておられるのかと思いました」

——誰かが受けて応対はしていると思います。ご心配なく。

そうですか、と真行寺は言った。

——ところで、国立競技場っていうのは、盲点だったわね。

「どこでお知りになりました」

——ネットで騒いでる。それにホームページでもいまはそう告知されているから。どんな感じ？

「かなり大きなステージが組まれています。アイススケート場の方角に背中を向けて設置されています」

——つまりステージは南に向いてるってわけね。どう？　どのぐらいの人がいま集まっているの？

この質問に答えるのは簡単だった。ステージの上に設置された巨大ヴィジョンに刻々と増えていく入場者数が掲示されていたので、それを読めばよかった。

「いまはまだ三千人を超えたくらいです。この時点では会場はスカスカの状態です。ただ、ほとんどの人間がトリを務めるさよならばんどが目当てでしょうから、予断を許さない状況ではあります」

真行寺は雨具を着てフィールドをうろついている若い観客を見ながらそう言った。どうしてもステージに近いところで見たいので、いまから場所取りをするつもりなんだろう。

——マスクの利用率は？

「六割から七割ってとこでしょうか。ちなみに俺はしてません。うっかり忘れてきてしまいました」

——原宿署から誰か臨場してるんですか？

「さきほど私服と制服がふたりずつ来てましたが、制服の銃がセンサーに引っかかって中に入れずに、いったん引き返しました。いやその前に、入場チケットに相当するアプリをインストールしていなかったことも原因ですが」

——そのときに会場の警備と一悶着あったんですか？

「いや、完全に自動化されていて揉める相手がいないんですよ」

——警備がいないってこと？　警備体制はどうなってるんですか？

「それらしき人間は見かけませんね、少なくとも制服を着た警備員は見当たりません。つまり制服やバッヂじゃ臨場できないってことです」

——それだと、なにかあったときの対応はどうするのかしら。

「自己責任でしょうかね」

　水野のため息が聞こえた。

「もしこれから原宿署を動かすのならば、課長のほうから、フリーバードというアプリケーションをダウンロードして、銃を保管庫に戻して来れば難なく臨場できますので、そのように指示すればいいと思われます」

——うーん、ただ、そういう臨場のしかたってどうなんだろう。

「ただ、運営側になんとかコンタクトを取って入れろと言っても、裁判所の令状とってくれと言われたら、今日は土曜日ですので、取れた頃にはすでに終わってるということになりますよ。それを見越しての土曜日開催だったのかもしれません。とりあえず中の状況を確認するのが俺だけというのはまずいでしょうし、そもそも俺は、課長が命令を出さなかったから、休暇でここにいることになっています。なので、そのようにご提案いたしますが」

　そう言うと水野は、では考えましょう、と言った。

「国立競技場で決行することを予測できなかった理由もこれでわかりました。この日のこの会場の借主がワルキューレの名義になってなかったからでしょう」

——それはどうして？　ワルキューレが借りているわけでしょ。

「この国立競技場では、昨日と今日、ＴＡＴＳＵ・ＭＡＫＩってアイドルグループの解散コンサートが、二日連続で行われることになっていたんですが、今回のウイルス騒動で、ご多分に漏れず、主催者側は中止の判断をせざるを得なくなりました。この二日間の枠をどこか

が買い取ったんです。〝愚か者の集い〟は土曜日の早い時間からかなり遅くまでのイベントになるので、二日間とも買った。ということで、TATSU・MAKIのコンサートは表向きは中止なんですが、国立競技場の帳簿上では、TATSU・MAKIがこの二日間を押さえたままになっている。そして、枠を譲り受けたどこかは、音響や照明は、TATSU・MAKIのコンサートを手がけることになっていた事業者にそのまま依頼した。ただし絶対に他言するなという箝口令《かんこうれい》を敷いた上で。業者にしてみたら、どんどん仕事がキャンセルされていつ倒産するかわからないような状況です。いいギャラでそのままやらせてもらえるのなら、アイドルのコンサートだろうがロックのフェスだろうが関係なしに、ダンマリくらい決め込むでしょうよ」

——買い上げたってことは、愚か者の集い側と国立競技場の間では、金銭の授受《じゅじゅ》は発生してるわけね。

「それはそうでしょう。おそらくアイドルグループの事務所側もこのままだとキャンセル料を払わなきゃならないので、それを肩代わりしてくれるのなら譲りましょうとなったんだと思われます。ただし、音響や照明の業者などには、当初の主催者、つまりアイドルグループの事務所経由で支払っている可能性もあります」

——でも、どこかがそのお金を出してるわけだよね。じゃあどこが？　ワルキューレ？

真行寺は笑いそうになった。古いスニーカーを履いてバス代ケチって駅まで歩くようなサランに、そんな金はない。——本来ならば。

「そうです。ただしバックに控えている金主《きんしゅ》が金を渡しているわけです」

――それはどこ？

「調べてみます」

――つまりワルキューレは傀儡《かいらい》政権みたいなもの？

「いや、そうとも言いきれない。白石サランはただ金をもらって操られているわけじゃないでしょう。スポンサーと利害が合致しているから進んでいるんです。結託しているんですよ、ワルキューレと金主は」

――いつの間にか、このコンサートの開催の首謀者は浅倉マリから白石サランに代わっているみたいだけど。

「そういうことです。浅倉マリが推進していたのはごく一部で、白石サランがこの企画の首謀者のひとりなんです」

――では、白石サランがこの企画で求める利益ってなに。

「利益ですか？　まあ金が欲しくないはずはないんですが」

確かにこれだけの企画を成し遂げれば、ある程度の企画料はワルキューレに残るだろう。しかし、それだけであるはずはない。また、そうであって欲しくないという思いが、回答をキレの悪いものにしていた。

――金だけじゃない、ってこと？

「ええ、金だけが目的で操り人形になっていたんだとしたら、表沙汰にならないように金を

手当してやれば収まりがついたでしょう。私も当初はちらっとそう思って官房機密費から払ってやってくれとかなんとか言ったんですが」

——だけど、いまはそうじゃないと真行寺さんは思ってるわけよね。では白石サランはなにを求めているの。

「なめんなよ。——そう言いたいんじゃないですか」

電話の向こうで水野が黙り込んだ。もう少し補足したほうがいいと思い、真行寺は続けた。

「結局、年寄りのために自粛させられているという気持ちが濃厚なのでしょう。いまの若い連中は、物心ついたときから上の世代に『昔はよかった』とさんざん聞かされて、自分たちには景気がよかった記憶はまったくないわけです。大学に合格したはいいけれど卒業する頃には奨学金で借金まみれ。年金は崩壊することまちがいなしで、高齢化社会のツケを払わされているわけですから。この新型コロナウイルスで重篤な状態に至るのはほとんど高齢者です。マスコミはそのへんを強調しないようにしているが、数字を見ているとそうとしか思えない。つまり、老人の命を守るために自粛しろと言われてるように感じてしまう。これはキレないほうがおかしい。つまり、サランを突き動かしてるのはロック魂じゃないですかね」

——ロック魂ねえ。

「『ミー・アンド・ボビー・マギー』って曲があったでしょう。殺された尾関議員が愛聴してた。ほら〈ゑんどう〉って新宿の寿司屋で紹介したじゃないですか。あの曲ですよ」

——なんとなく覚えてるけど、その曲がどうしたって。

「自由ってのは失うものがなにもないってことだ。だけど自由がなければ始まらないって歌ですよ。自由ですよ、白石サランが求めているのは」

ふーん。上司から返ってきたのは気のない相槌《あいづち》だけだった。

――じゃあ、その白石サランと利害が一致している金主の狙いはなんなの？

「思うところはあるのですが、確認してからにしたいと思います」

巨大ビジョンに掲示される数字が四千に達したのを確認して言った。

――じゃあわかったら教えてください。

真行寺は、ポケットにスマホをしまい、リュックから雨具を取り出して着込むと、雨のそぼ降るフィールドに下りていった。

ステージ上では、マイクを握ったスタッフが「はっ、はっ」と声を出しながら音響テストをしている。最近は、このようなチェックは体裁を気にして客入れ前にすませることが多くなった。昔のジョイントコンサートでよく見かけたこのズボラなやり方が、真行寺には懐かしかった。

ステージに向かってフィールドの中央からすこし下がったあたりに、大きなテントが張られてある。野外のコンサート会場でこのような仮設の施設を見かけたら、それは音響と照明のミキシングスペースだ。

技術スタッフに声をかけ、どこから仕事をもらっているのかを気さくに尋ねよう。一応、刑事の身分を証明するバッヂは持ってきている。機械ならともかく、人間の日の前にこいつ

をぶら下げれば口ぐらい利いてくれるだろう。そう思ってテントに近づいた。しかし、もう少しで声をかけられるゾーンに入る手前で、

――これ以上進むことはできません。真行寺弘道さんはその先のエリアに立ち入る権限がありません。

そう警告された。

足元を見ると、芝生の上に黄色いテープが貼られ、このイエローラインがぐるりとテントを囲み、その角にはあの板状のセンサーが立っていた。佇《たたず》んでいる真行寺の脇をスタッフらしき男が、難なく線を跨いでテントの中に入って行く。センサーはスタッフと一般客を見分けているようだ。そのくらいの識別なら、スタッフ用と客用、さらには出演者用と、若干異なるフリーバードをそれぞれインストールさせれば、わけはない。

ここは諦め、楽屋に森園たちを訪ねてやろうと、こんどはステージのほうに向かった。脇からステージの裏手に回り込み、バックステージエリアに立ち入ろうとしたのである。しかし、ここも同様に、センサーに感知され、立ち入りの権限がないと、足止めを食らった。諦めた真行寺が引き返すと、向こうから制服警官がやってきた。すれちがって振り返ると、同じように行く手を阻まれていた。

この会場では、すべての人間はどこにいるかを把握され、どのエリアまで立ち入ることができるのかが制御されている。

そぼ降る雨に濡れながらフィールドを歩いていると、場内にアナウンスが流れはじめた。

――このコンサートに観客として参加したことによって感染する可能性があります。その感染の確率は現在のところは算出できておりません。

――会場に医療スタッフは配置しておりません。体の具合が悪くなった場合は、すぐに会場を出て、最寄りの医療機関にご相談ください。

――本日、当会場には案内スタッフは配置しておりませんが、会場内の最寄りのお手洗い、ゴミ捨て場などはフリーバードにお尋ねください。フリーバードがご案内いたします。

――フリーバードやゲートが、立ち入ることはできませんと警告するエリア内には決して立ち入らないでください。警告にもかかわらず、立ち入ろうとした場合は、その方の氏名を公開した上で、コンサートを中断させていただく場合がございます。

――売店でのフードとドリンクは有料です。お支払いはオプトでのみ受け付けています。オプトはフリーバードを操作して購入できます。当会場におけるオプトでのお支払いにつきましては、10％ポイントバックの特典をご用意させていただいております。ぜひご利用くださいませ。それでは、開演までいましばらくお待ちください。

　そういうことなら、楽屋に森園たちを表敬訪問して、そこからさらに奥へという作戦は捨てるしかない。無理矢理踏み込んで、「真行寺弘道さんがルールを破ったので、コンサートは中止させていただきます」なんてアナウンスされたら、さよならばんどのファンから袋叩きにあうだろう。

　真行寺はトラックの外側を縁《ふち》どるように並ぶ屋台の列に近づいた。フィールドの外周部分

がベルト状のフードコートになっている。朝の早い時間帯だからだろう、屋台の多くはまだ支度中である。

最初のバンドが呼び込まれた。ブラックブラックブラック髑髏。音はおろか名前さえ耳にしたことのないバンドである。

下手《しもて》の舞台袖からステージに出てきたメンバーは、それぞれのポジションに散った。ギター二本とベースとドラムという編成である。ベースを肩にかけた男が中央のマイクに近寄って、ボソリと、

「愚か者です」と言った。

会場はこの諧謔《かいぎゃく》を喜ぶほどまだ暖まってはいなかった。ベーシストは、受けなかったなというような表情で苦笑した。そして、後ろを振り返り、ドラマーが、スティックでワンツースリーフォーと素早いカウントを打って、バンドは手数《てかず》の多い16ビートのグルーヴをぶつけてきた。

このハードなブルースロックを真行寺は、悪くない、と受け止めた。ステージの前に数少ないファンが集まり、後半戦の体力を温存するつもりなどまったくないのだろう、いきなり激しく踊りはじめた。ただ、大きなスタジアムはまだ開演前のようにざわざわしていて、続々と入ってくる聴衆が、雨を避けて、スタジアムの座席を選んでおり、真行寺のいるフィールドは閑散としていた。

真行寺は、雨に濡れながら、縁日の参拝客のように、露店の列に沿って店先を見て回った。

ホットドッグやサンドウィッチ、焼き鳥、たこ焼き、焼きそばなど、フェスの会場でお馴染みの店に加え、蕎麦やラーメンを出す店舗も少なくなかった。さらにはケバブやベトナム麺などのエスニック料理の売台も見える。そして、それぞれの店先には〝オプトオンリー〟の札がかかっていた。

オプトでのみ支払い可能だということは、TATSU・MAKIがらみなのかもしれない。あいつらはずっとソフト・キングダムのCMに出ていたし、ソフト・キングダムが派手なキャンペーンを張って広めている電子マネーがオプトなのだ。

鉄板の上に肉のカケラをばらまき、コテを使って炒めている青年に見覚えがあった。たしかサランの従兄弟《いとこ》だ。去年、サランの誕生日パーティーをやった新大久保の焼肉屋の息子である。忙しそうに手を動かしていたので、声をかけなかったが、露天商が専門の業者だけでなく、街中《まちなか》に店舗を構える商人も出店しているようだ。それだけ、客足が遠のいて厳しいのだろう。

〝DAIGO〟という幟《のぼり》を屋台の横に立てた店が目に留まった。ダイゴとつぶやき、どこかで聞き覚えがあったなと思ってふと見ると、ライブハウスの地下室に炒飯の出前を届けに来た男が、やはり紺絣の作務衣とバンダナという装いで、大きな中華鍋をセットしていた。自分の屋台の前面《まえつら》に黒ずくめの浅倉マリのポスターを貼り、〝マリさんに愛された炒飯〟と白い油性マーカーで殴り書きしてある。

この男とは、出前で使った皿を回収しに来たときにも、地下室で出くわしている。あの時

「当日はよろしく」とサランに挨拶していたが、このことだったのだ。

「こんにちは」と真行寺はなるべく気楽な調子で声をかけた。

視線をくれた相手は、怪訝《けげん》な表情になった。すこし迷ったが、

「地下室でお見かけしました。浅倉マリさんの知り合いです」と自己紹介した。

ああ、と先方の表情はとたんに和らいで、どうもどうもと会釈をくれた。こちらを思い出してくれたのかどうかは定かでないが、浅倉マリの名前が効いたことはたしかなようだった。

それから男は、

「本当に残念でした、マリさん」とつけ加えた。

「ずいぶん贔屓にしていただいてたのですか？」

「ええ、しょっちゅう店に来てくれてました」

「今日の出店《しゅってん》も浅倉さんからのお誘いですか」

「そうなんです。いまは店開けていてもなかなか人は来てくれませんから。だったら人が集まるところに出してみないかと白石さんから声をかけていただきまして、場所代も要らないってことなので、ぜひお願いしますということになったんです。沢山来てくれるといいんですけどね」

やはりそうだ。サランの親戚の焼肉屋もそうだが、このＤＡＩＧＯにも、商売の足しになるのならと声をかけたのだ。あとで食べにきますと言い残し、真行寺は先に進んでほかも見て回った。

カレー屋があった。日本風のものではなく、純然たるインド風カレーを出す屋台だった。こちらは前板にインド映画のポスターが貼ってあった。ポスターの図柄から察するに、ヒーローが美女にモテまくりながら悪を倒すという大衆アクション映画のようだ。この映画とカレーの関係はよくわからないが、本格インド式であることの雰囲気作りなのだろう。店に立っているのもインド人である。オープンしてるのかと訊くと、イエスと言ったのでとりあえず定食をもらった。

カレーにめしとチャパティと漬物、それに白いヨーグルトがついてきた。懐かしい味だった。一昨年の秋には、インドがらみの事件があって、いやというほどカレーを食べたが、そのときの味と似ている。腹が減っていたので、あっという間に平らげた。銀色のトレイを返す時、屋台の中に煮込みの鍋があるのが目に留まった。おっと思い、人さし指を立てて、そいつもくれと言った。この味にも覚えがあった。さきほど食べたカレーはともかく、この煮込みはほかのインド料理店では出会えない味だろう。そして、この味によって、この屋台の出所《でどころ》が判明した。

「アリバラサン・スペシャル」

椀《わん》を返すときに、真行寺は言った。そう言うだけで十分だった。相手はまじまじとこちらを見返した。

「フロム・ホッカイドウ」真行寺は続けて言った。

相手の表情が硬直した。三度に渡って村にやって来て、最後に大変な騒動を引き起こした

刑事だとわかって、動転したにちがいない。

「所長は元気ですか」真行寺は日本語で尋ねた。相手はなにも言わない。日本語がわからないのかもしれないが、おそらく警戒して答えないのだと思った。うまかったよ。そう日本語で言い残し、店の前を離れた。

アリバラサン・スペシャル。この豚の煮込みの味は北海道にあるブルーロータス運輸研究所で体験した。真行寺の舌には、ごく普通のカレー風味の豚の煮込みである。しかし、この料理には、複雑な意味合いが備わっていた。

ヒンドゥーは、聖なる生き物である牛はもちろん、豚肉や羊も口にせず、基本的には菜食である。しかし例外的に、豚を食する人たちがいる。彼らはダリットと呼ばれる、カーストという身分制度の最下層のさらに下に位置する被差別民だ。北海道にあるブルーロータス運輸研究所はいうなればダリットの村であった。

彼らは、広大な敷地を持つ研究所内で寝起きし、研究所内で独自の教育を受け、互いに協力しながら生活しつつ、研究員として研究にいそしんでいた。さて、この研究所はなにについて研究をしていたのか？　自動運転のプログラムであった。

そして、研究員として彼らがやることは、プログラムされた自動運転が引き起こすかもしれない事故の危険に身を晒すことであった。どのような状況で事故が起こるのか、どうしたらそれを回避できるのか、これについての実験に参加することが研究員としての彼らの務めであった。

その務めには死の確率が含まれている。しかも、その自動運転のプログラムは、若者と年寄りを天秤にかければ年寄りを撥《は》ねるようにプログラムされていた。一定の割合で誰かが死ぬ。そして、死に至る確率は年寄りのほうが高い。それは、この新型ウイルスが蔓延する社会の中で生きることに似ている。

雨を避けてスタンドに戻り、観覧席に腰を下ろしてしばらくすると、ブラックブラックブラック髑髏の演奏が終わった。

ステージにスタッフが出てきて機材を入れ替えはじめた。もしもし。真行寺はスマホを耳に当てて言った。

——ご苦労様。

水野は出るなりそう言った。

——予報によると雨は午後には止むらしいけど。

「止んで欲しいですね、さよならばんどは近くで見たいので」

——なにかありましたか？

「金主の話です」

——ええ。

「おそらくこのコンサートにはソフト・キングダムが絡んでいますね」

——そう思う理由は？

「昨日と今日、この国立競技場はＴＡＴＳＵ・ＭＡＫＩというアイドルグループが解散コン

サートをやる予定になっていました」

——そう言ってたわね。

「TATSU・MAKIはソフキンのCMに出てます、それもずいぶん長い間」

——だから浅倉マリやサランに金を出していると結論づけるのは飛躍がありすぎるな。

「それだけなら。さらに、ソフト・キングダムはブルーロータス運輸研究所という完全自動運転の実験施設にも投資しています。そこの連中がこの会場に来ています、俺が見たのはカレー屋の屋台ですが」

——うーん。それも論理がスキップしているよ。カレー屋の屋台でブルーロータス運輸研究所をたぐり寄せ、そこから投資元のソフキンを引っ張り出すのは無理があります。それに、その屋台がくだんの研究所が出した店だとしても、それはなんの問題もないような気がするけど。

「確かにそうですが」真行寺は意図的に笑った。

相手はすこし黙ってから、笑うところじゃないんだけど、と言った。すいません、と言って真行寺はまた笑ってみせた。

——先程の質問に戻るけど、ソフト・キングダムがこのコンサートを仕掛けているんだとして、彼らが狙っているのはなにになるわけ?

心持ち憮然とした声で水野が言った。

「宣伝でしょう」

――さっきもそう言ってたわね、なんの宣伝？

「技術ですよ、ブルーロータスが絡んでいるとしたら」

――じゃあどんな技術だと思っているの、真行寺さんは。

真行寺は黙った。それは意図的な無言であった。相手も粘り強く黙っている。そして、相手が声を発しようとした刹那《せつな》、被せるように言った。

「課長なにかおかしいですね、これは？」

――なにが？

「ソフト・キングダム、そして自動運転の研究所とくれば、彼らの狙いは読めるはずでしょう」

電話の向こうは黙った。真行寺はスマホのボリュームを上げて、その向こうの沈黙に漂うなにかを聞き取ろうとした。

「読めなければおかしいんですよ、聡明《そうめい》な水野玲子課長ならば」

――そんな持って回ったような言い方されると心外だな。

「心外なのはこちらもです。そもそも、月曜日からしておかしかった」

――月曜日？

「私が、白石サランの説得に失敗しましたと報告しに行ったときも、課長はどうも歯切れが悪かった」

――どういうふうに？

「もう捜査を放棄してもいいと考えておられるのでは、という印象を受けました」

――それは誤解です。

「いや誤解ではありません。しかし、ここはいったん切ります」

真行寺は一方的に切って、スマホをポケットにしまった。

年齢《とし》とともに、勘はむしろ鋭くなっている。真行寺はこれを経験値が上がったせいだと解釈していた。しかし、研ぎ澄まされた勘が、正確にはなにを告げようとしているのか、どのようなプロセスを経てその結論を導いているのか、ということを明確に言葉にするまでに、やたらと時間がかかるようになっている。直感が飛躍する幅が大きくなり、言語が目的地に到達するまでの時間もまた長くなっているのだろうか。

ともあれ、水野は知っている。真行寺が知ろうとしていることをもうすでに知っているのだ。どこかでソフト・キングダムやブルーロータスの研究所が絡んでいることも、そして彼らがここでどんな技術を使って宣伝しようとしているのかも。

インターバルが終わり、次のバンドがステージに現れた。ギター・ベース・ドラム・ボーカルからなる四人編成のバンドはメンバー全員が女性である。登場すると結構な数の観客がステージのほうへと押し寄せて行った。〝とてもジャンキーな猿〟なんてへんてこな名前に聞き覚えはなかったが、それなりに人気はあるようだ。

ボーカルがマイクを握って「愚か者です」と挨拶した。こんどはフィールドに下りている観客からは、イエーイ！　と反応があった。

「それでは、一曲目は今日にふさわしい曲から」と言って演奏をはじめた。

とにかく少しでもデカい音を出そうと全力で叩くドラムがいい。ギターもベースもしっかりしている。巻き舌気味に「馬鹿ばっかだよ！」とシャウトするボーカルには迫力があった。

音を聴いて、当てはまるジャンルを探したが、すぐに見つけられなかった。ハードコアパンクなのか、グランジなのか、アバンギャルドメタルなのか。いま二曲目を叩きはじめたドラムのリズムはどことなくファンクぽかった。だが、全体的にとてもいいと思った。

ステージの前では、一気にヒートアップした聴衆が、激しく揉み合い、身体をぶつけ合うようにして踊りはじめた。演奏はいい。このサウンドに反応して、モッシュが起こるのも素直な反応だ。しかし、都知事が見たら卒倒しそうな状況ではある。この調子でいけば感染者は出るだろう。五十歳を超えている自分にあの渦の中で踊る勇気はない。

「勘弁しろよ」

ふりむくと、男ふたりが椅子に座りながら、ステージの前の逆巻く人波を見て顔をしかめている。さよならばんど目当てにやって来たであろう七十過ぎの男ふたりの心中は、容易に察せられた。

スタンドには人がどんどん流れ込んできている。その流れはいったん四方八方に散りつつも、その一部は雨の降るフィールドへと出ていく。なにせびっしり埋まれば六万人を収容できる会場なので、まだまだ余裕はあるが、思った以上に集客していると思った。

もしかして、出ているバンドのファンでもなく、さよならばんども知らないような若い連

中も、とにかく家を出て、踊りたくて、ひょっとしたら、もっと単純に、人が集まるところに出かけたいと思って、来ているのかもしれない。

　そんな思いが強まったのは、三番目のバンドが出てきて、やはり「愚か者です」と言ってから一曲目を演奏《や》りはじめた時、すこし離れた席でホットドッグなんかをぱくついていた四人組が「そろそろいくか」と言いながら、スタジアムの階段を下りていったからである。

〝たえこさんと新しい日常〟という四番目のバンドが現れるまでのインターバルで、雨があがった。フィールドに出ている参加者は、ときどき観客席に戻ってきては、少し体を休めると、またフィールドに出て行く。まるでアイスホッケーの選手のようだ。そして、フィールドと観客席を行き来する人の数はしだいに増えていった。

　実のところ真行寺は、さよならばんど以外は、たいした音を出すバンドは出ないだろうと高《たか》を括《くく》っていた。けれど、ボーカルが弱いという日本のロックの課題は残ったままにせよ、どのバンドもそれなりによいと思った。

　真行寺が新作を追う熱意は、九〇年代後半に鈍化し、いまはめったなことでは新譜を買うことはない。日本のバンドとなるとことにそうだ。しかし、当たり前だが、新しいバンドはいまも出てきており、出てくるバンドは過去から影響を受けつつ、現在《いま》を奏でている。その上質なワンシーンをサランが組んだラインナップで体験させてもらっているのだ、と真行寺は答えを見つけたような気分になった。

　なかなかやる。この会場はあまりにもでかすぎるが、魅力的なフェスになってるじゃない

か。もともとサランは、資金が許せば、このようなプロデュース業をやってみたかったにちがいない。そして、いま今日ここにそれを実現した資金とは、おそらく浅倉マリではなく白石サラン宛の金なのだ。そして、その金をアレンジしたのは黒木だろう。黒木が白石サランと北海道のブルーロータス運輸研究所とソフト・キングダムを結びつけたのだ。しかし、まだ謎は残っている。なぜ彼らはこの企画に乗ったのか、だ。

次のバンドが出るインターバルの間にアナウンスがあった。

——とてもジャンキーな猿とブラックブラックブラック髑髏がＣＤの即売とサイン会をやっておりますので、ご興味のある方はフリーバードに、「サイン会はどこ」と尋ねてお越しください。

真行寺は腰を上げて、フリーバードを起動し、サイン会はどこだと発声し、ナビされる通りに進んだ。

観覧席への出入口から裏のコンコースへ回りすこし行くと、通路が広く開けたところに長テーブルを並べ、一番手と二番手のバンドが、横に並んで座っていた。

真行寺はとてもジャンキーな猿のテーブルに近づき、列の最後尾に並んだ。その時、スマホが鳴った。知らない番号からだった。

——もしもし。こちら原宿署の米山《よねやま》と申します。巡査長はいまどちらにいらっしゃいますか。

声から察するに先ほど入口で引き返していった角刈りの刑事らしい。その声が、巡査長のスマホの番号は本庁で教えてもらいました、と断りを入れた。

「なにかありましたか」

たとえ年齢的には後輩が敬語を使ってきたとしても、巡査長の身分に甘んじている真行寺は必ず敬語で受け答えるようにしている。ただしその口調はかなりぶっきらぼうではあるが。

――いやとにかく、これだけのコンサートなので、なにかあってはまずいなと思いまして。アルコール消毒液などの準備もされていないようですし。

「それで、拳銃を置いて原宿署から消毒液を持ってきたんですか」

とたんに、相手は押し黙った。

「冗談ですよ」と真行寺は笑ってみせた。「それで私になにか？」

――とりあえずここの状況を教えていただければと思いまして。

「ゲートはもうくぐったんですか」

くぐったと相手が言ったので、教えるべき情報などなにもありませんが、フリーバードにサイン会場を訊いて、こちらまでお越しくださいと伝えて、スマホをポケットに戻した時、自分の番が来た。

テーブルの上にはCDが三種類並べられてあった。三枚とももらうよと言うと、メンバー全員が顔をほころばせ、ありがとうございますと明るい声を上げた。さっきステージから出していた鋭い音とは打って変わって屈託のない声だった。とてもいい演奏だったよと声をかけると、また喜んだ。

ボーカルの子が、ケースを覆っている薄いビニールを剝《む》き、歌詞カードが折りたたまれて

あるフロントジャケットをプラスチックケースから抜き出して、バンド名と自分のサインをし、それをほかのメンバーに回していった。最後に受け取ったドラムの子がこれをケースにしまい、ビニール袋に入れて真行寺に差し出した。このご時世だから握手は控えておくほうがいいのかなと思っていたら、向こうから出されたので、四つの手を順番に握り返した。

「ありがとうございます。最近ＣＤ売れないから嬉しいです」

ギターの子が真行寺の手を握りながらそう言った時、あれ、最近どこかで似たような台詞を聞いたぞ、と思った。

「あら嬉しい買ってくれたの、最近ＣＤ売れないのよ、ありがとね……」

地下室というライブハウスでファンからサインをねだられた浅倉マリもそう言っていた……。

真行寺はテーブルの前から離れ、近くの長椅子に座って、ビニール袋から取り出したＣＤを眺めた。一枚のケースにうっすらと、おそらくボーカルの子のものだと思われる、指紋がついていた。その波打って平行する線を見つめていると、頭上から真行寺さんと声がした。見上げると、屈強な男たちが見下ろしている。先頭は先程ゲートの前で通せんぼを食らった角刈りの私服だ。後ろに十人ほど従えている。ずいぶん所帯が増えたな、と思った。

「ロックコンサートにはふさわしくない格好ですね、かなり浮いてますよ」

ネクタイはしていないものの全員スーツを着てマスクを装着した男たちに向かって、真行寺は言った。この冗談を完全に無視して角刈りは、

「真行寺弘道巡査長ですか」と確認を求めてきた。

はいそうですと応えると、米山ですと角刈りはふたたび名乗った。

「なにかありましたか」米山が尋ねた。

これまでのところはなにも、と真行寺は首を振った。

「そのへんを相談させてもらうために、主催者と話したいんですが。当然バックヤードには関係者がいるんでしょうが、そちらに行くにはどうしたらいいんですかね」

「入れないようになっていますね。裁判所の許可は？」

「なにせ会場がここだとわかったのが今日だったものですから」

「ないなら無理でしょう。すべて記録されてますから、強引なことをすると厄介なことになりますよ」

「なにかできることはありませんか」米山は言った。

「救急車は横づけしておいたほうがいいでしょう。それから、救命士にもフリーバードをインストールさせて、いざとなったらすぐに中に入れるようにしておいたほうが賢明です」

米山は了解しましたとは言わなかった。確かに、警察から消防署にそのようにすぐ命令を出せるかどうかは微妙なところだ。だから、真行寺は言った。

「これだけの人数だと、もう感染者は出ているでしょうから」

同僚たちは呻《うめ》くような息を漏らした。

「この場で発症して会場の外まで動けない者が出るということも想定しておいたほうがいい

でしょう。そうなった場合、警官が両脇を抱えて連れ出すことはかなり問題です。面倒なのはわかりますが、なんとかして、救急車を待機させておいたほうがいい」

「わかりました」ようやく米山が言った。

「それから、そちらの機動力を生かしてちょっと調べてもらいたいことがあるのですが」

米山は黙ったが、なんでしょう、と隣にいた黒縁眼鏡が言い、原宿署の井川《いがわ》ですと名乗った。

「このコンサートの主催者である白沙蘭に池袋の保健所の所員が聞き取り調査をしてるんですが、所員の名前を調べていただけませんか。できればその所員と私が話せるように手配願えればありがたい」

角刈りと黒縁眼鏡が顔を見合わせた。

「なんのためなのかを教えてもらえませんか」

口を開いたのは角刈りの米山だった。巡査長ごときにいいように使われて、売り上げをすべて持っていかれるのはごめんだという気持ちが言外《げんがい》ににじみ出ていた。

「話して手応えがあれば、必ずお教えします」

相手は不満げである。たしかに、いくら本庁の刑事が相手とはいえ、巡査長に顎で使われては、面白くないだろう。

返事を待たずに真行寺が立ち上がったので、

「わかりました」と黒縁眼鏡の井川が押しとどめた。「聞き取り調査をした日付はわかりま

すか」

「五月十五日です」

自分がＰＣＲ検査を受け隔離入院した日を思い出し、そう答えた。


刑事たちを置き去りにして観客席に戻った真行寺は、次々とステージに現れるバンドの演奏を楽しみつつも、次第に高まってくる胸騒ぎを抑えきれないでいた。

午後二時過ぎにまた腹が減ってきたので、約束どおりＤＡＩＧＯの炒飯を食べようとフィールドに下りた。

「どうですか結構売れましたか」と声をかけると店主は、

「思った以上です。おかげでてんてこ舞いでした」と疲れ切った顔をこちらに向けた。「いや、ありがたいですよ。泣く泣く店を閉めた仲間もいますのでね。大盛りにサービスしときますけど、どうしますか」

レギュラーサイズでプラスチックの器に入れてもらい、客席に持ち帰り、スタンドの席に戻って食べた。品のいい薄味である。油っぽさも抑えめで、ほんのりと塩味の利いた米の味がやわらかく口の中で広がる。化学調味料がたっぷりしこまれた濃い味に慣れた舌には物足りないかもしれないが、年配者には人気の出そうな味だ。

ゴミを捨てて、席に戻り、アーントサリーヌのアヴァンギャルドなステージを眺めていると、スマホが鳴った。もしもし、池袋保健所の牧田《まきだ》ですが、という声は暗く疲れていて、な

おかつ不満げだった。

「お忙しいところ誠に恐れ入ります」

スマホを耳に当て、話しやすいように、調子っぱずれの叫び声と不協和音と変拍子のリズムから逃れ、コンコースに出た。

――警察のほうから白沙蘭さんの聞き取り調査のことで巡査長に電話するように言われてかけております。

「誠にありがとうございます」

真行寺はなるたけ心を込めてそう言い、空いているベンチを見つけて腰を下ろした。

――こちらはすでに池袋署のほうに報告しておりますが。

「ええ。聞きました。ただ調書に記載していないことで、牧田様が覚えておられることなどないかと思いまして」

――というのはどういうことでしょうか？

「五月十一日に、浅倉マリは池袋でファンに会ってサインを求められたということでしたよね」

――それがなにか。

「なんでサインをしたのか覚えてませんか」

――さあ、それはしてもいいと思ったからじゃないですか。

「あ、これは私の訊き方が悪かったですね。理由ではなくて、手段、筆記具の種類を訊いた

つもりでした」

——ああ、なんだ。それなら中字の油性ペンですね。

「それは、浅倉マリが持っていたものですか」

——いや、相手が所持していたものを使ったそうです。

「なるほど。もうひとつ伺いたかったのは、なににサインしたかということなんですが」

——なにに?

「手に持っていたノートとか」

——ああ、CDです。そう言ってましたよ。

「CDにサインしてそれをあげたわけですか」

——いや、相手が持っていたCDにサインしたということです。

「なるほど。もうひとつお訊きしたいのですが、サインペンの軸とか、CDを収めたプラスチックのケースなどにコロナウイルスが付着した場合、ウイルスが生き延びる時間は長いでしょうか、それとも短いでしょうか」

——端的にお答えするならば、長い、になります。最近ではタブレット端末の液晶画面に付着したウイルスから感染した例が報告されています。総じて、プラスチックに付着した場合は生存時間が長いと言えましょう。

「つまり、感染する媒体として要注意の材質であると」

——浅倉マリさんがサインペンやCDのケースから感染した可能性を考えておられるのです

か？

「ええ、考えたほうがいいと思いまして。ファンが自分のアイドルに道で偶然に出会い、サインを求めることはあるでしょう。けれど、いくら熱烈なファンであろうとCDなんてものは自宅の棚に並べておくもので、路上で見かけたときに備えて鞄《かばん》に忍ばせておくなんてのは不自然なように思われます」

　相手は黙った。

「また油性ペンのほうですが、軸にウイルスが付着していたとすれば、サインをするためには必ずそこを握るので、ウイルスは浅倉マリの指に移動するでしょう」

　相手がなにか言い出そうとするのを制するように、真行寺はその先を喋った。

「次にCDの場合ですが、こちらは、プラスチックケースの上蓋の裏に、ツメで留められてジャケットが差し込まれています。サインっていうのは、大抵の場合、このジャケットに書くわけですが、こいつを取り出す際にはどうしてもケースに触れることになります。だからプラケースにウイルスが付着していれば、そこに指が触れた際にもウイルスが移ると考えられますね。ちなみに、ケースからジャケットを取り出したのは、ファンですかね、それとも浅倉マリのほうですか」

――いや、そこまで細かいことは聞いておりません。

　そうですか、と真行寺は言った。どうして尋ねなかったんだと責めるには、些事《さじ》に過ぎるだろうとは思った。すみません、と牧田所員の声がした。

——サインを求めたファンがCDを携帯していた事実を、巡査長はどのように解釈しているのでしょう。ひょっとして、ファンを名乗って浅倉さんに近づき、サインペンの軸やCDのケースから、浅倉さんの指にウイルスを付着させ、感染させることを目論《もくろ》んだとでも？

「その可能性は排除できない、とは思っています。浅倉マリの指に付着すれば、例えば彼女がその指で自分の顔に触れたりしたときに感染する可能性は？」

——あります。

そうですか、と真行寺はまた言った。すると相手は、しかしですね、と異論を差し挟んできた。

——ファンがたまたまアーティストのCDを持っていたことを不自然だと気がつかなかったのは迂闊《うかつ》でした。あまりに忙しすぎて注意が疎《おろそ》かになっていたのかもしれません。しかし、その場に居合わせた当人はどうして警戒しなかったんでしょうか。

「普通なら警戒しますよね。テレビであれだけ大胆な発言をしたんだから、自分に向けられる非難がまったくないとまでは浅倉マリ本人も思ってなかったでしょう。だから浅倉マリの警戒を解除するような要素があったんです」

——それはなんですか？

「場所です」

——場所。グリーン大通りですか。ビックカメラの前でと資料には残ってますが。

「ビックカメラじゃなくてその隣ですよ、浅倉マリが警戒を解いた要素があるのは」

——その隣は金券ショップ。そしてその隣はデニーズですね。

「そのデニーズの上にディスクユニオンという中古レコードショップがあります。浅倉マリに会った時、ちょうどそこでCDを買ったばかりなんだと男は言ったんです」

電話の向こうは沈黙し、

——いや、それもまたわざとらしいというか、不自然な気もしますが。

「不自然かもしれません。しかし、そう思い込むのは危険です」

——なぜそう言えるんですか。

「表現する人間というのはそういうもんなんですよ。自分の表現に対していいぞと言ってくれる人間は、味方に思えるものなんです。実はうちにも、ずいぶんと根性がねじけたミュージシャンが居候していましてね、こいつでもちょっと褒めてやると嬉しそうな顔をするんですよ」

真行寺の脳裏に、先程のサイン会で彼女たちが見せてくれた無防備な笑顔がよぎった。

「そしてサインを求めてきた男は、ロックミュージシャンを描いた黒いTシャツを着ていたとか」

——そうですか。

「覚えておられない？」

——とにかく、最近は大変多くの方に聞き取りして大量にメモを取りますので。

「そのミュージシャンが誰かはわからない。そのように池袋署から聞きましたが」

——だとしたら、聞き取りした結果、わからなかったということではないでしょうか。私はかなり細かく訊くほうですが、訊いたとしたら、それはメモに残していると思います。そのメモにわからないと書いてあるのならば、わからなかったんでしょうね。そこにどうしてこだわるのですか？

「いや、浅倉マリもミュージシャンなので。ロックミュージシャンがプリントされたTシャツだと認識できているのなら、それが誰かは当然わかるんじゃないかなと勝手に疑ったまでです」

そう言われても……。戸惑いと不満がまじった声で牧田は言った。確かにそうだろう。とにかく寝る間も惜しんで感染ルートを探っている牧田の身にしてみれば、わけのわからない言いがかりをつけられているような気になるのも無理はない。それに、このことはサランに追及しておくべきだった。俺のミスだ。まったくそのとおりです。すいません。と真行寺は詫《わ》びつつも、

「では最後に、もうひとつだけお願いします」と続けた。

牧田のため息が聞こえた。

「仮に、この十一日にもらったウイルスで浅倉マリが感染したとして、彼女が病院に担ぎ込まれたのは十四日、そして十五日の未明に亡くなっています。このウイルスは一般的に潜伏期間が五日から二週間ほどと言われていることを考えると、早すぎる気もするのですが……」

——いや潜伏期間は、人によってかなり差が出ます。彼女の場合は、高齢であることと肺癌の病歴があることを考えると、短期で重篤に至った可能性は十分あると思われます。

なるほど、と真行寺は言い、ただし可能性があるというだけで確実にそうだとは決めつけられませんが、という相手の申し訳に、もちろんですと同意し、この度はお忙しいところほんとうにありがとうございました、と丁寧に礼を言ってから切った。

スタンドに戻ってステージを見ると、パンタックスワールドというベテランシンガーがサポートミュージシャンをふたり連れて登場するところだった。このアーティストのステージは学生時代に一度見たことがあった。その時はギタリストを左右に配してベースとドラムとキーボードを加えたハードロックだったが、今日は自身が弾くアコースティックギターとベースとパーカッションという編成で臨んできた。声の衰えはいかんともしがたいが、楽隊が出す音量が小さくなったぶん、メッセージ性の強い歌詞がくっきりと浮かぶようになっている。ただ、彼が歌う反権力をアピールする歌詞そのものが、いかにも古びて聞こえたのは、自分が年齢《とし》をとったからなのか、それとも彼の持ち歌が時代とそぐわなくなったのか、おそらくその両方だろうという気がして、激しい感動には至らなかった。

しかしながら、さよならばんどもそうだが、ロックミュージシャンが人気商売であることを考えると、このステージに上がってくる勇気はさすがだな、と感服した。

雨はすっかり上がり、日もとっぷりと暮れた頃、パンタックスワールドのステージが終わり、またインターバルとなった。ステージの上の機材が入れ替えられ、見覚えのあるドラム

セットや機材がステージに運び込まれた。これを見て真行寺は、ではそろそろ行くかと腰を上げ、フィールドへ向かった。

人工芝の上に下り立ち振り返ると、スタンドは目測で約四割ほどが埋まり、さらにいま到着したばかりの人影もうろうろしている。また、雨があがったことや、さよならばんどの出番が近づいてきたこともあって、スタンドからフィールドへの人の流れも勢いを増している。人波の間を縫うようにして、真行寺はステージのそばまで近づいた。

案の定、愛欲人民カレーの名前がアナウンスされ、いくぶん緊張した面持ちで、四人のメンバーが姿を現した。

中央奥に置かれたドラムセットの中に岡井が身体を沈める。

その右手には、やたら物々しい機材に囲まれて森園が陣取った。

中央に立っているのは佐久間だ。本来はベース担当だが、今日はギターを肩から提げている。佐久間に弾いてもらったほうがいい、などと森園は言っていた。しかし、となると、ベースラインはシンセで自分が弾かなきゃならなくなるのでそれは嫌だとも言っていたが、佐久間の左手には小柄なベーシストがちゃんと立っていた。なんとか調達したらしい。

女性ベーシストは、おそらく今日ステージに登ったバンドから助っ人《すけと》に呼ばれてふたたびステージに出てきたのだろうと真行寺は見当をつけたのだが、どのバンドで弾いていたのかが思い出せなかった。そして、平均年齢の低い愛欲人民カレーの中では、ベテランと見受け

られた。

はてなと首をかしげていると、そのベーシストがマイクの前に立って「愚か者です」と今日お決まりの挨拶をして、真行寺は腰を抜かすほどびっくりした。

麻衣子じゃないか！

学生時代に一緒にバンドを組んでいた元妻だった。と同時に、真行寺は三十年ぶりに自分のバンドのベーシストと再会した。いくら急ごしらえだからといって、他にもベースはいるだろう。どうしてこいつに弾かせるんだ。これはサランの嫌がらせなのか。

唖然としていると、曲が始まった。しかも出だしがベースソロである。ピックを使わずに指弾《ゆびび》きなのは学生時代と変わっていない。

音数《おとかず》の少ない印象的な反復がエンジンを吹かせ、普通ならここでドラムが被さってくるところに、森園がいきなり濁ったノイズをぶちまけ、このざらざらした不協和音がしだいにきめ細やかになっていき、霧《きり》のようにたなびいて会場の隅々にまで漂って靄《もや》のようになっていったその中からまたベースのリフが顔を覗かせたかと思うと、手数《てかず》の多い岡井のドラムが、倍速で猛ダッシュをかけ、これを佐久間のギターが装飾音つきの和音を切り刻みながら追い、そこにふたたび森園が不穏な音色の電子音を被せていきながら、楽想を広げつつ、それからというもの、曲は複雑な変調をくり返しながら、しかし、音は止むことなく次の局面へと進んで、クライマックスはとにかくリズムさえも解体したかのようにすべての音が溶けて飽和し、高まりきったところで、冒頭のベースのリフが再現され、こんどは、裏拍を強調するよ

うなドラムがゆっくりと絡みつき、ワウペダルを踏んだギターと透明なシンセの音が重なって、その速度をしだいに落としていき、やがて停止した。

　約四十五分間のセットを壮大なノイズまみれの組曲で勝負した愛欲人民カレーのステージが終わった時、盛大な拍手が湧き起こった。見事な演奏だった。ほとんど無調の音をここまで圧巻なサウンドに仕立てあげる腕と才能を持ちながら、燃えないゴミの日に生ゴミを出してなんども叱られるのはどういうことなんだろう、と真行寺は不思議でならなかった。

　メンバーも満足した様子で、楽器を置いて、ステージを去ろうとしている。真行寺は一気に最前列に出て、波多野！　と学生時代のように元妻の苗字を叫んだ。

　ジャックから抜き取ったシールドを床に投げ、最後に袖に向かおうとしていたベーシストが振り返った。客席に投げた視線が、意外な人物を捉えたかのように、その顔がほころんだ。

「あれ、来てたの」

　自然な反応だが、意味のない問いである。

「どうだった？」とこんどは演奏の感想を訊いてきた。

　そのことはいまはどうでもいい、と言いたかったが、

「素晴らしかった」と返した。

「サランちゃんに誘われちゃって……。あの森園って子面白いわね、最初はなに言ってんのかよくわからなかったんだけど……」

　波多野！　とふたたび叫んで、長く続きそうな講釈を遮った。

「お前のスマホならバックヤードにも行けるだろ」

ああ、と元妻は得心し、ジーンズのヒップポケットに指を入れてスマホを抜き出すと、それをステージの下に投げようとした。

「待て待て。起動してパスワードか指紋認証でロックを外してからだ」

これは失礼、と元妻はパワーボタンを押してスマホを目覚めさせ、親指でアンロックしてから投げてくれた。

「じゃあ、楽屋で待ってるから」手を振りながら元妻は袖にはけた。

真行寺は自分のスマホを切り、元妻のを握ってステージの脇の通路に向かった。

さきほど通せん坊を食らったゲートもこんどはすんなり通してくれた。ゲートさえくぐってしまえば「すみません、どちらへ？」と声をかけてくる者はいない。先に進むと、おそらくこれから出演するのだろう、ミュージシャンが楽器を抱えて待機しているところに出くわした。森園たちが使った、アンプやシンセやドラムセットが一ヶ所にまとめられてある脇をさらに進むと、通路の壁にもたれて森園らがビールを飲んでいた。元妻もいて、「いやあ、波多野さんのベース、最高っす。おかげでひさしぶりにギター弾けました」などと佐久間におだてられたのを真に受け、年甲斐もなくイエーイなんて言いながら手にした缶を持ち上げている。そして、真行寺を見つけると、おつかれーと言って、壁際のテーブルに置いてある缶ビールを取って真行寺に差し出した。

真行寺は缶ビールと妻のスマホを交換し、タブを引きながら、

「サランは」と森園に尋ねた。

「奥のほうです」

「出演者のフリーバードではどこまで行けるんだ」

「さあ、わかりません」

「サランに電話してくれ。俺の電話には出ないんだ」

「急用ですか」

そう訊かれると困る。なにかが起きる、いやもうすでに起きているような気さえする。しかし、それをサランに問い質せば解決方法が得られるのかというとそれもよくわからない。

森園はスマホを取り出して、耳に当ててから、

「出ませんね」と言った。「いまたぶん忙しいんじゃないかな。さよならばんどの出番も近いから」

ステージのほうで拍手が起きた。バイソンドーターとコールするアナウンスが聞こえた。

「愚か者です」というお決まりの一言のあとで、やたらと速いブレイクビーツが始まった。

さよならばんどの出番はこのバンドの次の次である。

「うわあ、結構埋まったなあ」

佐久間が向けた視線の先へ真行寺の足が自然と向かう。だだっ広い控え室があり、演奏を終えたミュージシャンたちが、バンドの垣根を越えて、ビールを飲んだり、弁当を食べたり、菓子をつまんだりしながら、スタジアムの様子を映す大きなモニター画面を眺めている。フ

イールドには、朝ここにやってきたときとは桁違いの人影が蠢《うごめ》き、前方では、またモッシュが起こっていた。状況はますます危険水域に近づいている、もしくはすでにそうなっている、と思われた。

　カメラがスタンドに振られた。こちらは年寄り連中が多い。フィールドに下りて人波に揉まれるのはやはり怖いらしく、遠目から大トリのさよならばんどを鑑賞する腹らしい。しかしこのスタンドも、かなり埋まりはじめていて、一席とばして間引いて座るということができなくなりつつある。ますますもってまずいだろと思っていると、カメラが切り取った画面の片隅に、真行寺は気になる人影を見つけた。ヒョロリとした体軀《たいく》と面長な顔、切れ長の目、猛禽類を思わせる突き出た口元。

　あいつじゃないか！　ライブハウス地下室に自粛を求めに来たあの男だ。名前はたしか鳥海と言ったっけ。しかし今日はずいぶん雰囲気がちがう、先日はスーツだったが、今日はキャップを被ってジーンズにTシャツというラフないでたちだ。原宿署の刑事たちよりはずっと会場の雰囲気に溶け込んでいる。おまけにあの黒いTシャツは、ロックバンドのザ・フーの……。フー？　おい、whoかよ。The Who なのか！　浅倉マリにサインを求めたファンはロックアーティストのTシャツを着ていたが、誰のものかまではわからないと、岩田警部補は言った。保健所から回された資料を読んでそう答えたんだろうが、よけいな翻訳をしてくれたおかげでとんだ目にあったぞ。浅倉マリはそのロックアーティストを知らないわけではなかった。そしてサランにもそれをちゃんと伝えていたんだ。イギリスのハードロックバ

ンド、ザ・フーだってことを！

　カメラはすぐに切り替わりバイソンドーターのステージを映し出した。いまかいま見たスタンドの映像は、東西南どちらのスタンドに向けたカメラが捉えたものなのだろう。

　真行寺はもういちどスマホを起動した。とたんにフリーバードがさえずりだした。

——真行寺弘道様、あなたはこの場所にいる権限がありません。すぐにバックヤードからご退場ください。

　こうくり返すのを無視して、真行寺はかけた。発信音が鳴っている間も、フリーバードは出ていけとうるさい。腹が立ったので、黙れと怒鳴ったら、不思議なことにぴたりと止んで、

——黙ります。まずは電話をおかけください。

と譲歩してきた。バイソンドーターが「では最後の曲です」と言った。あと一バンドのステージをはさんでいよいよ、さよならばんどが登場する。

——米山です。

「感染者、もしくは感染拡大の目的でウイルスを保持していると疑われる人物をスタンドに発見しました！」

——なんですって。もう一度言ってください。

　バイソンドーターが発する轟音《ごうおん》でこちらの声がうまく聞こえないのだろう。ウイルス保持者がスタンドにいる、と真行寺は怒鳴るようにくり返した。

「あくまでも疑いです！」

――どうしてそう疑われ……。

「説明している暇はありません！　身柄を確保するかどうかはそちらにまかせますので、特徴を述べます！」

――わかった！

相手も怒鳴り声になった。

「身長一七三センチメートル！　体重五十五キロ！　細身！　一重まぶたで目は切れ長！　口元がやや前に出ている。黒いキャップに黒のジーンズ！　黒のTシャツ！　イギリスのロックバンド、ザ・フーの」と説明しようとして、これは言っても無駄だなと口を閉じた。

――フー、ピート・タウンゼントのフーのことですか！

知ってるのかよ！　たしかに、刑事だから、角刈りだからと言ってロックを聴かないとは限らない！

「そうです！　ピートがギターを持って股広げてジャンプしている図柄の！」

――了解！　しかしスタンドといっても広い！　どのあたりですか⁉

「わかりません！　モニター画面が切り替わったと思ったら、スタンドの中にそいつがいました！」

――しかし、連れてきてる人数は全部で十人ちょっとです。それで広いスタンドをくまなく探すというわけにはいきませんよ！

言ってることはわかるが、どうしようもない。

「とにかく、よろしくお願いします！」

そう言って切った。

とたんに、またフリーバードがさえずりはじめた。

――真行寺弘道様、楽屋から退室してください。

うるさいな、わかったよ。そうつぶやいて、真行寺は踵を返した。

――左手にお進みください。

はて。フィールドに戻るにはこれを右折なのでは？　ひょっとして国立競技場から放り出すつもりなのか。その上で再入場不可となったら厄介だぞ。鳥海の身柄の確保も気になるし、ここまで来てさよならばんどが見られないとなると、それはあまりにもせつない。そう思ったのだが、フリーバードがそう言うのならと、真行寺はこの指示に従った。

――次の角を左折してください。

通路を歩いてる人はいない。遠くでバイソンドーターの演奏がくぐもって鳴っている。

――そのまま進み、突き当たりを右です。

そうした。目の前に、長い通路があった。真行寺は進んだ。ずんずん進んで右に曲がると、とたんに演奏の音も小さくなり、やがて聞こえなくなった。

――そのままお進みください。

突き当たりに小さくドアが見えた。視線の先で、ドアが開き、その隙間からインド人がひとり細い体を出した。

「ミスター・シンギョージ、どうぞお入りください」

近づいた真行寺に英語でそう言うと、ひょろりとした青年はノブを摑んでドアを大きく開き、真行寺を招き入れた。

足を踏み入れたとたん、混合香辛料の匂いを嗅いだ。急に高くなった天井の下で、広いフロアに肩を並べて座っているのは皆インド人である。彼らは首をねじ向けてこちらを一瞥してから、前に視線を戻した。その視線の先にはモニター画面が、手元にはキーボードとマウスがある。全員が広く長いテーブルに同じ方向を向いて座っていた。

彼らが視線を上げれば、壁一面に張られた巨大なスクリーンが視界に飛び込んでくるはずだ。そこに映し出された国立競技場の地図の上には、厖大《ぼうだい》な緑の点がもぞもぞしつつ光っていた。このスクリーンを背の高いスピーカーが挟み、そこからステージの演奏が流れている。拍手が起こった。「ありがとうございました」という声が続く。バイソンドクターの最後の曲が終わったようだ。この次にグランブルーが、そしてその後《あと》いよいよ、さよならばんどが登場する。

フロアの奥から滑るように電動車椅子が近づいて、真行寺の目の前で停止した。

「ミスター・エッティラージ」と真行寺はブルーロータス運輸研究所の所長の名を呼んだ。

「おひさしぶりです。真行寺さん、お元気ですか」とインド人は車椅子の上から手を差し出し、英語で言った。その屈託のない調子に合わせるように、真行寺は元気ですと言い、そちらは？　と言おうとしてその英語を飲み込んだ。

　このインド人と出会ったときには、彼は自分の足で歩いていた。いま彼が車椅子の世話になっているのには、この天才プログラマー自身が書いたプログラムと、プログラムに働きかけた真行寺の挙動が原因している。言ってみれば真行寺のせいである。

「それはいい」エッティラージ所長はうなずいた。

　ひとりの男が近づいて、黒いプラスチックのケースを真行寺に手渡した。マッチ箱大のその蓋を持ち上げると、抉《えぐ》られた穴にコードレス・イヤフォンが収まっていた。こいつはいちど使ったことがある。自動翻訳機だ。エッティラージの耳にはすでにこのイヤフォンが装着されていた。

　真行寺は、パーカーのポケットにそいつをしまい、この男になにか言わねばならない、と思った。喉元まで出かかった、申し訳ない《アイム・ソーリー》というひとことを飲み込み、別の言葉を英語で吐いた。

「あなたはまだあなたのダルマを果たそうとしているのか」

　ダルマという言葉に真行寺は、それぞれに与えられた道、務め、という意味を込めたつもりだった。お前はお前の務めを果たそうとしているか。お前はお前の道を歩んでいるのか。

　エッティラージ所長は複雑な微笑を漏らしつつ、うなずいた。

「ときどき迷うこともありますが」

　迷っているのか、迷っているのなら、とどこかで安堵しながら、真行寺もうなずいた。

　迷いがなぜ真行寺に安堵をもたらすのか？　それは、エッティラージのダルマは道理にか

なってはいるものの、大いに問題含みであるからだ。そのことを真行寺はある方法で知らしめ、それが彼を自分の足で歩けなくした。しかしあれも、彼に迷いをもたらす原因になっているのだとしたら、よしとできる、真行寺はそう信じようとした。

「アリバラサンから連絡は？」真行寺は尋ねた。

コンサート会場の屋台で売っていたあの煮込み料理の名は、所長の親友に由来している。そして友は、所長たちのためにインドで四人、日本でもひとりのインド人を殴り殺していた。

「カナダにいるようです」とエッティラージは言った。「真行寺さんによろしくとのことです」

真行寺は黙ってうなずいた。

「さて、ここにお呼びしたのは、真行寺さんのお仕事のお手伝いをしたいと思ったからです」

「俺を手伝う？」

エッティラージは電動車椅子の肘掛けについたスティックに触れながら、

「ボビーさんに説明してもらったほうがいいでしょう」と言って椅子の向きを変え、部屋の奥へと進んだ。ついていくと、褐色の肌に交じって、黄色いのがひとり座っていた。

黒木はひょいと手を挙げたが、「ハロー、相棒」といういつもの挨拶はなかった。

「どう絡んでるんだ」と真行寺は尋ねた。

「その質問は出て当然ですが、いまはこの人を探しているんじゃないんですか」

黒木は自分の目の前のモニター画面を指さした。そこではいままさに、ザ・フーのTシャツを着た鳥海がフィールドに下り立とうとしていた。

案の定、黒木とエッティラージにはこちらの動きや思惑は完全に読まれているようだ。

「どの出口だ、これは！」スマホを取り出しながら真行寺が叫んだ。

「B2。ステージに向かって右側の一番後ろのほうです」

間髪を容《い》れず黒木が答えてくれた時、いっとき静かになっていたスピーカーからまた音が発せられた。グランブルーが生み出す爆音の中、原宿署の米山が出るなり真行寺は叫んだ。

「B2！　ステージに向かって右側の一番後ろ！」

——了解しました！　もうマルタイはフィールドに出てるんですか！

いままさに下りたところだ！　と声を張ると、畜生！　そっちにも人を回せばよかった！と米山の舌打ちがして切れた。

「マルタイはウイルスを保有してる可能性が高い」電話を切って独り言のように真行寺は言った。「そいつをここでばらまくつもりなんだろう。このまま聴衆の中に紛れ込まれて、見失うと厄介なことになる」

「感染爆発《エピデミック》を起こさないという保証はできませんが」とエッティラージは英語で言い、「対象を見失うことはありません」と壁に広がるスクリーンを指さした。

国立競技場を真上から見下ろした地図の上を、おびただしい緑色の点の群れがもぞもぞと虫のように動いている。それらの点のひとつひとつが観客なのだと、真行寺は即座に理解し

た。

画面がズームされた。のろのろと這うように移動しているひとつの点を捉えた。その点はステージの前にひしめく観客の群れに向かってはいなかった。フィールドの縁《ふち》に沿ってゆっくり移動していた。

「これが鳥海なのか」と真行寺は確認した。

「そうです」と黒木が言った。

「なぜ」

黒木はただ首をかしげた。

屋台の列の前を点は移動し、やがて止まった。

「どこだ」

「こちらを見てもらえますか」

黒木が手元のモニター画面を指さした。ライブカメラが捉えた映像が浮かんでいる。黒いTシャツを着た男が立っていた。鳥海である。しかし、ロングショットで捉えられた映像からは、彼がなにをしようとしているのか判然としなかった。かろうじて、幟の文字が読めた。——DAIGO。浅倉マリが贔屓にしていた店、そして真行寺が昼飯に炒飯を求めた店だった。鳥海はその店の前で佇んでいた。

「ズームできないか」真行寺は言った。

黒木は、指で直接液晶画面に触れて、画面のその部分を拡大《ピンチアウト》した。

鳥海はＤＡＩＧＯの店主と会話していた。たがいの顔には笑みが見える。ただし、店主の笑いににじむ疲労の色が気になった。

「なにを話してるのか聞きたい」

真行寺は黒木に向かっていった。こいつなら、フリーバードをインストールさせたときに、盗聴できるように細工しているはずだ。

黒木は薄く笑って、隣に座っているインド人になにか耳打ちした。すると、スクリーンを挟んでいるスピーカーから、ふたりの会話が聞こえてはきたものの、グランブルーが立てる轟音にかき消され、なにも聞き取れない。

黒木は肩をすくめて、すいません、と笑い、助手らしきインド人は音の設定を元に戻してしまった。

しかたがないので、手元のモニター画面を食い入るように見つめた。黒木が手元のディスプレイに店と店主の名前を出してくれた。

ふたりの物腰はおだやかで、剣突《けんつ》く様子はみじんもない。

たがいに池袋に店を構えていること、どちらも中華料理を出していることを踏まえ、知った仲なのだろうと思った。

しかし――、
浅倉マリが出演するライブハウスに自粛しろと乗り込んで来た鳥海慎治。

そのライブ会場に出前の炒飯を届けに来たラーメン屋の店主。

浅倉マリに対する態度には黒白《こくびゃく》の差がある。

そして、鳥海はおそらく感染を狙って浅倉マリに近づき、CDにサインさせた。

一方、DAIGOの店主は、浅倉マリが企画したコンサートに出店し、なかなかの売り上げだと喜んでいる。ここにも天地の差がある。

「ここの店主の名を見せてくれ」画面を見つめながら言うと、黒木が目の前に小さなディスプレイを差し出してくれた。

〔出店№5　店名DAIGO　カテゴリー中華（炒飯）店主　蒲谷大悟《かばたにだいご》〕

物覚えが悪くなりつつある頭に蒲谷という苗字を叩き込んでいると、肩を叩かれ、「なんか動きがありますよ」とライブカメラの画面を示された。

作務衣を着た店主が炒飯を盛り付けた皿をふたつ持って、店の前に置かれたテーブルに鳥海を誘った。そして、ふたりはそこに座って、食べはじめた。

「まかない飯食ってるみたいですね。ほかもそろそろ店じまいの準備をはじめているようですよ」別のモニターを見ながら黒木が言った。「コンサートも終盤で、もうほとんど売り切ってしまったんでしょうね」

気楽な調子の実況解説は、真行寺を安心させてくれなかった。店主はのけぞるように背中を伸ばし、自分の額《ひたい》に手を当てた。熱のある人間がよくするしぐさだ。

心配そうに鳥海が店主を窺う。店主は、ちょっと待ってくれと言うように手を突き出し、椅子から腰を上げたかと思うと、ふらふらとよろめいてそのまま地面に倒れ込んだ。思わず

鳥海も腰を上げて店主に近づく。

「鳥海の携帯番号を教えてくれ」と真行寺は黒木に言った。「入場しているのなら鳥海もフリーバードを入れているはずだ。君なら携帯番号を吸い上げることなんかわけないだろう」

黒木はやれやれと首を振りつつ、

「いいですけど、どうやってその番号を手に入れたのかについては言い訳を考えといてくださいよ」と言いながら、ディスプレイに大きな文字で表示してくれた。真行寺はその番号をタップした。

画面の中、鳥海が尻のポケットを気にする様子が確認できた。ためらいがちにスマホを取り出し、ディスプレイを眺める。知らない番号なので戸惑ってる様子が窺えた。

「取れ！」真行寺は叫んだ。

逡巡《しゅんじゅん》しつつも鳥海は耳に当てた。

「蒲谷に触れないで！　そこで待機してください！」

――なんだって……　あんたは誰だ。

「真行寺です！　池袋のライブハウスで会った刑事！」

スマホを耳に当てながら、鳥海があたりを見回す。

――あのときの！　どうしてあんたが電話してくるんだ！

そんなことはどうでもいい！　蒲谷に触れるな！　もういちど怒鳴って、切り、着信履歴から別の番号にかけた。

「カメラ引いてくれ」スマホを耳に当てながら真行寺は言った。

ズームバックした画面の端に、このふたりに駆け寄る刑事たちが見えた。先頭をゆく米山が上着のポケットに手を入れる。

──もしもし！

爆音の中で米山が怒鳴った。

「マルタイが話している店主の身柄を先に確保したほうがいいと思われます！」

──え、なんだって！　ニンチャク願います！

「ＤＡＩＧＯの店主！　蒲谷大悟！　紺絣の作務衣を着て同じ色のバンダナ！　具合が悪くなって地面に横になっています！　感染している可能性あり！　外に待機させている救命士を至急中へ入れてください！」

──了解！　鳥海の身柄は！

「確保！　鳥海の所持品の中にウイルスが付着しているものがあるかもしれません！　プラスチック類などは特に気をつけてください！」

切ってふたたびスクリーン上の地図を見た。十数個の点がＤＡＩＧＯの前のふたつの点との距離を急速に詰めていく。

黒木の手元のモニターに視線を転じると、倒れている蒲谷とその傍らにたたずむ鳥海。そして、刑事たちがフレームインしてきた。

角刈りの米山がバッヂを見せ、鳥海に下がるように言い、黒縁眼鏡がスマホを耳に当てて、

スタンドに向かって手を振る。ほどなく防護服に身を包んだ救命士が担架を抱えてやってきた。

「もう大丈夫でしょう」と黒木が言った。

地図と緑色の点を映していたスクリーンがこんどはステージの様子を映し出した。曲はエンディングにさしかかっていて、グランブルーは、ダン！　と終えたあと、次の曲に備えてチューニングを始めた。

真行寺はステージの上に掲げられた電光掲示板に示された入場者数を読んだ。32282、32285、32292とその数はまだ増え続けていた。入場者数は三万人を超えている。武道館の約三倍だ。

スクリーンはこんどは十六分割され、この会場をさまざまな角度から映し出した。さよならばんどの登場を前に、スタジアムからフィールドへの人の流れが激しくなっている。

「もういちど地図にして」と真行寺は言った。

スクリーンにはまた地図が現れた。競技場の東・西・南のスタンドからフィールドのほうへ、いくつもの点が線を引くように流れている。それはさながら大海へ注ぐ河川のようである。

これは、この会場のどの位置に誰がいて、どのように動いているかを一望できるシステムであった。ふと思いついて真行寺が言った。

「この地図をズームバックするとどうなるんだ」

黒木が笑った。エッティラージがインドの言葉でなにか言うと、画面の中で国立競技場が小さくなり、信濃町《しなのまち》駅や千駄ケ谷駅、明治神宮外苑《めいじじんぐうがいえん》がその枠の縁《ふち》に現れた。そして、さらに引いて、画面は関東地方全体を捉えるまでの縮尺になった。

「ストップ」

真行寺のかけ声とともに、画面が固定された。真行寺は地図を見た。

国立競技場がある新宿区霞《かすみ》ヶ丘町《おかまち》には大きな緑色の点の塊がある。フリーバードをインストールした者らがこのコンサートに集結してる状況が表現されているわけだ。しかし、東京都内、いや関東圏内のあちこちにもポツポツと緑色の点が散らばっている。

「スタジアムの外にある点は、フリーバードをインストールしたけれども来場しなかった連中なんだな」と真行寺が言った。

イエス、とエッティラージがうなずいた。やはりそうかと思い、

「さよならばんどは見たかったけれど、やっぱりウイルスが怖いから在宅している連中か」

と真行寺が言うと、

「さよならばんども魅力的だけど、彼女の部屋で誕生日ディナーを楽しむことを選んだ人かもしれませんよ」などと、黒木がまぜ返した。

真行寺はふむとうなずいた。

「そういうプライベートな些事もちょいと調べればわかるだろうよ」

例えばこいつ、と言って真行寺は浅草で光っている点を指さした。

「こいつの性別が男で年齢は二十八歳、登録されている住所は西日暮里《にしにっぽり》、この男は昨日から今日にかけてなんどか同じ番号にかけている。それは浅草に住んでいる二十五歳の女のスマホの番号で、そして彼女の誕生日は今日だ、なんてことくらいはこの場でわかるんだろう」

「調べようと思えばすぐ調べられます。そういう結果が出るかどうかはわかりませんが」

「そういう結果が出たとしたら、さよならばんどよりも誕生日ディナーを取ったというストーリーはごく自然に読み取ることができる。実際、俺たち刑事は常日頃からそんなことばかりやっている」

「でしょうね」

「ただし、やはり、いまはまだわからないと言うべきなんだ。臨場して相手と面と向かって話さないとわからないいんだよ」

ええ、そうでしょう、と黒木は逆らわなかった。

素直な態度に騙《だま》されてはいけない。こいつらは、全国のフリーバードの利用者の位置情報を完璧に把握するという太々《ふてぶて》しいことをやっているのだから。なにせ、北海道にあるエッティラージが所長を務める研究所は、自動運転のためのプログラムを開発している。そしてこの研究所に投資しているのは通信会社のソフト・キングダムだ。位置情報の把握はお手の物だろう。

「けれど、このシステムで君は技術者としてなにを提供しているんだ」

真行寺は黒木に尋ねたが、口を開いたのはエッティラージだった。ただ、英語だったので

よくわからなかった。真行寺は先程もらった自動翻訳機のイヤフォンを耳に入れた。

「これからは処理する情報が膨大になるので、ボビーさんには高速化と軽量化をお願いしています。ちょっと僕には思いつかないような方法で、しかもシンプルなプログラムで実現できているのは驚きです。これでサーバーが当初の予定の十分の一で済みそうですよ。天才ですね、ボビーさんは」エッティラージはもういちど言ってくれた。

自動運転のプログラムを組むために、ソフト・キングダムがわざわざインドからスカウトしたのがエッティラージだ。そいつが天才だと讃《たた》える黒木とのタッグは、とてつもないことをやりそうで怖い。というか、この時点ですでに相当なことをやっている。

ただ問題は、次の一手だ。

「チャイを飲みませんか、真行寺さん」

エッティラージに急に声をかけられ、はっとした。

いただこうか、と真行寺は応じた。

こちらにどうぞ、と言って、エッティラージは電動車椅子をターンさせた。後ろについていくと、この大きな部屋の隅にスペースができていて、そこに円形テーブルがいくつか置かれ、そのひとつに寸胴鍋《ずんどうなべ》がふたつ電気コンロの上に載せられていた。

近くまで行くと、痩《や》せた青年が寄ってきて、作るから座って待っててくれと英語で言った。

真行寺は、ひとつあけて隣のテーブルにエッティラージと黒木と三人でかけた。黒木はこのテーブルまで薄いノートパソコンを持ってきていた。

真行寺はすこし離れたところから青年がチャイを作るのを見ていた。ふたつの鍋の中からミルクと紅茶を手慣れた手つきですくい取ってブレンドし、取っ手のない素焼きのカップに注いで、盆に載せて持ってきてくれた。

大振りの猪口《ちょこ》みたいなカップの縁をつまみ、日本酒を口に運ぶような格好で飲んだ。エッティラージと黒木も黙って飲んで、真行寺の次の質問を待っているかのようだった。心中を読まれているようで薄気味悪い。しかし、真行寺はいま掘っている穴をさらに先へ穿《うが》っていく必要があった。素焼きのカップを白いテーブルの上に置き、真行寺は口を切った。

「おのおのの位置情報はコンサートの終了後にこの会場から出ていっても、引き続きモニターできるようにしてあるんだよな」

イエス。エッティラージがうなずいた。

「さっき見たふたり、蒲谷と鳥海はいまどこにいる？」

黒木はノートパソコンを広げてディスプレイを見ながら、

「蒲谷は明治通りを渋谷に向かって走っています。鳥海は、千駄ヶ谷トンネルをくぐったあたりです」と難なく教えてくれた。

蒲谷はコロナウイルスの感染症に対応している病院に運ばれているのだろう。鳥海のほうは原宿署に向かっていると思われる。ともかく、こんな具合に足取りを追跡できるのなら、感染が発生したとしても、感染ルート不明という事態はほとんどなくなるだろう。

コンサート終了後、誰がどこで呑んだのか、誰と合流したのか、どのレストランでどの居

酒屋で食べたり呑んだりしたのか、はたまた「夜の街」にくり出したのか、帰宅のルートは何線を使ったのか、そんなことまでが手に取るようにわかる。

黒木とエッティラージはなにくわぬ顔でチャイを飲んでいる。口元には微笑の影さえ見える。

こいつらは次に俺がなにを知りたいのかを知っている、と真行寺は思った。そして俺がその質問を投げてくるのを待ち構えているのだ。しかし、こうなったら訊くしかない。

「フリーバードをインストールした前の日付にさかのぼって位置情報を取ることは可能なのか」

黒木はなに食わぬ顔でうなずいて、「ある程度は」と淡泊に答えた。

「さっき追跡した男なんだが」と真行寺が言うと「鳥海慎治ですね」と黒木が確認した。「そうだ」と真行寺がうなずく。

「できるのなら、鳥海の過去の足取りを表示してくれないか。日付は、えっと、五月十一日だ」

言うやいなや、池袋の地図が浮かび上がり、そこにウネウネとした緑色の線が示された。まるで前もって準備していたかのようだった。

「駅前のところを拡大してくれ。そこ。東口だ」と真行寺が言った。

グリーン大通りが地図の中心にきた。緑色の線は駅に向かって通りの右側を移動している。

「浅倉マリもフリーバードをインストールしていたんだろう」と真行寺は訊いた。

「もちろんです。出演者も関係者も観客も全員がインストールしています。立ち入ることのできるエリアがちがうので、それぞれすこしばかり仕様はちがいますが」

黒木はそう言って、頼みもしないのに、うねうねした緑色の線の上に、朱色《しゅいろ》のうねうねを重ねた上で、またズームバックして、池袋全体の俯瞰図《ふかんず》を出してくれた。

「朱《あか》い線が浅倉マリの同日の足取りです」

一目瞭然《いちもくりょうぜん》だった。

鳥海の足取りを示す緑色の線は、ライブハウス地下室の前、つまり浅倉マリの自宅マンションの前から、彼女の歩みを表す朱色の線と重なり合うようにして池袋駅へと延びていき、そしてディスクユニオンの前で引き返している。

「ここなんだが」真行寺はディスクユニオンの前のグリーン大通りを指さして言った。「緑の線がここに達したときの時刻、そして朱《あか》のそれも一緒に教えてくれ」

「午後三時十五分から二十一分までそこにとどまりました」と黒木が言った。

「緑も朱《あか》も両方ともに？」

「そうです」

つまり、浅倉マリのマンションの前で待機していた鳥海は、彼女がマンションから出てきたところを追尾して、午後三時十五分にディスクユニオンの前で声をかけた。そして、CDにサインさせ、サインペンもしくはCDケースに付着させたウイルスに彼女を曝《さら》したのである。――そう想像するに無理のない証拠がここに掲示されていた。

浅倉マリは肺炎で死んだ。肺炎を引き起こした原因は新型コロナウイルスである。これは事実だ。そして、もし鳥海が、浅倉マリの死を望み、彼女を意図的にウイルスに曝露《ばくろ》させたのだとしたら、これは犯罪であろう。そして真行寺が、そのことを隙なく明らかにできれば、鳥海に手錠をかけることができる。しかし、通常ならば、そこまでの証拠は並べられない。鳥海はそのことを見越した上で、この計画を練った。

しかし、いまここで真行寺が見ている朱と緑の線を鳥海にも見せ、さらに、浅倉マリが歌うライブハウスに彼が苦情を持ち込んだことを合わせて、じっくり事情聴取すればどうなる。

——たぶん落とせる。

真行寺はそう思った。

ふうとため息が聞こえた。真行寺自身が漏らしたものだった。もういいありがとう。そう言うと、黒木はノートブックの蓋を閉じた。

「フリーバードの機能は、電子チケットに忍ばせられるのか」チャイをひとくち飲んで真行寺は尋ねた。

「簡単《イージィー》です」とエッティラージが言った。

そうか。いよいよ、自分の推察がリアリティを帯びてきた。黒木やエッティラージは、この愚図《ぐず》め、はやいとこ全貌を把握しちまえ、と待ち構えているにちがいないが、ここはじっくり考えさせてもらおう。真行寺は素焼きのカップにもういちど手を伸ばし、チャイを飲んだ。

今後、エンターテイメント業界は電子チケットのシステムを構築することだろう。コンサートも演劇も映画もインターネットで予約し、スマホをかざして入場ゲートを通過する。映画館からチケットカウンターが消える日もそう遠くない気がする。ライブハウスでさえ、階段の脇に狭いブースを作ってアルバイトを座らせ、チケットを売ったりもぎったりする必要はなくなる。招待客だって、リストを入場ゲートに読み取らせておきさえすれば、その人が招待客かどうかは当人が通過する際に瞬時に判断してくれる。招待客リストに名前があるかどうかを入口でスタッフに確認させる必要はなくなるだろう。

さらに今日のように、コンサートの入場ゲートに、危険物を感知するセンサーが備わっていれば、鞄《かばん》の中を覗き込んで危険物の有無を確認する警備員もいらなくなる（そもそもあんなチェックで危険物を発見できるのだろうか。はなはだ疑問だ）。客入れのスピードは上がり、人件費も節約できる。

そしてこの利便性と引き換えに、なし崩しの同意が形成されるのである。

厚生労働省も、追跡アプリは開発中だ。ただ、国民の警戒心を警戒して、かなり穏便な仕様にとどめている。そのような忖度にもかかわらず、普及率は低い。普及率が低い追跡アプリなどなんの役にも立たない。なぜ普及率が低いのか？　完全な合意の上でインストールしてもらっているからだ。

必要なのだ、とお上《かみ》がいくら言っても、国民はなかなか言うことを聞いてくれない。お上にわざわざ自分の居場所を知らせるなんて癪だし、だいいち気味が悪いという気持ちもわか

る。その一方で、コンサートなどの入場を電子チケットで一本化し、チケットの中に追跡機能を同梱《どうこん》すれば、ファンならばさほど抵抗なくこのシステムに従うだろう。これがなし崩しの同意である。そしてこの同意は入場者に限っては１００％達成されることになる。

　インストールさえしてもらえればこっちのものだ。そのコンサートの参加者の動きはほぼ完璧に把握できる。故に、このコンサートののちに参加者が発症したとしても、どこで感染したのか、あるいはどのルートからどのくらい感染が拡大するかは、おおよそ予見できるのではないか。その最小単位の例が、いま目の当たりにさせられた鳥海と浅倉の緑と朱のラインだ。

　そして、あちこちでこのような入場システムができあがっていけば、ほとんどの国民の足取りが追跡可能な国家規模のシステムに仕立て上げることができるのである。

「これは実験なんだな」

　独り言のように言って真行寺は眉をひそめた。両脇にいるふたりはなんとも言わない。真行寺は空になった素焼きのカップを摑み、その底を眺めた。実験……なんのための実験か？　もちろん感染拡大阻止に決まっている。いいことだ。いいに決まっている。ただ、そこには猛烈な副作用がある。

　コンサートはおこなわれた。

　そのことによって自由は達成された。

　しかし、それと引き換えに感染が拡大するかもしれない事態が生じている。

感染の完全な封じ込めは諦めるとしても、感染の拡大を阻止するためには、入場者の位置情報を完全にモニターできればよい。

このなし崩し的な合意がいたるところで得られれば、たとえウイルスが撲滅できなくても、人々が集会することはいまよりかなり容易になるにちがいない。オプトのような電子マネーでの支払いが、コインや紙幣の手渡しに比べ、それらを媒介とした感染の危険を軽減するように。

ウィズ・コロナ、ウイルスとの共存……。そんな言葉がささやかれはじめている。どうやらウイルスというのは、天然痘のようにワクチンで撲滅できたのは希有《けう》な例で、SARSもMERSもAIDSもエボラ出血熱もいまだにワクチンは開発されていないらしい。だとしたら、この方法はニューノーマルを支える技術の強烈な候補となるだろう。

もうまちがいない、このコンサートをサポートしているのは、ソフト・キングダムであり、その目的は、ウィズ・コロナの時代において、いちはやく新しいITシステムを提案し、この分野においてポールポジションを取ることなのだ。

「ただちょっと注釈を差し挟ませてもらえば」

真行寺が披露した推理を遮って、黒木が言った。

「コンサートの資金は僕が用意したんですよ。僕が白石さんにポケットマネーを渡しました」

真行寺は驚いた。その腕を見込まれ、世界各国からこの男に引き合いがきているのには感

づいていたし、相当な金を取っているにちがいないと思っていたが、これだけの規模のコンサートなら、少なくとも数千万はかかる。

「どうしてそんな大金をポンと出したんだ」

「どうして……ってのは」

「君ではなく、ソフキンが出すのが筋だろう」

真行寺の追及は相手の憫笑《びんしょう》を買った。

「これだからビジネスをやったことのない刑事さんは困りますね。いくらプランが魅力的でも、二十歳《はたち》を過ぎたばかりでまだ実績のない女子大生に、企業は投資しませんよ」

「だから君が出してやったって言うのか」

「表向きは少しちがいます。ソフキンサイドには、コンサートの実費に当たる一億弱はワルキューレがすでに資金調達できていると報せたんです。銀行の残高証明書を提示し、彼女自身にその能力があることを示した。ソフキンはこれを評価し、ブルーロータス運輸研究所がワルキューレに絡むことになりました。僕はあくまでブルーロータス運輸研究所の外部スタッフです。こういう座組のほうがいいだろうと提言してくれたのは、エッティラージ所長ですが」

「しかし、よくそんな金があったな」

「ちょっとした賭けに勝ったので」と黒木は言い訳するように言った。「あまり面白くないことで勝ってしまったので、あぶく銭だから使ってくれと言って白石さんに渡したんです」

なんなんだ一体、そんな大金をせしめた賭けの、しかも不愉快な勝利ってのは。黒木は内緒ですと笑っている。実に嘘くさい話であるが、こいつが言うなら本当だろう、と真行寺は思った。

「ただ、これが実験だっていう真行寺さんの勘は当たってます。そして、その狙いもバッチリお見通しでした。いつもながら冴えてますね」

そう言われて喜んでいる場合ではなかった。穿《うが》って進むべき先がまだあるのだ。

黒木もエッティラージも、このシステムのからくりを真行寺に目撃されても、へっちゃらの態《てい》である。むしろ、招き入れ、開陳する気でいた。いったいなんのために。おそらくそれは、ソフキンのビジネス構想とは無関係だろう。真行寺に対するエッティラージと黒木の個人的な思惑《おもわく》がそうさせているのだ。そう真行寺は見当をつけた。

俺に自由の死を目撃させる。それがふたりの狙いだ。しかし動機はそれぞれ微妙にちがう。黒木はねじくれた思いやりから俺を教育したがっている。自由なんてものはないのだと。エッティラージは、自分の技術を逆手に取られまんまとしてやられたことへの復讐を、自分の技術で果たそうとしている。技術によって自由は死に、新しい倫理が生まれるんだと。

くそ、そうはいくか、と真行寺はひそかに猛《たけ》り立った。

ともあれ、これで疑念にはあらかた納まりがつく。真行寺はポケットからスマホを取り出した。長い呼び出しコールのあとに、ためらいがちな声が届いた。

――もしもし。

「わかりましたよ。水野課長がいつになく俺をねぎらい、慰労してくれた理由がね」

無言だった。

「いまどちらにいらっしゃいますか」

——都内です。

真行寺は笑った。

「国立競技場におられるんでしょう」

ええ、とためらいがちに水野が言う。

「私が白石サランを説得しようとしている途中で、課長は方針を切り替えた。いや切り替えたのは課長なのか、それともＤＡＳＰＡの吉良警視正なのかは正直なところよくわかりません。ともかく、このコンサートを中止にする必要はどこかでなくなったんです。このコンサートで新しい管理システムを実験する方向に舵を切ったのは、おそらく私がＰＣＲ検査で入院した金曜日から、私が白石サランの説得に失敗したことを課長に報告するために登庁した月曜日までの間のことでしょう。おそらくその間に、打ち合わせもしたんでしょうね、吉良警視正と」

上司が黙っていたので、

「水野課長があんなにやさしいわけはないんですよ」と嫌みのつもりでつけ加え、「吉良警視正は近くにおられますか」と尋ねた。

しばしあって、男の声に切り替わった。

——もしもし。

出てきたな黒幕。しかも、さわやかな声出しやがって、と真行寺は忌々しかった。

「いったいこれはなんですか」

——なんですか、とは？

「刑事一課を変なことに巻き込まないでください」

本当は「うちの課長を」と言いたかった。

——変なこととは、ご挨拶ですね。

相手の声色も変わったので、これを潮目とばかりに「おい」とすごんだ。

「この実験、ちゃんと筋通してるんだろうな」

いままでに何度か、自分の身分を顧みず、上に悪態をつくことはあった。しかし、ここまで階級の差が開いているケースははじめてである。

しばしの沈黙の後、ふと呆れたような笑いが聞こえた後で、

——わかりました。こちらに来ていただけますか、お待ちしています。

このひとことの後、切れた。とたんに、フリーバードがさえずりはじめた。部屋を出て左折して突き当たりを右へなどと言っている。

真行寺が腰を上げた時、黒木もエッティラージも平然としていた。この会場内に水野と吉良がいるとすれば、吉良も水野も黒木と会っている可能性が高い。なぜだ、と思いながら部屋を出た。

かつて黒木は公安警察に一泡吹かせたことがある。だから警備局は黒木の行方を必死で追っている。一方の吉良は警察庁の公安畑をずっと歩いてきて、いまはＤＡＳＰＡのインテリジェンス班でサブチェアマンを務めていると聞く。吉良が黒木と会っていることなど通常なら考えにくい。では、なになら考えられるだろうか。

素直に考えれば、黒木が吉良の手駒だということである。公安は外部の協力者を使うことが多い。黒木の技術は吉良にとって魅力的だろう。ただ、あそこまで警察の面子をつぶした人間を使うなど、通常なら考えられない。

それとも、真行寺が思っている以上に、吉良は悪党なのか。

突き当たりを右に曲がった。フリーバードの指示どおり、三番目のドアの前まで行き、ノックもせずに開けた。そして、突入した。

5　あなたに会いに行かなくちゃ

三人がけのソファーの真ん中を空けて、両端に吉良と水野が座っていた。吉良が腰を上げて、自分の向かい側を指し、どうぞと言った。

腰を下ろすと、警察庁キャリア 対 警視庁ノンキャリという格好に自然となった。自分の上司が敵陣にいるので、はなはだ不愉快である。

「おひさしぶりです」と吉良が先に口を開いた。

その声は低いところに力のこもった先程の調子から、いくぶん穏やかなものに転調してあった。どれでも好きなものをと言って、ふたりの間のテーブルの上に並べてあるコーラだのジュースだの緑茶だののペットボトルを指さした。真行寺は緑茶を取った。

「で、筋を通しているのかどうかってことですが」と吉良は続けた。「正直ビミョーです。もっとも、完全に極秘なわけではありませんが……」

しめた、と思った。これは正式な手続きを経ていないことを認めたようなものである。ペットボトルの栓を切りながら、真行寺は上司を見た。

「水野課長は部長のほうには報告してるんですか」

「うちの情報官から部長にひとこと口添えしてもらっています」水野ではなく吉良が答えた。

内調の？ と返すと、ええ、とうなずいた。

〝ひとこと〟ってのはいったいなんだ？　うちの吉良がちょっと無茶をやるけど、よろしく協力してやってくれと匂わせたってことなのか。ともあれ、内調の情報官と言えば、警察組織の中ではトップ中のトップである。情報官が刑事部長に告げる〝ひとこと〟は鶴の一声《ひとこえ》みたいなものだ。

「警視正」と真行寺は言った。「これは昔、公園で訊いた質問のくり返しになるんですが」

真行寺は、ある捜査で悩んでいたときに、新宿の公園にヴァイオリンを練習しに来ていた吉良と出くわした。その時にかわした短い会話が真行寺のその後の捜査の方針を決定づけた。もう相手は忘れているらしく、首をかしげている。

「じゃあもういちどここでお尋ねしましょう。法的にはまちがってるけれど、よいことってのはあるのかってことです。――つまり手続きを踏まないほうがむしろ正しいことってのはあるのかって質問でした」

なるほど。ボトルからひと口飲んで吉良はうなずいた。

「難しいところですが」と吉良は言った。「俺たち警察官にはないんです」

「ええ、あのときもあなたはそう仰った。俺たちはあくまでも法を武器に社会を守っているんですから、なんてね」

「まさしくその通りです。だけど、あのときどうして真行寺さんはそんなことを訊いたんですか。ひょっとして、法を踏み越えた捜査をしてたのでしょうか」

思わぬ切り返しにギョッとしつつも、なかば自棄《やけ》になっていた真行寺は、

「そうです」と言った。

ため息をついて、やれやれというように水野が首を振る。

「じゃあ、なんならあるんですか、と私は訊いた。そうしたらあなたはこう言った。人間としてはあるかもしれない、と」

人間として……。つぶやくように吉良は復唱した。

「そう言ったんですか、僕が」

なんだ忘れてやがるのか。むっとして真行寺は相手を見返した。

「言ったかもしれない。言いそうなことです」

「じゃあ、ビミョーに手続きをすっ飛ばしているらしい今回の件は、あなたの中では人間としてOKってことになっているんですか」ぞんざいな口調で真行寺は迫った。

「そうです。人間としてと言ってもいいし、もしくは日本人として、日本に仕える身として、と言ったほうが僕としてはしっくりきますが。ともあれ、我々の仕事というのは、筋を通してばかりはいられないんですよ」

おお認めやがったと思いながらも、煙《けむ》に巻いてきそうなところをまともに返してきたので、真行寺は少々たじろいでいた。

「その警視正が言うところの〝我々〟の中には、水野課長も含まれているんですか」

もちろん、と吉良はうなずいた。

「だからこうして並んで座っているんです」

聞くまでもないだろうというその調子は、身内を拐《かどわ》かされたようなやるせなさを真行寺にもたらした。サランは黒木の、水野は吉良の、それぞれ甘言に乗せられ、いつの間にか俺の敵に回っている。そんなさびしい気持ちが風のように真行寺の心を撫でた。

「日本人としてか……。そう言えばまたあの公園の話になりますが、私が警察官になった動機を尋ねたら、日本を守りたかったからとあなたは言った」

「そうですか。まあ、僕が言いそうなことではありますね」

「では、あなたがやってることは、その初心に忠実であると考えていいのですか」

そうです、と吉良は力強くうなずいて前かがみになり、

「真行寺さん、このままだと、日本は没落します」とこちらににじり寄るように言った。

日本が没落する。この壮大な言葉は、そろそろ定年も見えてきた地方公務員の真行寺にとっては仰々しすぎた。経済力で中国に抜かれ、次はインドあたりに抜かれるのかもしれないが、それがどうした。そして、そいつが運命だとしたら、うまい具合に没落するしかないじゃないか。かえって暇になっていいくらいだ。安酒かっくらって、月額課金で音楽聴いて映画見て、好きなやつはゲームでもやってろ。いくら金を稼ごうが、使う時間がなけりゃしょうがないんだよ。

はっ。真行寺は思わず笑ってしまった。すると、視線の先に厳しい面相が現れ、鋭い声で真行寺さん、と呼ばれた。なんだい、急に気色ばんで変なやつだ、と真行寺は思った。

「日本はバージョンアップしなければならないんです」

これまたたいそうな台詞である。また真行寺は笑うことにした。

「おかしいですか」相手はあくまでも真剣である。

「ええ、大袈裟《おおげさ》な言葉で煙に巻かれてはかないませんね」

巡査長。斜め前から水野の声がした。言葉に気をつけなさい。また向こうの味方をしている。いじけそうになったが、上司としての面子もあるだろうと思い、失礼しましたと形だけ詫びて、各論に切り込むことにした。

「とにかく今回、なし崩し的に参加者を強烈な監視の下に置いたわけですね」

「そうなります」と吉良は気前よく認めた。

「それはよくない。きちんと説明した上でインストールを頼むべきでしょうが。実際、厚労省だってそうしてるじゃないですか」と真行寺はわざと言った。

「しかし、なかなか協力してもらえず、感染防止に役立てるためには、普及率がまだまだ足りません」

「でしたら、さらに説得の頻度を上げるか、もっと熱意を込めて頼み込むしかないでしょう。インストールするしないは国民の自由なんだから」

「はあ、自由……ですか。自由ねえ……」

急に相手はなんだそんなものかというような顔つきになった。そして、向こうの視線が真行寺の胸元に漂うと、口元には冷笑気味の笑いが浮かんだ。真行寺が着ている、ニール・ヤングのTシャツに白く抜かれたKEEP ON ROCKIN' IN THE FREE WORLDという文字を

読んでのことだと感じ、途端にざらりと心が荒れた。しかもその笑みは、こちらを刺激するためにわざと拵えたものにちがいなく、虫唾《むしず》が走った。そういえば、と吉良はすました顔で続けた。

「浅倉マリさんも言ってましたよね。――歌う自由ってものは手放せないんだって。彼女の正確な言葉は再現できませんが、そんなことを訴えてましたよ。彼女が主張する自由は、白石サランに受け継がれ、そして実現した。KEEP ON ROCKIN' IN THE FREE WORLD ってわけで、まことに結構じゃありませんか」

くそ、ニール・ヤングに罪はないが、こんなTシャツ着てくるんじゃなかった、と真行寺は後悔した。いいですか、と吉良は身を乗り出し、教え子に嚙んで含めるような調子で続けた。

「このご時世に、『ロックし続けろ《KEEP ON ROCKIN'》』なんて言ってもそれは寝言なんですよ。もしくは、社会というものを顧みずに勝手なことをほざいている戯言《たわごと》です。そんな戯言をまきちらし、みんなの恐怖を無視して、こんなコンサートを強行し、それがロックだと居直るんだとすれば、世の中にロックな人たちの居場所はなくなりますよ。自由を求めて社会の外に出て、そこに自分たちのコミューンでも作って暮らしますか？」

〝ロックな人たち〟なんて馴染みのない言葉が気持ち悪かったが、言わんとすることはよくわかった。それは、数日前に自分がサランに向かって放った言葉と同じ内容を含んでいた。

しかし、

「我々が構築しようとしているシステムは、ある意味で、自由の守り神なんですよ」

というひとことで、しおたれかけた真行寺のロック魂が踏ん張ってまた前に出た。

「それはさすがにお笑い草だ」

「いや、監視するシステムがロックすることを可能にしているんですよ」

「馬鹿、ここをちゃんと読め」

真行寺は自分のTシャツの胸元を指さした。そこにはIN THE FREE WORLDとある。警視正
巡査長、と水野課長が注意を促したので、失礼しましたとまた口先だけで詫びた。警視正はこの無礼を意に介することなく、

「要するに欺瞞《ぎまん》だと言いたいわけですよね。自由な世界でロックしなきゃロックじゃない、そんなところでしょうか」

的は射ているが、どうも言い草が癪に障る。しかも、その隣で水野がうなずいているのも忌々しい。けれど甘く見るなよ、今回はな、俺に正義があるんだ、お前らは手続きを無視しているんだから、と真行寺は自分を励まし、

「その通りです。そんなものは自由じゃないですね。筋を通さずにそんな勝手なことやってるのならば、出るとこ出て白黒つけるつもりです」と啖呵《たんか》を切った。

警視正はふうとため息をついて、やれやれという具合に首を振り、参ったな、とつぶやいた。それを見た真行寺はざまあみろと心の内でほくそ笑む。すると、いままでほとんど黙っていた水野が「だったら」と口を挟んできた。

「本当の自由を追い求めるしかないってことになるわね。もっともそんなものがあるのなら の話だけれど。お上《かみ》なんかに個人情報を握られたくない。俺は俺でなににも縛られずに生き ていく。それで幸せになれるのなら、そうすればいいと思う」

「ああ、それにはなんの異論もありませんよ」と真行寺は言い放った。

あくまでもつっぱねるつもりだった。すると上司は、

「だけど、そうしているうちに不幸になっていたりしてね」と笑った。

どういう意味ですか、と真行寺は問い返さずにはいられなかった。

巡査長、吉良がまた身を乗り出して、こんどは親しみを込めた調子で語りかけてきた。

「日本は大変な状況にあります。いまはまだ表面化していませんが、やがて失業者の数字が急カーヴで上がりはじめます。いま休職を余儀なくされている人たちの多くが職が見つから ずに失業者としてカウントされはじめるからです」

さっきまで語っていた自由とのつながりがわからなかった真行寺は、

「それで」と訊いた。

「それでとはなんですか」

相手の語気が急に荒くなった。思わぬところで激されたので真行寺は少々面食らった。

「だとしたら給付を手厚くして救済するのが政府の役目でしょう」とりあえずそう言ってみた。

巡査長。こんどは上司が言った。

「巡査長はマイナンバーを取得しなかったわよね」

急に話が明後日《あさって》のほうに飛んだ気がして戸惑いつつ、ええ、と真行寺は答えた。

「なるべく作るようにと私が言っても頑として言うことを聞かなかったわね」

「そうでしたっけ」

水野は最終的には個人の自由だねと決着をつけてくれたと思っていた。作成しない理由をやいのやいのと訊いてきたのは総務課である。それで、このようにしつこく訊くのは半ば強制みたいなものですね、と反駁《はんばく》を加えた。居直ったのか、相手は、そういう態度だと昇進にも影響が出るだろうなどと脅迫してきた。これには笑った。そこに書いてある俺の階級よく読んでくださいよ、と言ったら、相手はもう一度書類に目を落としてびっくりしていた。俺はもうこのまま巡査長として通すつもりなんですから、昇進もクソもないんですよ、と突き返してやった。

「世の中には真行寺さんのような人が少なからずいる」と水野は言った。「数年前から政府は義務ではなくお願いという形でマイナンバーカードの導入を進めました。けれど、しょせんはお願いでしょう、いまなお完璧にはほど遠い状態にあります。ただ単にめんどくさいという人もいるとは思いますが、真行寺さんのように、政府に個人情報を渡すのは嫌だという人も案外多くてね。で、そこで質問だけど、それで日本国民は幸せになりましたか？」

真行寺は面食らった。右へ左へと急カーブする乱暴な運転の助手席に乗せられているような気がした。議論の道筋がまるで見えない。

「なにを言ってるんですか。マイナンバーカードを作ったら幸せになれたってわけじゃないでしょう」

「どうだろう。少なくとも不幸は軽減できたんじゃないかな」

そう言って水野が薄く笑ったあとを吉良が、

「では、給付の話に戻りましょう」と引き取った。

なんなんだよこの連携プレーは、と真行寺は当惑した。

「今回、給付金の入金が遅いという声があちこちから出ました」と吉良が言った。「とにかく遅い。家賃の支払いは待ってくれないし、仕入れの材料費の支払い期日も迫っているのに、待てど暮らせど入金がない。店を開けるなと言われて素直に協力しているのに、この遅さはいったいなんなんだという不平不満が露わになりました」

それはそうだろう。

「遅いだけではありません。限りある財源から、困っている人には手厚く、深刻なダメージを受けていない人には支給額ゼロというように濃淡をつけた給付ができればよかったんですが、様々な意見が噴出して、混乱し、一律十万円という格好になってしまった。このようなことが災いして、もっと手厚い給付を受けてしかるべきだったと思われる事業者には、十万円では焼け石に水で、商売を諦めざるを得なくなった人が続出しています」

そのひとりを真行寺は知っている。鳥海慎治がそうだ。自粛警察という公共のための憤りに駆り立てられた風を装っていたが、内心は商売がにっちもさっちもいかなくなってそうと

うに焦っていたのだろう。

「もし、全国民にマイナンバーカードの取得を義務づけて、さらにそれが納税記録と銀行の口座番号にリンクされていればどうなっていたでしょう。まずは、給付金の支給の速度は桁違いに改善されていたはずです。また、この人には五十万、この人には五万というような給付のしかたも可能だった」

だけど、と真行寺は遮った。

「国民が嫌というならしょうがないじゃないか」

そこなんですが、と吉良は言った。

「本当に嫌なんでしょうかね。本当に日本人は自分が大事にしたいものをわかっているのでしょうか。こんな事態になるのなら、そして政府が面倒見てくれるのならば、マイナンバー制度をもっと高度化してくれたほうがよかった、という人はいないんですか。もしいま国民全員にアンケートをとったらどうなるでしょう。現在はもう収束に向かっていますが、この後に第二波第三波が来ないとは誰にも言えません、そんなときには迅速にしかるべき給付を受けられるということも踏まえて、いまこそマイナンバーカードを申請しましょうと言ったら、国民はやはり渋りますかね」

「そりゃあ……いまなら、喜んで申請するかもな」真行寺は認めざるを得なかった。

そうでしょう、と吉良は微笑してうなずいた。

「その程度でトレードに出すのなら、自由なんてものは本当はたいして欲しくはないんです

よ。人々は、自由が欲しいと言いつつも本音では、ちゃんと管理してもらい、快適に生かしてもらうことを望んでいるんです」

ちゃんと管理してもらい、快適に生かしてもらう……。

「それじゃまるで家畜じゃないか」呻くように真行寺は言った。

家畜ですか、と吉良は言った。

「そういう心ない言い方をしたければそうすればいいでしょう」と吉良はなかば認めた上で、「でも、面と向かってお前は家畜だと言っていいわけはない。そんなこと言ってはならない。だから、さりげなく自由の体面を守りつつひそかに実行するってのが現実的なんじゃないですか」

「それがなし崩しの合意なんだよ」

「じゃあ、言いましょう。自由がなによりも大切だという合意だって実はないんですよ」

「あるじゃないか」と真行寺は言った。「集会とか言論の自由ってのは保障されてるじゃないか、憲法で」

そう言うと相手は、意外な感に打たれたような顔つきになった。

「いや、恐れ入りました。確かにそうです。ただ、本当のところを言えば、あの憲法は日本人が書いたわけじゃない。アメリカ人が書いたんですよ。これについてはいろいろ屁理屈《へりくつ》をこねてそうではないという意見もありますがね、実は学生時代、僕はこのことで教授と喧嘩しまして、そのときに水野課長が僕の意見を支持してくれて仲よくなったんですよ」

「え、そんなことあったっけ」と水野が驚いたように吉良を見て、「ほら、宮澤《みやざわ》先生に僕が食ってかかって激怒された時、先輩が応援してくれたじゃないですか」と吉良が言い、「ああ、八月革命か」と思い出したように水野もうなずいた。そんな思い出ばなしは同窓会でやってくれよ、と真行寺はむかっ腹を立てた。

「たしかに日本国民が自由を欲しているのかどうかは疑問だな」

気がつけば、我が上司もまた大変なことを言い出している。

「ただ、自由って言葉は、強烈にその場を取り仕切ってしまう、伝家の宝刀みたいになっているから、私の個人的な感想なんて取るに足りないものかもしれないけれど、本音を言わせてもらえば、国民にとっては自由よりももっと切実に欲しいものがあるんじゃないかって気はするわけ」

「例えばそれはなんだっていうんですか」と真行寺はなんとか反駁しようとした。

「例えばか……うーん、吉良君のように、快適に管理してもらい、生かしてもらう、なんて露骨な言い方はしたくないんだけど……」

水野がそう言うと、横で吉良が笑いながら、いやあすみませんと頭をかいた。こいつらの連携プレー、ほんとうにむかつく。

「だから快適でゆとりのある安定した暮らしを本当はいちばん欲しがってるんじゃないの。ほとんどの国民が合意した実感もないのに、自由を守るというお題目だけがひとり歩きしているのをいいことに、本当に手に入れたいと思っているものを断念することを推し進める。

これって、なし崩しの合意を取り付け、大多数が望んではいないような方向に舵を切ってることにほかならないわよね」

きたねえな、キャリアがふたりがかりで末端をいじめやがって。とにかくこいつらと憲法論議なんかやってはいけない、勝てるわけはないんだから、と焦っているとすかさず、また巡査長と吉良に声をかけられた。真ん中で相対している真行寺は、首を右に左に振ったりして忙しい。

「そして、僕らは自由なんかないんだとあからさまなことを言うつもりもないんです。それどころか、真行寺さんが日本国憲法を引き合いに出して言った集会の自由は、いままさに実現してるじゃないですか。まさしく今日、このコンサートで」

真行寺は唸った。

「いいですか。今回の新型ウイルスは地球上のすべての場所を汚染しています。オリンピックは延期になったけれど、世界各国がこのウイルス撲滅のための政策で競い合っている。で、この競技大会の勝者は誰か？　ボロボロなのがヨーロッパとアメリカ、これに対してなぜか感染拡大のダメージが少ない東アジア圏勢が上位を独占しています。その中でもダントツで高得点をマークしているのは台湾《たいわん》です。優秀な技術者をIT担当大臣に据えて、機敏に的確に対応し、ぶっちぎりで金メダル。日本はなんとか五位入賞ってとこですかね」

「一生懸命やって五位ならそれでいいじゃないですか、オリンピックに譬《たと》えるならば」

「一生懸命やってないんですよ。さぼってるから頭にきてるんです、僕は。今回、露わにな

ったのは日本がＩＴ後進国だということです。各保健所からファックスで感染者数が送られて各自治体がそれを取りまとめてまた厚生労働省に送っている。夜の街で感染が発生していることがほぼ確かなのに、保健所の所員が聞き取り調査をしても、そこで遊んだことを隠したがる人間にダンマリを決め込まれてルートを可視化できない、自粛しろと言っているのに、印鑑をもらうためだけに満員電車に乗って出社している社員がいる。こんなの、根性だと叫びながら炎天下で水も飲まずにうさぎ跳びしているようなものですよ。勝てっこないじゃないですか」

そう聞くと、そりゃ勝てないだろうな、と同意できた。すると吉良は、なにかに思い当ったように「そうだ！」と叫んで、「真行寺さんはどう思っているんですか」と咎め立てるような視線を真行寺に向けた。なにが、と真行寺は緑茶をひとくち口に含みながら聞き返す。

「去年の年末にまんまとしてやられたカルロス・ゴーンのことですよ。被告人を保釈したままではいいんですが、監視カメラがインターネットに接続されてもいなかったなんてのは愚の骨頂でしょう。まんまと逃げられて恥さらしもいいところ。真行寺さんは悔しくないんですか」

いや別に、と答えようとしたが、相手はこちらの返事も待たずに喋り続けた。

「経営再建なんて言ったって従業員の首を斬りまくっただけじゃないか。そんなくだらないことで高給取りやがって、しかもそれを低く記載するセコさも許せない。なんだ、あの野郎は、えらそうにワインなんか飲みやがって」

真行寺は驚いた。急に幼稚なことを言い出したぞ。こいつは国家の威信なんてことになると途端にいきり立つ体質らしい。面白いからからかってやれ、と思った。

「さあ、別に俺は腹なんか立ちませんね」真行寺はペットボトルからまたひとくち飲んで言った。

するとと、相手は、「それでも日本人ですか」と言いながら睨み返してくる。その隣にいる水野は心配そうだ。どうやら、このあたりにこいつの弱点があるんじゃないかと真行寺は当たりをつけた。

「あんなの自動車会社のお家騒動でしょう。あんたたちキャリア官僚は自動車会社ばかり気にしすぎですよ」

相手は、コーラのペットボトルを摑んでごくごく飲んだ。落ち着くためにひと呼吸置こうとする所作だと真行寺は読んで、さらに斬り込んだ。

「外国人に社長になられて悔しいのなら、それ以上の実績を日本人があげればいいだけの話だったんじゃないんですかね。だいたい自分たちができない首斬りを外国人にやってもらうってのは卑怯《ひきょう》でしょう。しかも斬るのは敵の首じゃない、昨日まで仲間だった連中の首ですよ、斬るしかないなら自分の手を汚して斬りやがれって私なんかは思いますがね」

明らかに相手の顔からさっきまでの余裕が消えた。上司は心配そうに後輩の顔を窺ってい る。真行寺はさらにもうひと理屈こねてやれと思った。

「斬り終わったらはいご苦労さんどうぞお帰りくださいってのは、いくらなんでも虫がよす

ぎやしませんか。社長に据えたんだから。おまけに、よくは知りませんが、経営陣にたいした人材がいなかったんで、うまい具合に会社を乗っ取られましたって話でしょう、これは。それが悔しいからって検察に売り飛ばすような真似《まね》は卑怯だ。あんな逮捕も闇討ち同然。そういう卑劣さとは日本男児は無縁のはずですが、そこんとこはどうお考えなんですか」

なかなかうまいこと言えたぞ、と真行寺は得意になった。相手を観察すると、鬼のような形相になっていて、これがまた面白かった。

「コソコソ荷物に隠れて国外に出るのも卑怯でしょうが。あいつは不正に出国したんですよ。紛れもなく違法行為だ」

吉良は伏し目がちに、人の国をなんだと思ってやがる、と続けてまたコーラをごくごく飲んだ。

「そうかな、『モンテ・クリスト伯』みたいで面白いと思いましたがね。それにあれは亡命じゃないんですか」

吉良はボトルを叩きつけるようにテーブルの上に置いた。

「わかりましたよ。俺は逃げられたのが腹が立つと言っているんですが、一緒に腹を立ててくれないのならかまいません。こうなったら、巡査長の感想なんてどうでもいい。問題は国の威信ですよ。逃げられたことで日本の威信は傷ついた。ちょっとした技術を使えば逃げられないような細工なんてわけなかったはずなのに」

「本当かね」と真行寺は首をかしげた。「そんなに技術ってのは万能なのかな」

そこは訊いた真行寺自身もよくわからないところではあった。そんなことができるのかという難題を技術がいとも簡単に処理するのを、年齢《とし》とともに目の当たりにさせられてきた彼の問いかけには、むしろ技術は万能でないほうがよい、技術がどうにもできないところが残ったほうがいい、というぼんやりした希望が込められていた。たとえば、死……。

ちん。ちん。一瞬の間の後に、ショートメールの着信音が、不思議なことに連続して鳴った。向かい合った男ふたりはそれぞれのスマホを確認した。

〈できますよ。ちなみに台湾が使った技術なんてたいしたことないです。僕とエッティラージが組めばもっと高度なものが構築できます〉

黒木からだった。ここの会話もモニターしているらしい。ふと、目を上げると、吉良は、少し落ち着きを取り戻した様子で、スマホをポケットに戻し、だから一生懸命やってないんですってば、と先の台詞を繰り返した。

「実際、真行寺さんは今日見たはずです。ある死因を技術が可視化したのを。誰が浅倉マリをウイルスに感染させたのかを」

確かにそうだ。そしてあれを見た時、鳥海が感染させたと見てまちがいないだろう、と真行寺も確信を得た。そして、そのデータさえもらえれば、二日ほどの尋問で落とせるだろう、とも。

またスマホが鳴って、ショートメールの着信を知らせた。

〈さよならばんど、始まりますよ。見ないんですか〉

森園からだった。

真行寺は立った。

「今日はこれで失礼します」

警視正は呆れたように真行寺を見上げた。

「どこへ」と水野が訊いた。

「さよならばんどを見に」と真行寺は言った。「思い出してよかった、ここにいるのは、業務命令によるものではなかったのです。今日は私はお休みをいただいて、さよならばんどの一夜限りの再結成を見に来たのでした」

そう言って部屋を出て行こうとしたが、ひとつ思いついて振り返った。

「警視正、御説ごもっともではありますが、安全保障上の問題はどうなんでしょうか」

相手は鋭いまなざしを真行寺に向けた。こいつはＤＡＳＰＡのインテリジェンス班所属だ。安全保障なんて言葉は聞き捨てにできまい。

「フリーバードはいつ誰がどこで誰と会ったか、いつ誰が誰にどのぐらいの時間を通話したのか、オプトでなにを購入したのか、さまざまなデータを吸い上げますよね。その情報はどこに行きますかね」

吉良は黙って真行寺を見ている。

「おそらく中国に行く。ソフト・キングダムは政府が自粛を要請しているにもかかわらず、中国の華威《ファーウェイ》通信と取り引きを続けている唯一の大手通信会社ですからね。中国に追随する

ことによって利を得ようとしていると見てまちがいないのでは。さて、我々は中国についていってていいのでしょうかね。世界にウイルスをばらまき、そしていまはマスクを配って善人ヅラし、WHOや発展途上国を手なずけ、明日は高価なワクチンを売りつけてボロ儲けしてやろうと企んでる中国に」

「どうも発想が週刊誌レベルですね」吉良は苦い笑いを浮かべた。

「ということはなんですか、中国はそんなに非人道的な国家ではないと」

相手は答えない。

「香港《ホンコン》やウイグルやチベットに対して中国が取っている方策も、あれも致し方ないんですかね」

「では、真行寺さんはアメリカが自由で民主的な国だと思っているんですか」

「そんなことは言ってませんよ。私はアメリカの話なんか持ち出しちゃいない」

「そんなことを言うこと自体、安全保障についてまるでわかっていない証拠なんです」

「いや、たしかにノンキャリで日頃は地べたを這いずり回って捜査してる刑事なんでね、教養がないというご批判は甘んじて受けるしかないんですが、じゃあ、あえてアメリカの話をさせてもらいましょう。実態はともかく、自由で民主的でありたいとは思っているんじゃないんですか」

警視正はその言葉をじっと考え、かすかにうなずいた。うなずいたように真行寺の目には見えた。しかし出し抜けに、

「なぜそう言えるんですか」と言った。

「ロックを聴いているとそう思うんですよ」

相手が失笑したので、これを潮に真行寺は部屋を出ることにした。


ステージ脇のフィールドに出たとたん、真行寺が出くわしたのは溢れかえった人の群れだった。振り返り、入場者数を示す電光掲示板を見上げた。43278、43279、43280とそれはまだ膨らみつつあった。

この数字に戦慄《せんりつ》しつつ、こうなったらもう、エッティラージと黒木のシステムでクラスターをつぶしてもらうしかないと観念した。

真行寺さん！　すこし離れたところから森園が手を振っている。すいませんと謝りつつ、人ごみをかき分けて近づいた。幸いステージに近い前から後ろへの移動だったので、あまり苦情は出なかった。

「キムは、疲れたからスタンドで見るって言ってました」

横に立つとすぐ、訊きもしないのに、森園がそう教えてくれた。

「さよならばんど、生で見たことあるんですか、真行寺さんは」

「ない。俺がレコードを買ったときには、すでに伝説だったよ」

「役得だよなあ、岡井は」そう言ったのは、森園の隣に立っていた佐久間だった。

メンバーが現れた。歓声があがる。会場を揺するどよめきの低さが、バンドを歓迎する聴

衆の年齢の高さを物語っていた。

細野が肩からかけている茶色いジャズ・ベースに見覚えがあった。鈴木は赤いストラトキャスターにシールドを挿《さ》し込んでいる。坂下は、シンセサイザーではなくピアノの前に座った。もう作家活動が長く、久しくスティックを握っていなかった松本も銀色のラディックのセットに陣取った。その横に見覚えのあるＴＡＭＡのセットが置かれ、そこに遠慮がちに身を沈めたのは岡井だった。たぶんタイムキープに不安の残る松本のサポートに回るのだろう。佐久間が役得と呼んだのはこのことだ。

細野がマイクに近づいて、「愚か者です」と言い、この日のお決まりの挨拶に対する観客の反応は最大となった。

松本がワン、ツー、スリー、フォーとスティックを鳴らしてフィルインを入れ、アンサンブルに突入したとたんに、会場が沸き立ち、「抱きしめたいんだ」の冒頭の歌詞〝浅い夕暮れに　君のこと　考えて　熱いお茶を　飲んでいます〟と、当時のロックとしては信じられないほど叙情的な歌詞の一節を細野が口ずさんだ時、さらに沸いた。

堂々たる演奏だった。いままでのバンドのような疾走感と絶唱はここにはない。遅めのテンポで悠然とつぶやくように歌い、進む。

岡井が正確にキープするタイムに助けられて松本が叩き、現役の腕達者なミュージシャンが円熟味豊かなサウンドに仕立て上げる。それはさながら、豪華客船での船旅を思わせた。

曲は続いていく。寂しげな咆哮《ほうこう》のような鈴木のギターソロが印象的な「十二月の雨の街

は」、細野がアコースティックギターに持ち替えて歌う「夏なのかな」、松本がまさかのドラムソロを披露した「はいからさんがいく」……。

真行寺は感動していた。しかしその感動はやや込み入っていた。それは、有無を言わせずねじ伏せてくるパワーに圧倒されて生じたものではなく、懐かしさによってもたらされた郷愁に近い感情だった。しかも、その懐かしさは真行寺自身が直《じか》に体験することのなかった時に向けられたもので、また、その時とは、四方八方に激しく火花をまき散らす線香花火の勢い盛んな時代ではなく、しだれ桜のような勢いのない哀れな瞬間《とき》にあった。……さりげなくも高度な演奏能力、品よく繊細な心にそっと寄り添い、曲の端々に悲しみと諦念をにじませる詩情溢れる歌詞……。

いま耳にしている音は、世界に対する違和感を表明し、呪詛《じゅそ》を吐き続けたほかのバンドの絶叫とは、完全に異質だった。ほかのバンドの発する音が、ロックシーンのいまを代表し、さよならばんどの音が過去につながっているというわけではない。また、他のバンドが若く、さよならばんどが年輪を重ねた貫禄を示しているのともちがうと真行寺は思った。

白石サランがセレクトしたほかのバンドのざらついた音のほうがむしろ過去に、七〇年代に解散したさよならばんどのほうがむしろ現在《いま》に接続していた。それは、引きこもれと言われれば、素直に引きこもりつつ出会えないことの哀愁を歌う星乃元一の「おうちで踊ろよ」に通じていた。そういえば、これは俺が森園に教えてやったことだが、細野雄大は星乃元一をたいそう可愛がっているではないか。

七〇年にひっそりとデビューしたさよならばんどは、ロックを奏でつつも、抵抗や逸脱を反復しつつ〝ここではないどこかへ〟を合い言葉にしていた旧来のロックと縁を切ろうとしていた。いま思えば、そのことこそがエポックメイキングだったのだ。

十日ほど前、水野に「さよならばんどなくして日本のロック史は語れない」と説明し、「その心は?」と問われてうまく返せなかった真行寺は、いまここで意外な答えを見つけた。さよならばんどはロックにひそかに別れを告げていた。このことこそがいま思えば画期的だったのである。しかし、さよならばんどに渡された引導に気がつかないまま、あるいはこれを無視して、ロックはかろうじて生き延びている。それを、コンサートという形でサランは表現したのである。

ベルボトムのジーンズの裾を引きずるようなメランコリックな鈴木のギターソロを最後に、「かくれていなよ」が終わった。

曲紹介すらなくひたすら演奏を続けてきたバンドは、ここではじめてリーダーの細野がマイクの前で「こんばんは、さよならばんどです」と聴衆に語りかけた。そして、頭をかきながら拍手と歓声が収まるのを待った。

「ちょっとだけマリさんの話をさせてください」

細野がそう言うと、ステージ後方のスクリーンに、煙草をくゆらせている長い黒髪の浅倉マリが映し出された。

「僕なんかは、こういうご時世なんで、引きこもるのも手かななんて思うんですがね……、

だから、まさか自分でもこの時期にこんなところでベース弾いてるとは思わなかった」

会場からさざ波のような笑いが起きた。

「いや実は僕は昔から外に出るのが億劫な性分《しょうぶん》だったんです。で、しばらく外に出たくないなんて思って引きこもっていると、そういうときに限って、不思議なことにマリさんから電話がかかってくるんですよ」

そういうとほかのメンバーたちも、ニヤニヤと笑った。同じような被害にあったのだろう。

「それでね、ある時、いま池袋で飲んでて話したいことがあるからちょっと来なさいよって言うんですよ。ちょっと顔出せって言われたって、そのとき僕は福生《ふっさ》に住んでたんでそんなに気軽に行けないんですけどね」

会場からまた笑いが起こる。

「なんですか用って、電話じゃ駄目なんですかって言ったら、会って直接伝えたいのよなんて言うんです。まあ大先輩だからしょうがないなって気持ちで、マリさんが飲んでる池袋のバーまで行く。もちろんいやいやですよ。で、なんですか用件はって言ったら、あらなんだったのかしら、なんて言うわけです。がくっときてね、勘弁してくださいよ、俺は福生からわざわざ来たんですよって言ったらね、じゃあいま考えるわって。……それで、あんた、なんでさよならばんどなんてバンド名にしたのっていうから、それが訊きたかったんですかって驚いてね。それはいま疑問に思ったことだけど、これはこれですごく大事な質問だと思うのよ、なんて言うんです。もう面倒くさくなって、そんなの適当につけたんですよって答え

たら、よくないバンド名だから、いまからでも遅くないから変えたほうがいいって言うんです。でもそのときは、もうバンドは活動休止してて、文京《ぶんきょう》公会堂での解散コンサートを残すだけだったんですけど」

　場内から大きな笑いが起きた。真行寺も笑った。

「それで、どこがいけないんですかと訊いたら、さよならなんて嫌いなのよ。こんにちは、んどになさい、と。なんで嫌いなんですかって訊いたら、音楽っていうのは出会いによって作られるでしょ、それなのにさよならなんて嫌よ、だんだん腹立ってきたなもうとか言って、最後は泣いたりしてました」

　二度しか会ったことがなく、それも数分言葉を交わしただけだったが、浅倉マリの面影がよみがえるような気がした。

「それでね、マリさん、さよならを言うためにはまず出会わなきゃならないでしょ、だから出会ってはいるんですよ、僕だってマリさんに言われたから、いま行ったら終電ないなと思いつつも来てるわけですよ、出会っては別れる、このくり返しなんですよ、人生って。そう言ったら、いいじゃない、さよならだけが人生よね、なんて豹変《ひょうへん》して僕は笑うに笑えなかったです」

　話にオチがつき、拍手が起きた。

「このバンドのメンバーは少なからずみんなそういう被害にあってます。会わないと駄目だ、会わないとわかり合えないよ、みたいなことを言われて。レコーディングでも別録りをなか

なか許してもらえずに、せーので一発録りしたオケでないと歌ってくれないこともありました。曲によっては演奏も歌も同時に録音させられて、松本君なんか真っ青になってたよね」

そう言って細野が後ろを振り返ると、ドラムセットに座っていた松本が苦笑で顔を歪めていた。

「まあね。僕もいまは、自宅でレコーディングした音源をインターネットで海外に送ったりはしてます。しょっちゅうしてますけれどね、だけど、そんなことばかりやってるとまたマリさんに叱られそうです。だから、ほとぼり冷めたら、さよならを言うために、また誰かに会いにどこかに出かけたいと思います。それでは、さよならの前にマリさんの曲を二曲やりましょう」

浅倉マリの曲を演奏《や》る？　どうすんだろう？　誰が歌うんだ？　なんて声が近くで上がった。

細野が振り返ると、鈴木がマイナーコードのアルペジオを奏ではじめた。それが浅倉マリが十八番《おはこ》にしていたアメリカ民謡「朝日のあたる家」のイントロのコードであることは、すぐにわかった。この曲はもともとはアニマルズの男性ボーカルで有名になった曲だ。細野が歌うのだろうか？　それにしてはキーが高すぎる気がした。

スポットライトが舞台袖に振り向けられた。光の輪の中に長い髪の人影が浮かんだ。

くるぶしまでありそうな丈の長い黒いワンピース姿で、女はステージ中央に向かう。その足は裸足《はだし》、黒い髪は腰まで届きそうなほど長い。まるで浅倉マリの亡霊のように歩いて来た

女は立ち止まり、握ったマイクを口元に寄せた。
白石サランは歌いはじめた。浅倉マリの十八番だった「朝日のあたる家」を。
その歌詞は完璧に改変されていた。

朝日のあたる家で目覚め
届けられたパンにジャムを塗る
ドアに鍵はかかっていない
けれど、どこへもいけない　そんな私に
愛《いと》しい人からメールが届く
いつかきっと　会おうだなんて

朝日のあたる家で目覚め
朝日の射す東の窓から
見上げる空に鳥が飛ぶ
けれど　ずっと私はここで　キーを叩いて
愛しい人に返事を書く
いつかって　いつなのなんて

ニューオリンズで娼婦として落ちぶれ、どこにも行けずにそこでうらぶれ朽ち果てていく女の悲嘆は、ウイルスに閉じ込められた我々に書き換えられていた。

徐々に歌詞の意味を察知した会場から感動の呻き声が湧いた。

間奏に入ると、ボトルネックをはめた鈴木がけぶるようなはかないスライドギターでつなぐ。

行かなくちゃ
あなたが住む町へ
あなたに会いに行かなくちゃ
雨さえ降っていないんだから

井上陽水《いのうえようすい》の名曲「傘がない」を彷彿《ほうふつ》とさせつつ、まったく別のアメリカ民謡の中に溶け込ませ、そこに変わりつつある社会を浮き上がらせつつ、そこに暮らさなければならない我々の戸惑いを表現する巧みさに、真行寺は唸った。

エンディングは坂下のピアノに手渡された、低音を利かせた重いブロックコードを一拍ごとに変化させながら積み重ね、最後は濁った低いGのコードを轟《とどろ》かせて終えた。

会場からの歓声と拍手を受けながら、バンドはすぐに最後の曲を始めた。

白石サランは歌った。

私とあなたが出会ったとき
大きな樹のしたに立っていた
夜は短く　淡かった

私とあなたが出会ったとき
あなたはすぐに抱こうとした
私のことを知らないまま

だから私は忠告した
私はあなたを蝕むかもって
でもあなたは聞いちゃいなかった
草のベッドを整えるのに夢中で

愚かなあなたと　あわれな私の
罪深い魂と身体《からだ》が重なって
わたしたちはほんとうに出会った

浅倉マリが書いたこの歌を仮歌という形で白石サランが歌ったとき、真行寺はこのままサランに歌って欲しいと思った。そして、彼の願望はいままさに目の前で現実となっていた。

私とあなたは肩を抱き合い
大きな樹のしたを立ち去った
夜は長く　漆黒だった

私とあなたの舌がからまり
私たちは口づけをかわす
私のことを知らないまま

忠告はいらない
私たちはたがいを蝕むかもしれない

愚かなわたしたちは歩いて行く
夜の帳《とばり》の中を肩を抱き合い
互いの吐息を聞きながら

6　朝日のあたる家

国立競技場の天井に空いた円《まる》い穴から覗く空に、星がわずかに見えた。

人がはけたフィールドの芝生に寝転んで、真行寺は目の前にスマホを持ち上げていた。

〝愚か者の集い〟で検索をかけたTwitterの画面には、多くのつぶやきが長いタイムラインとなって尾を引いた。

〈さよならばんどにただ涙！〉

〈さよならばんどを見られてもう思い残すことはなにもない還暦の春です〉

〈最後に出てきたあの子は誰？　紹介もなかったけど〉

〈最後の曲にじんときたけどあの歌手を知ってたら、教えて〉

〈やっぱフェスって必要だわ〉

〈アンコールがなかったのが、かえって潔《いさぎよ》くてよかった〉

〈会場にぜんぜん係員とかいなくてちょっと心配だったけど、別に困りはしなかったな〉

〈フェスとしては地味。照明とかあまり凝ってなかったし〉

〈インド人の兄ちゃんが出してくれたカレーうまかった。なんとかスペシャルって煮込み料理も！〉

〈とてもジャンキーな猿とサイン会で握手したぞ。ボーカルのトモヨ、近くで見るとかわい

い〉

〈パンタックスワールドとさよならばんどってほぼ同世代だよね。パンタックスがちょっと下か〉

コンサートの興奮を人々はつぶやきはじめている。そんなつぶやきの多くに#さよならばんどや #愚か者の集い というタグがつけられていた。真行寺も連帯することにした。作ったばかりの匿名アカウントで#をつけていくつかつぶやいた。

〈愛欲人民カレー　最高だった　#集う自由を手放すな　#愚か者の集い〉

〈愛欲人民カレーのドラム、マジウマ！　#集う自由を手放すな　#愚か者の集い〉

〈愛欲人民カレー　佐久間のギター　マジウマ！　#集う自由を手放すな　#愚か者の集い〉

〈愛欲人民カレー　ほとんど楽器ができない馬鹿でもここまでできるということを証明した森園はスゴイ　#集う自由を手放すな　#愚か者の集い〉

おっと忘れるところだった。

〈愛欲人民カレーの新加入のベース　ときどき弾くメロディアスなフレーズがいい　#集う自由を手放すな　#愚か者の集い〉

それから、気になったほかのバンドのことも#集う自由を手放すな と #愚か者の集い を添えて書き込んだ。

このハッシュタグがどこまで広がるのか、これは天にまかせるしかない、大袈裟に言えば

我々人類の感受性次第だ、そう思いながら真行寺はスマホをポケットに戻した。

会場を出た参加者はぞろぞろとゲートを通過し、夜の千駄ヶ谷に流れ出し、散っていった。開けている店はなく、終電はまだ走っているのだから、皆そのまま家路に着くだろう。

名前を呼ばれて、寝転んだまま顎を上げ、頭上を見た。

「俺たち、楽器をバンに積み込んで帰るんですが、一緒に乗っていきますか？」

頭のところに佐久間が立って、上から声をかけてきた。

「すぐに撤収か？　ミュージシャンやスタッフで打ち上げとかないのかよ」寝転んだまま真行寺は返した。

「大御所の四人はお帰りになられたそうです。あとのバンドは自分たちで機材撤収しなきゃならないような連中ばかりなので、のんびり飲んでられないんですよ」

そうか、と言って真行寺は上体を起こし、芝生の上で胡坐をかいた。

「じゃあ乗っけてってもらおうかな。スペースがまだあるのなら」

「大丈夫です。機材を積んでいるんで狭くて申し訳ないんですけど」

立てた膝の上に掌を置いた時、真行寺はフィールドの隅を見た。防護服を着た保健所の連中が蒲谷の屋台を囲んで消毒剤を散布していた。膝を伸ばして立ち上がると、いましがたフィールドに下り立った男がひとり近づいてきて、敬礼し、お疲れ様ですと言った。

「ああ原宿署の――」真行寺は敬礼しつつ、黒縁眼鏡にそう言って名前を思い出そうとした。

「井川です。米山の同僚の――」

「お疲れ様です。ＤＡＩＧＯの屋台の撤収の手配は？」

「大丈夫です。こちらですませました」

「いま鳥海さんはどうしてますか」

「ＰＣＲ検査を受けてもらい、その結果待ちです」

「所持品は？」

「すべて没収して検査に回してあります」

「取り調べは明日からですね」

「そうです。それで、巡査長に少しお訊きしたいことが」

当然だろう。言われるがままに動いて、感染者をひとり見つけたものの、なぜそのように指示されたのか、まったく知らされていないのだから。

「週明けに署に伺います。そのときに――」と真行寺は言った。

月曜ですか。復唱する黒縁眼鏡の口元にかたづかない気持ちが表れていた。

「鳥海を月曜まで拘束する必要はあるんでしょうかね。もし明日ＰＣＲ検査の陰性が出た場合でももう一晩泊まらせる必要がありますか？」

「帰ってもらっても結構です」と真行寺は言った。「ただ彼には訊きたいことがあるので、月曜日にもういちど鑑取りします。それに際して、池袋駅前グリーン大通りの防犯カメラを調べてもらっていいですか」

「池袋の……」

原宿署の捜査員は不審な顔つきになった。彼らにとって池袋は管轄外である。取り寄せるとなると面倒なんだろう。

「売り上げのほうは原宿署に立てますので」と真行寺は言った。「ビックカメラの前あたりです。日付は五月十一日、午後三時から三時半までの映像を抜いてください」

「そこまで日付と時刻が絞り込まれているんですか」井川の表情に驚きの色が表れた。「そこになにを見つければいいんですかね」

「鳥海が浅倉マリと接触してるところが映っているはずです」

とたんに黒縁眼鏡は手帳を出して、もう一度日付と時刻をお願いしますと言った。そして、五月十一日、午後三時から三十分ですねと書き留めると、さっきまでの不承不承な調子とは打って変わって、了解ですと言って去った。

遠ざかる背中を見つめて佐久間が、

「部下の方ですか」と言ったので、真行寺は笑った。

「俺には部下はいないよ。階級は向こうのほうがいくつも上だ」

「そうなんですか、そういう風には見えなかったなあ」

「年季はそれなりに入っているので、立ててくれているんだよ」

そう言いながら、歩きだした。

「本当はお前ら、みんなで飲みたいんだろう」と真行寺は佐久間に訊いた。

ええ、と佐久間はうなずいた。

「ライブって、そのあとの飲みもコミだと思ってたので」

「ああ、見るほうだってそうだよな。見たあとはそれについて仲間と話したいものだよ」

「まあ、時期が時期なので、こんなところでライブやれただけでも御の字かなと」

そうだな、と真行寺は言ったが、けれど中には、コンビニでビールとスナックを調達し、代々木《よよぎ》公園に忍び込み、いましがた目撃したことの興奮を語り明かそうとする愚か者たちが少しはいるかもしれないぞ、と思った。二〇二〇年の五月、閉じこもれという世間の命令に逆らって、集まって音楽を聴くことの誘惑に駆られて国立競技場に向かったことを、言葉にしないではいられない俺とお前や君と僕がいくらかはいるだろう、きっといるにちがいないし、いたほうがいい、と真行寺は思った。

「けれど」と佐久間は言った。「丸ごと昔のままでいきたいと思うとなにもやれないってことになっちゃうんで」

なるほどなと真行寺は言った。それはあるかもしれない。人は馴染んでいた過去が正しいと思うものだ。しかし、あらゆる面で昔のような現在《いま》を維持するなんてことはできない。変化の中でなにかが失われる。失ってもよいものと失ってはいけないものの見極めこそが知性なんだろう。

フィールドから一階のコンコースに出たところで、インド人の青年と目が合った。煮込み料理のアリバラサン・スペシャルを屋台で出していた男である。相手はこちらを一瞥し、そのまますれちがおうとしたが、真行寺は振り向いて近づき、手を差し伸べた。相手もためら

いがちに真行寺の手を握った。真行寺は英語で言った。

「アリバラサンはいまカナダにいるそうだな、さっきエッティラージに聞いたよ」

インド人はためらいがちにうなずいた。目の前に立っている刑事が、自分たちの親分であるエッティラージを負傷させた張本人であり、と同時に、英雄であるアリバラサンを逃がした刑事でもあるというややこしい事実が、彼の心を複雑な色合いに染めているものと思われた。

「北海道には明日帰るのか」

「いや今日だ」

真行寺は首をかしげた。これから北海道まで帰るには電車も飛行機もないはずだ。

「船か」と真行寺は訊いた。

相手は、静かにうなずいた。

彼らがこれから帰るブルーロータス運輸研究所には海運造船業を営む北海《ほっかい》海運も投資している。さっき見たところ、北海道から百人くらい来ているようだが、そのくらいでも船であれば難なく乗り込めるだろう。そもそも彼らは北海海運の船でインドから日本にやってきたのだった。

「俺も乗っけてってくれ」真行寺は突然言った。

相手は目を丸くしている。

「ホッカイドーに？」

イエスと言ってうなずいた。俺はお前たちと一緒に船に乗って北海道に行く。はっきりと英語でそう言った。

ちょっと待ってくれ、と言って青年は真行寺と少し距離をあけたところでスマホを取り出した

佐久間はびっくりして、

「あの、乗っていかないんですか」と訊いた。

「向こう次第だ。ところで、新加入のベーシストはどうした」

「帰りました。北参道《きたさんどう》に住んでいるので、歩いて帰れるそうです。真行寺さんによろしくとのことでした」

インド人が戻ってきて、乗っていいと言った。船はどこから出るんだと訊くと、横浜《よこはま》からだと言う。山下埠頭《やましたふとう》まではバスでいくんだそうだ。

こっちだと言うので後をついていくと、そのバスは愛欲人民カレーのバンの近くに駐まっていた。ちょっと待ってくれと断って、真行寺はバンに近づいた。

スライドドアを引くと、後部座席に座っていた森園と岡井が熱心にスマホを見つめて、愛欲人民褒めてるツイートけっこうあるじゃん、全部リツイートしちゃおうぜ、などと言い合っていた。おつかれさん、と真行寺は声をかけた。

「お前ら、どこで合宿してたんだ」

森園はすぐに返事をよこさず、佐久間を見た。

「もういいだろ。聞かせろよ。やり遂げたお前らが勝ったんだ」

真行寺がそんな修辞でくすぐって促すと森園は、

「勝ったんですかね、Twitterには、ボロクソ言ってるのもいっぱいありますけど」

「感染が拡大しなければ大丈夫だ」

「しないんですか」驚いたように森園が言った。

真行寺はそうだなと言って、うなずくだけにした。感染があったとしても、今日の参加者の足取りはブルーロータス運輸研究所が徹底的に追跡し、あっという間に感染ルートを洗い出すだろう。そして、そこからはおそらく……。それをこれから確かめに行くのだ。

「北海道です」と森園が言った。「朝から晩までひさしぶりにみっちり練習してました。カレーうまかったなあ」

やっぱりそうかと思った。

「さよならばんどの連中もそこでやってたのか」

「ええ、なんかおっそろしい女神が座っているステージで練習してましたよ。あんなところで細野さんらがリハやってたのにはびっくりしました。自分たちのことを知ってるインド人は誰もいないので、かえって気楽にできるとか言ってましたけど。あそこ、真行寺さん行ったことあるんですか」

真行寺はこの質問を無視し、質問を重ねた。

「どうしてサランが歌うことになったんだ」

「マリさんの遺言です。細野さんにそう言ったそうです。自分が歌えなくなったら、この子に歌わせてくれって」

「しかし、よくあのレベルのプロが素直に聞き入れたな」

「仮歌の録音を聞いて四人がいいよと言ったらしいですよ。最終的には北海道でリハして、オーケーが出たんですが。たしかにサランよかったじゃないですか」

「そうだな。これで人気爆発だ。このコンサートには関係者や音楽ライターがわんさか来てるだろうから、みんなこぞって追いかけるだろう」

「こりゃ捨てられるな俺」森園は気弱そうにそう言った。

「せいぜい胡麻《ごま》をすれ」

森園はひどいなあとかぶつくさ言っている。

ミスター・シンギョージ。インド人が声をかけてきた。そろそろ乗れということらしい。

岡井に、伝説のバンドと同じステージに立ててよかったなと声をかけ、佐久間には、ギターもうまいなと肩を叩き、最後に森園に、

「可能性にかけろ」と言った。

「可能性ってなんの？」

「こんど教えてやる」

「なんでこんどなんですか、いま教えてくれたっていいじゃないですか」

「俺はもう行く。お前の音楽はなかなか売れないだろうが、悪くはないと俺も思う。腐らず

に自分がいいと思うものをなるべく妥協しないで作っていくしかないだろうよ」

バスの中にはインド人がぎっしり座っていた。一番後ろに席を取って窓から外を見ていると、森園たちのバンが駐車場を出て行くのが見えた。

森園に言おうとしたことを整理した。

いくら世間がサランを評価しても、サランが自分に対する評価を変えず、自分よりも森園の音楽のほうが価値があると判断する可能性もある。かつて彼女は真行寺にはっきりそう言ったことがあった。周りにおだてられても調子に乗らない、そんな希有な人間である可能性だってあるのだ。

しかし、今回のことでサランは多大なサポートを黒木から得た。去年の秋頃、黒木に向けられたサランの好意を真行寺は感じ取った。自分がやろうとしていることを評価し、金銭面でサポートしてくれ、小うるさいことも口にしない。そして、支援と引き換えに親密な関係を求めてくることもない、そんな謎めいたまだ若い傑物《けつぶつ》に、女が好意を抱くのは不思議ではない。しばらく忘れていたが、またこの面倒な問題が頭をもたげてきているじゃないか、とげんなりした。しかし、あのときと同じように、今回もまた考えないことにした。考えることがほかにありすぎるのだ。

やがて、真行寺のスマホがちんちんと鳴って、先程の Twitter で自分が書いたものがリツイートされていると知らせた。森園たちがリツイートのアイコンをせっせとタップしてる

のだろう。

山下埠頭に降り立つと、真行寺が乗ってきた車両に続いて次々とバスが到着した。インド人の数は思ったよりも多く、見た目から判断するに二百人以上がタラップを上り、巨大客船に乗り込んだ。

船内に入ると、通路には扉がずらりと並んでいる。先程の青年がここだと指さすので、その部屋に入った。入ってすぐ左手に引き戸があった。中を覗くと、トイレとシャワールーム、戸を閉めて進むと客室が開けた。

シングルベッドにはキャスターがついていた。ベッドサイドには把手《とって》が四つ付いたキャビネットがあり、一番上を摑んで引き出すと、板が出てきてテーブルになった。ベッドの頭上にはコンセントの差し込み口が四つ。アームがついたライトもぶら下がっている。短い船旅には十分な装備と言える。けれど、部屋には情緒というものが不足していた。どこか病室を思わせるのだ。しかしまあ、朝からいろいろあって疲れていたので、これ以上気にかける余力もなく、シャワーを浴びて裸のままベッドに潜り込み、毛布にくるまって寝た。

目が覚めると、船窓の外が白んでいた。デッキに出てみると、太平洋から朝日が昇ってくるのが見えた。ここのところの雨模様の天気が嘘のように晴れている。感動的な光景ではあったが、ずいぶんと北まで来たのだろう、吹きつけてくる早朝の海風はTシャツと薄手のパーカーで凌ぐには冷たすぎた。そして腹も減っていた。

船内に戻り、どこかで食い物を調達できないかとウロウロしていると、インド人の流れに出くわした。これに合流し、そのまま流れていくと、ビュッフェに出た。皆に倣《なら》ってトレイを取って列に並び、給食をもらう。

さてどこで食おうかとホールを見回した。おあつらえ向きの人物がいたので、前の席にトレイを置いて座った。

「船酔いはしませんでしたか」とヨーグルトをスプーンですくいながら吉良が尋ねた。

「ほとんど寝てたもので」

「じゃあ同じだ」

「それにしても病室みたいな船室ですね」

「病室ですよ、あれは」

「やっぱりそうですか」と真行寺はうなずいた。「黒木はどこにいますか」

ヨーグルトのカップに手をかけた吉良は、はじめてこちらを見た。

「あいつは乗船してませんよ」

DASPAのサブチェアマンが黒木のことをあいつと呼んだ。少なくともふたりは顔見知りだ。職務上の知り合いなのか、個人的に知っているのかはわからない。

「また海外ですか」とりあえずそう訊いて探りを入れた。

吉良はカップを持ち上げ首をかしげた。知らないのかとぼけているのかわからないが、真行寺のほうもまともな返事を期待しているわけではない。

「警視正と黒木との関係を知りたいんですが」

真行寺は単刀直入に斬り込んだ。吉良とやつとの関係を問うことは、自身とやつとの関係をも白日の下に晒し、墓穴を掘ることになりかねないので、慎重におこなわなければならないのだが、だんだん面倒になってきた。

敵はヨーグルトをスプーンですくい、それをゆっくり口に運びながら言葉を選んでいる。

「あいつが公安に追われてることをあなたは知っている」真行寺はまたじりっと前に踏み出した。「あんな危なっかしいのを使ってなにをやってるんです」

「日本のバージョンアップです」

真行寺はやれやれと首を振り、尋問が下手だな俺もと言って、ドーサを口に運んだ。

「あいつを使うことはいくらDASPAでも公認されてないはずです。あれはDASPAや公安が使うような駒じゃない。吉良警視正が個人的に協力させているはずなんですよ」

吉良はふと視線をこちらに向けて軽い調子で言った。

「巡査長のように、ですか」

「そうだ」

真行寺は思わず言ってしまった。そのくらい腹を割って相手に向かっていかないと、本当のところをぶつけてこないだろうとも思った。

「ひょっとしてあれも、東大ですか」

だとしたら、水野も含めて東大ご学友の三角形ができることになる。しかし吉良は首を振

った。

「俺の知りうる限り、あいつの学歴は中卒です。ただオツムのできは俺よりはるかにいいですがね」

「じゃあ、知り合ってからどのぐらいになるんですか」

「ものごころついてからずっとですよ」

衝撃的な答えが真行寺の胸を打った。

「……兄弟」

「いや、うちの家系図のどこにもあいつの名前はありません」

なるほど。真行寺はぽつりと言った。親族ではないということだ。しかし、物心ついたときには知り合っていたのであれば、近所の遊び仲間あたりだろうか？

「さて、巡査長とあいつとの関係は？」逆に訊かれた。

「相棒です」

相手は背すじを伸ばして腕組みするとこちらを見つめ、相棒ですかと嚙みしめるようにつぶやいた。

「相棒はなにが起こっているのか、教えてくれなかったわけですね。あいつがちゃんと説明しといてくれれば、あんなふうに言い争うこともなかったのに」

痛いところを突かれたと思ったが、笑ってみせた。

「そんなことはしょっちゅうでね。先方にもヤバい事情があるわけなので、相棒だからこそ

訊かないようにしているんですよ。それとも警視正はいつも綿密に打ち合わせなんかしてるんですか」

そう言うと、相手もニヤリと笑った。

「いや、こちらも似たようなものです。さて、失礼します」

そう言うと、トレイを持って腰を上げ、行ってしまった。

室蘭港《むろらんこう》に船体が横づけされたのは、七時過ぎであった。

ぞろぞろと皆でタラップを下り、埠頭を歩いていくと、数十台ものロータスが列をなして停まっていた。丸みを帯びた青い自動運転車はインド人たちを中に収納しては、次々と埠頭を出て行った。

名前を呼ばれたのでそちらを向くと、一台のロータスの傍らに吉良が立って手招きしている。

「どうぞ。一緒に行きましょう」と吉良は言った。

そういえばこの男は、なぜ真行寺が乗船したのかと問い詰めなかった。まるで彼の目的を承知しているかのような物腰に見えた。もっとも、真行寺本人にしても、わけのわからない衝動に突き動かされて、ここまで来てしまったというのが、正直なところなのだが……。

頭を下げて、身体を車内に乗り入れると先客がいた。エッティラージだった。さらに吉良が乗り込んできて、三人乗りでロータスは出発した。エッティラージが真行寺に向かってな

にか言った。その英語が聞き取れなかった真行寺は、掌を相手に向けて、もう片一方の手でパーカーのポケットに手を入れる。昨日、手渡された自動翻訳機のイヤフォンをもういちど取り出して耳に装着すると、エッティラージが英語でふたたび尋ねた。

「あなたはあなたのダルマを実行中ですか」

真行寺が昨日エッティラージに投げた質問が自分に返ってきたというわけだ。お前はお前の務めを果たしているか。お前はお前の道をちゃんと歩んでいるか。エッティラージがそのように自身に問いながら、自らを大きな存在に捧げようとしていることは確かである。車椅子生活となったいまも、迷いつつではあるが、彼はなお自分の道を自分の足で歩き続けている。

では、俺は俺の務めを果たしているか。俺は俺の道を歩んでいるか。そもそも俺の道ってなんだ。警察官という職業を選んだからには、悪党を捕まえて檻《おり》に放り込み、検察に引き渡すことは人並みにやってきたつもりだ。それが俺の務めならば務めは果たしているのかもしれない。しかし、務めを果たすことによって、世界の深奥に向かっているような感覚は持てずにいる。いつもなにか物足りなく、どこか不安だ。だから、答えはおのずと、

「わからない」となった。

エッティラージは黙って真行寺を見つめた。そのまなざしに軽蔑と怒りが読み取れた。ダルマを実行していない人間など信用できない。自分の車椅子生活も、お前がダルマを実行する上で生じたならば、納得しよう。しかし、奸計《かんけい》を仕掛けただけだとしたら許すわけにはい

かない。——そんな冷徹な視線だった。

「いや、彼は自身のダルマを実行するためにここに来ているんだと思う」

弁護するように英語で口を挟んだのは吉良だった。

「彼のダルマは職業の外にある。そこが僕とはちがう。いやちがうようでいて実は同じなのかもしれないが」

真行寺にはまるでチンプンカンプンの弁護だったが、

「なるほど」とエッティラージはうなずいた。

「自由という、抽象的でロマンチックで、時には愚にもつかないものを、彼が守ろうとする時、職業としてのダルマを超えて、執拗に粘るんですよ」

そう言って笑ったあとで、「それもまた困ったもんなんですがね」とつけ加えた。

これを厳粛な表情で聞いたエッティラージは、

「ワカリマシタ」と日本語で言った。

まさか吉良がこんな弁護を拵えてくれるとは予想だにしなかった。しかし、いま言われた言葉を嚙みしめてみれば、果たしてこれは弁護なのかという気もしてきて、礼を言うのも危険だと思い、口を閉じていた。すると出し抜けにまた吉良がこう言った。

「けれど、#自由を手放すな はいまいち盛り上がりませんね」

一瞬ギョッとした。しかし、フリーバードをインストールしてしまった以上、Twitter の投稿を見張られるなんてことは覚悟しなければならない。そう思っていると、真行寺のスマ

ホがちんちんと鳴った。

「僕もいまリツイートしときましたよ。『自由な経済活動を手放すな』の意味を込めて」

そう言って若いキャリア官僚はまた忌々しいほどさわやかな笑顔を作った。

やがて、窓の外の風景が起伏のある平原に変わる。ロータスは研究所のエリア内に入った。見覚えのあるインドの街並みが目の前に広がった。懐かしい市街地を抜け、チェンナイにあるカーパーレーシュワラ寺院に似せた研究所本部の前も走り抜けて、ロータスはその先の平原へと突入した。

真行寺が怪訝な顔をしていると、

「見せてしまったほうがいいでしょうと吉良さんが言うので」とエッティラージが言った。

見せる？　なにを？　そう思っていると小高い丘を登り切ったところでロータスが停止した。

眼下にはやはり平原が広がっている。その平野《ひらの》の遠くに、真行寺の視線は群立するプレハブ建築の棟を捉えた。ああ、やはりそうかと思った。

「病院だな」と真行寺は言った。「感染者をここに運ぶのか」

「つまり、ここをエピセンターにするんですよ」そう言ったのはエッティラージだった。

エピセンター？　聞き慣れない言葉だったが、しかしすぐ、流行病を意味するエピデミックにちなんだ造語だろうと知れた。つまり、都内の感染者のほとんどをここに集め、ここを集中治療地区にする魂胆なのだ。

た。

「降ろしてくれ」と真行寺は言った。

ロックが外れる音がして、ドアが開いた。頭を下げて体を外に出し、草の上に足を下ろして、身体を外に出した。ひんやりした風が吹きつけてきた。続いて吉良も降りて、肩を並べた。

丘の上の草地に吉良と並んで立って、真行寺は巨大な医療施設を見下ろした。北海道の冷え冷えとした五月の朝風が草原を吹きわたっている。

その向こうで巨大なプレハブの群れが、朝日に照らされていた。真行寺が口を開いた。

「船で北海道に連れてくる。おそらくその船もプログラムで無人航行できるようにしてあるのかもしれない。船室が病室みたいなのは病室そのものだからだ。室蘭に到着したらロータスであの病院に運ぶ。それも無人だから感染の怖れはない。そして、ここに連れてきて寝かせておく。治療薬なんてないのだから、寝かせておくくらいしかできないのだろうが、こうすれば外への感染を防ぐことはできる。そして、回復したらまた元の場所に帰ってもらう」

そう言って隣の吉良を見た。

「いまは、収束に向かっていますが、第二波、第三波はやって来る。来ないと想定するわけにはいかないんです。けれど、経済活動は再開させなければならない。都市封鎖やロックダウンめいたことはもうできません。たとえ、お願いという形であっても、もうやるべきじゃない。なぜならば、あまりに多くの人が路頭に迷うからです。真行寺さん、この点に関して公務員の我々は、その痛みをなるべく切実に感じようと努力しなければなりませんよ。でき

っこないと嫌みを言われてもね」

それはそうだな、と真行寺は言った。

経済活動は再開する。

人と人とが触れ合う。

感染が起きる。

しかし、フリーバードが追跡し、クラスターを掌握する。

そこをしらみつぶしに検査して感染している人間をあぶり出す。

そして感染と認定された者を経済活動圏の外へ出す。

この移動手段に北海海運のフェリーを使う。

陸に揚げてからは完全自動運転のロータスを使ってこの治療センターに運ぶ。

そして、ここで回復するまで寝ていてもらう。

回復したらまたピストン輸送で経済活動圏へと戻す。

つまり、感染者をどんどん経済活動圏外に吐き出すことによって、たとえ感染爆発が起こっても経済活動は回し続ける。言ってみればこれは〝換気〟だ。ウイルスを経済圏の外に出し、クリーンにしてから戻す。そういう目論見《もくろみ》なのだ。

しかし、ここに連れられてきた一定数はここで死ぬ。いいも悪いもなく確率として。ここで暮らすインド人たちが、自動運転の〝研究〟に従事することによって、ある一定の確率で負傷したり死んだりするように。

そこから先はもう〝祈り〟の世界なのかもしれない。その確率に巻き込まれないように祈ることとしか、人間にはできないのかも。

突然、デジャブのような感覚が彼を襲った。サランが歌う「朝日のあたる家」が遠くで聞こえた。その暗鬱《あんうつ》な歌が、まどろむ夢を蒼暗《あおぐら》く染め、自分が古い映画の疑似夜景の暗い平原を見下ろしているような気になった。真行寺は首を振ってもういちど眼下に視線を落とした。巨大な医療施設《エピセンター》は朝日を浴びていた。

このやり方ならば、サランが感染爆発の責任を厳しく問われることはないかもしれない。ミュージシャンはライブを再開できるかもしれない。演劇や映画を見た連中が、その感想を居酒屋で語り合うことだってできるだろう。人と人との自由な接触は保障される。

しかしその裏では、情報技術が人々を一時《いっとき》も休むことなく監視し続けるのだが……。

晴れた五月の風に吹かれながら、たしかにここに希望を見出《みいだ》したいという気持ちを抑えきれない自分を、真行寺は認めた。

7　わからなくてもいい

丘の上でロータスはUターンし、真行寺はそのまま東京に戻った。研究所本部の前でエッティラージに続いて降りた吉良が、苫小牧《とまこまい》駅に向かう真行寺を見送った。

「警視正はなんのためにここまで来たんですか」

ドアが閉まる間際、真行寺が尋ねた。自分にあの〝朝日のあたる家〟を目撃させるためだけに、一緒に船に乗ったとは考えにくい。さらに、黒木が消えたあと、彼が北海道でなにを企んでいるのかも気になった。

「ミーティングですかね」

吉良がぽんと寄こした答えには、深追いするなよという警告のニュアンスがあった。真行寺もそれ以上の追及を控えた。ただ、新しい技術を用いた画策なのだろうということは想像に難くなかった。真行寺の脳裏に、巨大な地図の上で蠢くおびただしい点の数々が蘇った。世界はまさしく「情報」であり、そこには意味も情緒もなかった。

「技術は万能なんですかね」

国立競技場の控え室で投げた問いをふたたび持ち出すと、相手は首をかしげ、「わかりませんが」と言った。

「ただ、技術がやれることの領域は拡大しつつあると言えるでしょう、それによって、無意

味な不幸から逃れられるチャンスも増すだろうとは思っています。であればいまは、もっと技術を使うべきだと思っているんですよ」

　吉良はそう言うと、真行寺の反応を確認しようともせず、「道中気をつけて」と言って、ロータスから離れ、背中を向けてエントランスホールへ向かった。ドアは閉まり、ロータスは音もなく発進した。

「まあ、そうかもしれないが」窓の外に表れた草原を眺めながら、真行寺はひとりごちた。

「人間的ななにかを残しておく必要はあると思うね」

　苫小牧駅で落としてもらった。そこから室蘭本線に乗って新千歳空港に出て、午後の便の航空券を買い、搭乗までの空いた時間で、ガラガラの土産物店で蟹《かに》を買い、ガラガラの機内でうとうとまどろみながら、昼下がりには東京駅のホームに立っていた。

　高尾の家に戻ると、機材を片付けていた森園は、もう戻ったんですかと驚いた。

「見るものは見たからな、長居してもしようがないだろ。ほら、これ冷蔵庫に入れとけ」

「なんですかこれ」

「たらばだよ。新千歳《しんちとせ》空港の土産物店のだ」

「え、たらばは高いんじゃないいんですか」

「まあ、行きの交通費はただだったからな。北海道に行ってまたカレーだけ食って帰ったんじゃ切ないだろ」

　真行寺はやせ我慢を張った。帰りの飛行機代が自腹になることはまちがいない。

「サランはどうした」

「さあ。今日はまだ連絡取ってないんですが、してみますか」

そうだなと真行寺は言った。みんな終わった。終わったことだ。一緒に蟹でも食いたい気分だった。

「でも、真行寺さんはなにしに北海道に行ったんですか」

「なにしにって言われても困るな。刑事ってのはとりあえず臨場して考えるんだよ」

「現場に行くことを臨場って言うんですか。そうなんですか。え、じゃあ仕事で行ったんですか」

「それがそうとも言えないんだな。上司には休日出勤の申請を出してないんでな」

結局、この日はサランに連絡がつかず、たんまり買ってきたたらば蟹は、森園と差し向かいで黙々と食う羽目になった。


明けて月曜日、真行寺は原宿署に出向いた。

米山から、鳥海のPCR検査は陰性だった、と教えられた。

取り寄せられた防犯カメラの映像は井川のデスクトップのモニター画面で見た。再生する前に、井川が「バッチリ映ってました」と嬉しそうに言った。

たしかに映っていた。鳥海と浅倉マリが路上で出会い、立ち話している。ふたりは、あの国立競技場のモニタールームで見た朱色と緑の線で示された軌跡そのままに出会っていた。

しかし、それだけではなかった。そこには人影がもうひとつあったのである。

渋谷区にある日本赤十字救急医療センターの受付で真行寺はバッヂを見せ、「聞き取り調査の為の特別面会申請書」をカウンターに載せた。手元の画面を確認した受付の女性から、病棟と病室の番号をもらって、奥へと進んだ。

感染症の隔離病棟に入ると、看護師に手伝ってもらい防護服を身につけた。病室に入る前に、二十分という制限時間を言い渡された。

ベッドの上の病人は、真行寺が入っていくと、

「いやあ、先生、熱が下がってもずっといなきゃいけないんですかね」などと医師と見まちがえたと思しき質問を投げてきたが、そうでないとわかると居住まいを正した。

そのまま楽にしていてください。そう声をかけてベッドの脇の丸椅子にかけた。

「三度ほどお会いしてます。こんな格好じゃわかりにくいでしょうが、二度ライブハウスで、一昨日《おととい》は国立競技場で炒飯をいただきました。――真行寺と申します」

蒲谷は得心したような、それでいて不審な面持《おもも》ちで面会人を見た。

「実は私は刑事なんです」

顔に表れた不審の影はさらに濃くなった。

「先程、お店のほうを見せていただきました」

はあ、と相手はとりあえずうなずく。

「浅倉マリさんのポスターが貼ってありますね」

ええ、と蒲谷はうなずき、しょっちゅう来ていただいてるので、と注釈した。

「それに僕は好きなんですよ、あの人の歌が。もっとも店に来てもらうようになってからですけどね、聴いたのは」

「だからCDも扱っているんですね。見本がカウンターに飾られてありました」

「といっても委託《いたく》販売ってやつですよ。十枚ほど預かって、売れた分から10%の手数料抜かせてもらって、残りをお渡ししているだけで」

「売れますか」

「いや、めったなことでは売れません。まあ、うちはラーメン屋ですからね」

「最近売れたのは？」

「商売仲間が一枚買ってくれました」

「それは、あのオリンピックスタジアムのライブにも来ていた鳥海さんですか」

「……そうですけど」

相手の声は急にトーンダウンした。

「どうして購入されたんでしょう？」

「さあ、気に入ったんじゃないですかね」

「店で曲かなんかが流れていて？」

「いや……、そうだ、あのときはテレビを見ていたんだ」

「テレビってのは浅倉マリさんが出ている？」

「そうです、ほらあそこの地下室ってライブハウスに自粛警察が来て、揉めたでしょ」

その自粛警察こそが鳥海だ。

「その翌日、マリさんがテレビのインタビューに応じたのがオンエアーされてたんですよ」

あの日は時間差で蒲谷と鳥海はすれちがっていて、放送時の映像ではモザイクがかけられていたから、まさか彼が自粛警察だったとは、蒲谷は夢にも思っていないようだ。

「オンエアー時に、鳥海さんがここにいたわけですか」

「ええ、たまたまね。この人、近所に住んでいて、よく食べに来てくれるんですと私が説明して」

「テレビの内容にはどのように反応していましたか、鳥海さんは」

「感心してましたよ。このご時世によくこんなことが言えるなあって」

「それは褒め言葉で？」

「ええ、僕はそう受け取りました。でなきゃCDなんか買わないでしょう」

「ということは、そのテレビを見たあとで、このご時世でよくこんなことが言えるなあと言って、鳥海さんはCDを購入されたんですね」

「そうなんですよ。なんか成り行きでね。金がないのに気の毒だなとは思ったものの、うちの商品でもないんで差し上げるわけにもいかず、手数料の10%は割引してあげたんですけどね」

「おふたりは親しいんですか、つまり、蒲谷さんと鳥海さんは？」

「親しいというか、こちらが親しくしてもらっていたんです。私がここに店を出すときにいろいろとアドバイスをくれたんで。あの人はね拉麺協会の支部長なんですよ、このあたりの」

「そうですか、その日は支部の用事で来られたんですか」

「まぁそうなんです、実は僕に支部長をやらないかと、そう言いに来たんですね」

「ということは、自分は支部長を降りると？」

「というか、このコロナ禍でもう閉めるしかないんだと言ってました」

「店を？　それで？」

「励ましました。もうちょっと頑張ってくださいよって。ただ、あの人んとこはうちみたいなカウンターだけの店とちがってテーブル席も結構あるから、固定費がかさむんでね、こういうときはかえって打撃が大きいんですよ。それでね、いやもう駄目だよって見切りをつけてたみたいでした」


そして三日後の五月十一日、鳥海が購入したCDに浅倉マリはサインをし、三日後に発症、その翌日に亡くなる。フリーバードによる追跡と蒲谷の証言からは、鳥海がCDもしくはサインペンを、感染者である妻のウイルスに曝露させて、これを媒介として浅倉マリに感染させたという未必の故意が否応なく浮かび上がってきた。

香味亭の引き戸を開けた時、誰もいない店のテーブルにノートパソコンを開いてディスプレイを見つめていた鳥海は、顔をこちらに向けるなり、すいません、いまやってないんですよとまで言って、真行寺の姿を認めたあとは、顔をこわばらせ、口をつぐんだ。

「おひさしぶりです。警視庁の真行寺です」

あ、あのライブハウスの……。鳥海はそれだけ言うと口をつぐんだ。

「先程、蒲谷さんに会ってきました。お店を閉められるのですか」

「いま計算していたところです。今日ようやく給付金の振り込みがあったので、それでなんとかやりくりできないかと……」

そうですか、と言いながら真行寺は、四人がけのテーブルの椅子を引いて、店主の斜向《はすむ》かいに座った。こちらを見返す鳥海のまなざしには警戒の色がありありと浮かんでいる。

「今月の七日、あなたはライブハウスの地下室に出向き、自粛に応じない浅倉マリに抗議しようとした」

「浅倉マリって人に抗議するつもりはありませんでしたよ。どちらかというと営業を続けているライブハウスへの抗議のつもりで参りました」

「なるほど。そして、そこにいた私に足止めを食らって、あなたは池袋署で取り調べを受けた。そのときはどんな気持ちでした」

「どんな気持ち？　そりゃ腹立たしかったよね」

「自分のほうに理があると思っていたから」

「ええ、自分だけが警察に連れて行かれたんじゃ割に合わないなと」

なるほど、と真行寺は言い、鳥海は笑った。

「なるほど、ですか。そんな気持ちがあるのなら、あのときにそういう素振りくらいは見せてもらいたかったな」

怨恨が込められたその口吻に対して、申し訳ありませんでした、と真行寺は素直に詫びた。実際、そう思ったのだ。

「それから、その翌日、あなたは蒲谷さんのＤＡＩＧＯに顔を出してますね」

「ええ」

「そこで、店を閉めるつもりだと蒲谷さんに伝えている。それは警察に連れて行かれたことが原因してるんですか」

「それもありましたね。なんというか、自分がちっぽけな個人でしかないということを思い知らされたんですよ。とにかく軽くあしらわれている気がした。いくら我々が苦しいんだと訴えても、お上《かみ》は営業時間を短縮しろなんていとも簡単に言ってくるし、抗議活動したら簡単に捕まっちゃうしね。ウイルスにしろ、政治にしろ、行政にしろ、とにかくもう対処しようがなくてやりきれなくなっちゃったんですよ」

その気持ちは理解できた。いや理解しなくては、と真行寺は思った、吉良が言うように。しかし鳥海の口から聞くべきことはまだ残っていた。

「浅倉マリのＣＤを買いましたよね、蒲谷さんの店で」

鳥海は肯定も否定もしない。ただ黙っている。

「なぜ買ったのかということは、訊かないでおきましょう。なにを買おうと個人の自由だ。そして、あなたは三日後の十一日、浅倉マリからそのＣＤにサインをもらっている」

「……覚えてませんが」

「防犯カメラに映っているんです」

鳥海はまた黙った。

「見てみましょう」

真行寺は鞄の中から原宿署で借りてきたタブレット端末を取り出した。起動して、画面をタップすると、防犯カメラの映像が浮かび上がった。池袋駅を手前に斜め上方からビックカメラ前の舗道を俯瞰気味に捉えている。この画面を鳥海に見せた後で、真行寺はポーズボタンを解除した。

再生が始まると、手前から髪の長い女の後ろ姿が映り込み、向こうへ歩いて行く。黒いワンピースを着た黒ずくめの女。そしてやや間隔をあけてこれを追う男もフレームインした。

男が歩みを早め、女との距離が縮まり、間もなくそれはゼロになり、男が女の肩に軽く触れ、女が振り向く。浅倉マリである。

男はもちろん鳥海だ。にこやかに挨拶し、そして自分のバッグからＣＤを取り出すと、サインペンと一緒に浅倉に差し出す。不審そうに振り返った浅倉だったが、自分のＣＤを見ると破顔し、ペンを取る。

ここで真行寺はポーズボタンを押した。

「あなたは浅倉マリにサインをもらっている」

「それがどうかしましたか」

開き直ったようなその口ぶりを聞いた真行寺は、抑えた調子を保ちながら、静かに言った。

「素直に考えれば、これは不自然でしょう。あなたは三日前にＤＡＩＧＯという同業者の店のテレビで、自粛なんかするものかと浅倉マリがインタビューで答えているのを見ている。そして、その店の店主からこのＣＤを買った。自粛を促すためにライブハウスに抗議に出かけたあなたの行動としては不自然です」

「気が変わったんだ。ここまで腹を括ってやろうとする芸能人がどんな曲を歌っているのかに興味を持ったんで」

真行寺はうなずいた。

「このＣＤは家で聴いてみましたか？」

「ええ、聴きましたよ」と鳥海はうなずいた。

「気に入った曲はありましたか」

「一曲目ですかね、曲名は忘れましたが」

「あなたは浅倉マリの歌が気に入った。だから、街で浅倉マリを見つけた時、声をかけてサインを求めた」

「そうです」

「それでいい、たまたま街で会ったときにどうしてそのＣＤを携帯していたのか、これについてはどうでしょう」

「それでいい、とは？」

「それでいい」

鳥海は黙った。

「あなたの代わりに僕がその理由を考えましょう」

鳥海は怪訝な顔つきになった。

「筋は通しておいたほうがいい」

「筋……なんの」ぼつりと鳥海は言った。

「このＣＤやサインペンをウイルスに曝し、これを媒介にして浅倉マリを感染させようとしたわけではない。——ということを雄弁に語る筋書きのことです」

鳥海の顔に浮かぶ困惑はますます色濃くなった。

「それを刑事のあなたが考えるんですか」

「そうです」

「なぜ」

「それは後にしましょう。とりあえず話してしまいます。いいですか」

「いいですかもなにも……」鳥海はますます困惑している。

「あなたは浅倉マリがＤＡＩＧＯに頻繁に現れるのを店主から聞いた。池袋に住んでいると

いうことも知った。近くのライブハウスの地下室は浅倉マリのホームグラウンドで、彼女はその上のマンションに住んでいる。だから街でばったり会うこともあるだろうと思ったのは不思議じゃない。そんな幸運に恵まれたときにはすかさずサインをもらおうと思って、CDはリッピングしてパソコンで聴くことにし、ディスク本体は鞄に忍ばせておくことにした。天に祈りが通じたのか、駅前でばったり浅倉マリに会うことができ、サインを求めたら気前よく応じてくれた」

　鳥海はむずかしい顔をして黙っている。

「かなり不自然ではある。けれどありえないわけではない。こんな不自然な供述をされたら、刑事はなんとか躍起《やっき》になって揺さぶりをかけてくる。そして、そうだなあ、私なら二日ぐらいあれば落とす自信はある」

「いったい、あなたはなにが言いたいんですか」

「わからない」

「わからない？　わからないってなんです？」

「そう、わからない。わからないのなら、わからないものとしてそのまま放置しておくべきなのです。強引に筋を作るのはよくない。テレビでの浅倉マリの受け答えに頭に血が上ったあなたが、ウイルスに感染させようと浅倉マリに近づいてサインを求めたなんて筋は捨てるべきなんです。だけどそのためには、また別の筋が必要になってくるかもしれないから、あなたはそれを用意しておくべきでしょう」

いぜん鳥海は警戒を解かずに黙っている。ひっかけだと思っているのだろう。

「では、この先を見てみましょう」

真行寺はポーズボタンを解除した。

画面はふたたび動きだした。

浅倉マリがCDを受け取りその上蓋を開けて、歌詞カードを抜き出す。

その時、画面手前から向こうへと、鳥海と浅倉の横を通り抜けようとした人物が、ふたりに気がついて立ちどまる。

それは蒲谷だった。予期せぬ邂逅《かいこう》に思わず声をかける蒲谷。蒲谷の身振りから、鳥海を浅倉に紹介しているのが見て取れた。

真行寺は画面を止めた。

「浅倉マリにサインを求めているところを、あなたはよりによって蒲谷に目撃された。意図的に浅倉マリをウイルスに感染させようとしていたのなら、殺人現場を通行人に目撃されたような気持ちになったはずだ。いやいや、もちろんそういう仮定に立てばの話です。さらに浅倉マリに自粛を求めたあなたは、十二日後、蒲谷に会いに国立競技場まで出かけて行くのですが。これはなぜでしょう」

「同業者の商売が気になっていたからですよ」

「そう、あなたはそんなふうに答えることができる」と真行寺はうなずいた。「そう答えたほうがいい。たとえ刑事が、いろいろと考えた結果、浅倉マリが死んだということがあなた

の心に大きな負担としてのしかかり、耐えられなくなったので、蒲谷に会いに行き、池袋の路上で自分が浅倉マリにサインを求めたことは内密にしておいてくれないかと言いに行ったのではないかと問い詰められても、そうつっぱれば大丈夫だ」

「大丈夫……なんですか」

真行寺はうなずいた。そして、人さし指でタブレット端末の画面を指した。

「あなたが浅倉マリにサインを求めているところに出くわした蒲谷は、大喜びで喋っている。おまけにマスクもしていない。そして、この十二日後に彼は発症して国立競技場で倒れる。あなたがCDのケースやサインペンからのウイルスで浅倉マリを感染させたのか、いや蒲谷からなのか、はたまた、ここではないどこかでもらってしまったのか、どれも可能性がある。つまりわからないんだ。わからないことは、わからないものとしてうっちゃっておく。つまり、疑わしき者は罰せず、です」

「……あなたはそれを言いに来たんですか」

真行寺はうなずいた。

「なぜ」

「あなたが余計なことを喋りださないように」

「どういうことでしょう」

「あなたがライブハウスに押しかけた行為は、いみじくも自粛警察と呼ばれています。つまりこのウイルスは、人が人を見る目を警察っぽいものに変えてしまったんです」

「警察っぽい目ってなんです」

「警察ってのはね、事件となると、ものごとを犯人と被害者にわけて見ていきます。犯行と被害、犯人と被害者を曝《あば》いていく。けれど、このウイルスが蔓延する世の中は刑事の目で見ちゃいけないんですよ」

「どういうことですか」

「ウィズ・コロナって言葉がよく聞かれるようになってきた。おそらく、ワクチンはそんなに簡単に開発できないのでこういうことが言われはじめているんでしょう。ただ、そういう認識が正しいとしたなら、私たちはウイルスが蔓延する世の中に住んでいるってことに慣れなきゃいけない。そういう慣れの感覚を養うためには、誰が誰に感染させたという、感染させた人と感染させられた人を、あたかも犯人と被害者みたいに曝き立てることは、百害あって一利なしだと思うんです」

鳥海はあっけにとられた表情で、とつぜん店を訪れ不思議な理屈を披露する刑事を見つめていた。

「もういちど言いますよ。あなたは浅倉マリを感染させようとしたのかもしれない、そうでないのかもしれない、蒲谷が感染させたのかもしれないし、以上のいずれでもなく、まったく別のところから浅倉マリは感染してしまったのかもしれない」

かもしれない、か。——と鳥海はつぶやいた。

「ええ、で、正直言っちゃうとね、私たち刑事は、かもしれないで動く輩《やから》です。もちろん、

そこにはグラデーションもあります。この〝かもしれない〟なら行けるぞ、と思ったら行く、ある閾値《いきち》を超えたら踏み込まないと我々の商売はやってられない。それに我々はプロなんでね。踏み越えてはいけない一線ってものはわきまえているつもりです。しかし、感染についてはわが我々の出番はない。ないと思うべきなんだ。誰が加害者で誰が被害者かなんてのはわからないし、それを追及することに意味があるとも思えない。だけど、さっき言ったように、世の中全体が警察みたいになっちまってる。アマチュアが警察をやることが一番まずいんですよ」

鳥海は深いため息を漏らした。おそらく安堵がつかせたものだろう。鳥海は立ち上がり、冷蔵庫からビールの小瓶を持ってきて、テーブルの上に伏せて置かれている小さなグラスに注いだ。

「飲まれますか」

「形だけ」

鳥海はふたつのグラスに注いだ。真行寺が目の前のひとつを掴み、相手が瓶を置いて自分のグラスを持ったときに、声をかけた。

「浅倉マリに」

そう言って真行寺がグラスを掲げた。相手は戸惑いがちにこれに応じてひと口飲んだ。

「覚えてますか」と真行寺は言った。「彼女が言ってたこと。あなたもテレビで聞いたはずです」

　鳥海はビールを飲み干し、いや、と首を振りながら自分のグラスを再び満たした。

「あの人はこう言っていた。人間、死ぬときは死ぬんだと。私に会ったときも同じことを言った。最初は、利いた風な口をなんて思ってたんですが、いまは彼女が言わんとしたことがよくわかる。われわれは死ぬかもしれないし死なないかもしれない。死ぬ確率が常にある中を旅しているようなものなんです。――死に向かってね。だから、誰が感染させて誰が感染させられたかなんて追跡はやめたほうがいいんですよ」

　真行寺は立ち上がった。そして、財布から千円札を一枚抜き、ビールが満たされたままのグラスの横にそれを置くと、店を出た。

　池袋の街はまだ人気《ひとけ》なくひっそりしていた。

　曇り空の下で、水野に報告するべく、真行寺はスマホを耳に当てた。どこから話そうかと迷いながら発信音を聞いていた真行寺は、「技術は万能ではありませんでしたよ」とまず言うことにした。

あとがき

真行寺シリーズ第五弾『インフォデミック』をお届けいたします。僕の記憶が確かならば、新型コロナウイルスを素材としてまたテーマとして取り上げると決めたのが五月、刻々と状況が変化する中で、情報を収集し、それまではほぼ無知であったウイルスについて調べ、構想を練り始めたのが六月のはじめ。そして、六月後半から執筆を開始しました。

また本作品は、この後すぐに小学館から刊行予定のDASPA吉良シリーズの『コールドウォー』と密接に絡み合ってもいます。ハイペースでこの二冊を並行して執筆するのは、自分でもいささか無謀だと思わないでもなかったのですが、このテーマを迂回《うかい》するわけにはいかない、どちらかというと、逃げては通れないという追い詰められたような気持ちで書き始めました。

『巡査長 真行寺弘道』と『DASPA 吉良大介』のともにシリーズ第一作はそれぞれの問題意識を抱えつつ、別々の事件を追いながら、このふたりが、出会い、つかの間の会話を交わして、別れております。

しかし今回は、コロナ禍という同じ問題に直面したふたりが、お互いに相手を強く意識しつつ、その考え方と方法について激しくぶつかり、意見を戦わせます。真行寺と吉良のふたりの視点からともにお読みいただけると、さらにテーマが深まり、お楽しみいただけるものと自負しております。

こう書くと、新型コロナウイルスという厄災をネタにして作品をものしたという非難の声がいまにも聞こえてきそうです。そして、それを完全には否定しようがないのも事実です。しかし、書くことを通じて、このコロナ禍で起こっている現実と向き合いながら、この時代が抱える問題の多くについて、思索を深め、その結果を作品という形で提出できたのではないかと信じています。

また本作に登場するインド人のエッティラージとアリバラサンの物語は『ブルーロータス　巡査長 真行寺弘道』で、電子マネーのオプトをめぐる物語は『エージェント　巡査長 真行寺弘道』で繰り広げられます。併せてお楽しみください。

作中のフリーバードのアプリケーションについては、その可能性についてコンピュータプログラマーの庄司《しょうじ》渉《わたる》さんにご意見を伺いました。

今回もまた、重枝《しげえだ》義樹《よしき》さんには、喫茶店での長い雑談につきあってもらい、またさまざまな知見をもらいました。

両氏に心からの感謝を申し上げます。

二〇二〇年　九月

榎本憲男

【参考文献】

『大衆の反逆』（オルテガ　寺田和夫訳　中公クラシックス）
『疫病と世界史　上・下』（ウィリアム・H・マクニール　佐々木昭夫訳　中公文庫）
『人類と病　国際政治から見る感染症と健康格差』（詫摩佳代著　中公新書）
『感染症　広がり方と防ぎ方』（井上栄著　中公新書）
『感染　パンデミック——新型コロナウイルスから考える』現代思想五月号（青土社）
『「健康」から生活を守る　最新医学と12の迷信』（大脇幸志郎著　生活の医療社）
『生物はウイルスが進化させた　巨大ウイルスが語る新たな生命像』（武村政春著　講談社）
『なぜ台湾は新型コロナウイルスを防げたのか』（野嶋剛著　扶桑社新書）

その他、インターネット上でのさまざまな識者の意見や知見も参考にさせていただきました。

著者

実在する団体等が登場いたしますが、この作品はフィクションです。
本書は書き下ろしです。

日本音楽著作権協会（出）許諾第2008158-001号

中公文庫

インフォデミック
――巡査長《じゅんさちょう》 真行寺《しんぎょうじ》弘道《ひろみち》

2020年11月25日　初版発行

著　者　榎本《えのもと》 憲男《のりお》

発行者　松田 陽三

発行所　中央公論新社
〒100-8152　東京都千代田区大手町1-7-1
電話　販売 03-5299-1730　編集 03-5299-1890
URL http://www.chuko.co.jp/

ＤＴＰ　嵐下英治
印　刷　三晃印刷
製　本　小泉製本

Published by CHUOKORON-SHINSHA, INC.
Printed in Japan　ISBN978-4-12-206986-2 C1193

中公文庫既刊より

各書目の下段の数字はISBNコードです。978－4－12が省略してあります。

え-21-1
巡査長 真行寺弘道 榎本憲男
五十三歳で捜査一課のヒラ捜査員——出世拒否×バツイチ×ロック狂のニュータイプ刑事登場。圧倒的なスケールの痛快エンターテインメント！〈解説〉北上次郎
206553-6

え-21-2
ブルーロータス 巡査長 真行寺弘道 榎本憲男
真行寺弘道は、五十三歳で捜査一課ヒラ刑事という変わり種。インド人の変死体が発見され、インドを専門とする若き研究者・時任の協力で捜査を進めると……。
206634-2

え-21-3
ワルキューレ 巡査長 真行寺弘道 榎本憲男
元モデルだという十七歳の少女・麻倉瞳が誘拐された。真行寺刑事は、評論家デボラ・ヨハンソンの秘書を務める瞳の母に、早速聞き込みを始めたが——。
206723-3

え-21-4
エージェント 巡査長 真行寺弘道 榎本憲男
「令和」初の総選挙当日——。首相の経済政策を酷評し躍進する新党に批判的な男が、騒動を起こす。現場に居合わせた真行寺は騒ぎに巻き込まれるが……。
206796-7

と-25-45
新装版 雪虫 刑事・鳴沢了 堂場瞬一
俺は刑事に生まれたんだ——鳴沢了は、湯沢での殺人と五十年前の事件の関連を確信するが、署長である父は彼を事件から遠ざける。〈解説〉宇田川拓也
206821-6

と-25-46
新装版 破弾 刑事・鳴沢了 堂場瞬一
警視庁にやってきた了は署内で冷遇を受ける女性刑事・冴と組む。心に傷を抱えた二人が今、最高のコンビとして立ち上がる。〈解説〉沢田史郎
206837-7

と-25-47
新装版 熱欲 刑事・鳴沢了 堂場瞬一
青山署の刑事として現場に戻った了。詐欺がらみの連続傷害殺人事件に対峙する了の捜査は、NYの中国人マフィアへと繋がっていく。シリーズ第三弾。
206853-7

と-25-48
新装版 孤狼 刑事・鳴沢了 堂場瞬一
行方不明の刑事と不審死した刑事。遺体の手には「鳴沢了」と書かれたメモ——最強のトリオで警察内に潜む闇に挑め。シリーズ第四弾。〈解説〉内田俊明
206872-8

と-25-49
新装版 帰郷 刑事・鳴沢了 堂場瞬一
殺人事件の被害者遺族に依頼された、父が遺した未解決事件の再調査。「捜一の鬼」と呼ばれた父を超えるため、了は再び故郷に立つ。〈解説〉加藤裕啓
206881-0

と-25-50
新装版 讐雨 刑事・鳴沢了 堂場瞬一
爆破事件に巻き込まれた了。やがて届く犯行声明。爆弾魔の要求は世間を騒がせた連続幼女誘拐犯の釈放であった。大人気シリーズ第六弾。〈解説〉内田 剛
206899-5

と-25-51
新装版 血烙 刑事・鳴沢了 堂場瞬一
恋人の子・勇樹が誘拐された。背後に揺れる大物マフィアの影。異国の地を駆ける了が辿り着いた事件の哀しき真相とは。シリーズ第七弾。〈解説〉安西京子
206909-1

と-25-52
新装版 被匿 刑事・鳴沢了 堂場瞬一
西八王子署管内で代議士が不審死。ろくな捜査もせず警察は事故と断じる。苛立つ了のもとに地検から秘密裏に協力の要請が。シリーズ第八弾。〈解説〉狩野大樹
206924-4

と-25-53
新装版 疑装 刑事・鳴沢了 堂場瞬一
保護した少年が失踪。やがて彼の父親がひき逃げ事件を起こしたことが判明した。少年を追う了を待つ衝撃の事実とは。シリーズ第九弾。〈解説〉倉田裕子
206934-3

と-25-54
新装版 久《く》遠《おん》（上） 刑事・鳴沢了 堂場瞬一
ターゲットは、鳴沢了。何者かに殺人の濡れ衣を着せられた了。潔白を証明するため、一人、捜査に乗り出すのだが……。刑事として生まれた男、最後の事件。
206977-0

と-25-55
新装版 久遠（下） 刑事・鳴沢了 堂場瞬一
謎の符号「ＡＢＣ」の正体を掴むも捜査は行き詰まる。闘い続けた男の危機に仲間たちが立ち上がる。全てを操る黒幕の正体とは？ 警察小説の金字塔、完結。
206978-7

各書目の下段の数字はISBNコードです。978−4−12が省略してあります。

は-61-1　ブルー・ローズ（上）　馳　星周

青い薔薇――それはありえない真実。優雅なセレブたちの秘密に踏み込んだ元刑事の徳永。身も心も苛む、背徳の官能の果てに見えたものとは？　新たなる馳ノワール誕生！

205206-2

は-61-2　ブルー・ローズ（下）　馳　星周

すべての代償は、死で贖え！　秘密SMクラブ、公安警察との暗闘、葬り去られる殺人……。理不尽な現実に、警察組織に絶望した男の復讐が始まる。

205207-9

ひ-35-1　刑事たちの夏（上）　久間十義

大蔵官僚の墜落死を捜査する強行犯六係の松浦警部補は、他殺の証拠を手にした。しかし、大蔵省と取引した上層部により自殺と断定され、捜査は中止に……。

206344-0

ひ-35-2　刑事たちの夏（下）　久間十義

松浦は、北海道のリゾート開発に絡む不正融資事件を追う。鍵を握る、墜落死した官僚の残した「白鳥メモ」は、誰の手元にあるのか――。〈解説〉香山二三郎

206345-7

ひ-35-3　ダブルフェイス（上）　渋谷署8階特捜本部　久間十義

渋谷区円山町のラブホテル街で女性の扼殺死体が発見された。外資系一流企業で男たちに伍して働いていた彼女は、誰に、なぜ殺されたのか⁉

206415-7

ひ-35-4　ダブルフェイス（下）　渋谷署8階特捜本部　久間十義

捜査一課の根本刑事らが、キャリアOL殺人事件の被害者周辺を調べると、大手電力会社や政治家、銀行をめぐる〈不適切な融資〉疑惑が浮上してきて……。

206416-4

ひ-38-1　CAGE　警察庁科学警察研究所特別捜査室　日野　草

誰かが刑事、誰かが犯人、そして誰かが存在しない。相良と彼の上司の琴平は、男に連れ去られる寸前の女子大生を助ける。だが相良と琴平の目的は……。

206858-2

ほ-17-4　国境事変　誉田哲也

在日朝鮮人殺人事件の捜査で対立する公安部と捜査一課の男たち。警察官の矜持と信念を胸に、銃声轟く国境の島・対馬へ向かう。〈解説〉香山二三郎

205326-7

ほ-17-5
ハング
誉田哲也
捜査一課「堀田班」は殺人事件の再捜査で容疑者を逮捕。だが公判で自白強要の証言があり、班員が首を吊った姿で見つかる。そしてさらに死の連鎖が……誉田史上、最もハードな警察小説。
205693-0

ほ-17-7
歌舞伎町セブン
誉田哲也
『ジウ』の歌舞伎町封鎖事件から六年。再び迫る脅威から街を守るため、密かに立ち上がる者たちがいた。戦慄のダークヒーロー小説！〈解説〉安東能明
205838-5

ほ-17-11
歌舞伎町ダムド
誉田哲也
今夜も新宿のどこかで、伝説的犯罪者〈ジウ〉の後継者が血まみれのダンスを踊る。殺戮のカリスマvs.新宿署刑事vs.殺し屋集団、三つ巴の死闘が始まる！
206357-0

ほ-17-12
ノワール　硝子の太陽
誉田哲也
沖縄の活動家死亡事故を機に反米軍基地デモが全国で激化。その最中、この国を深い闇へと誘う動きを、東警部補は察知する……。〈解説〉友清　哲
206676-2

わ-16-1
プレゼント
若竹七海
トラブルメイカーのフリーターと、ピンクの子供用自転車で現場に駆けつける警部補――。間抜けで罪のない隣人たちが起こす事件はいつも危険すぎる！
203306-1

わ-16-2
御子柴くんの甘味と捜査
若竹七海
長野県から警視庁へ出向した御子柴刑事。甘党の同僚や上司からなにかしらスイーツを要求されるが、日々起こる事件は甘くない――。文庫オリジナル短篇集。
205960-3

わ-16-3
御子柴くんと遠距離バディ
若竹七海
長野県警から警視庁へ出向中の御子柴刑事は平穏な日々を送っていたが、年末につぎつぎと事件に遭遇し、さらには凶刃に襲われてしまう！　シリーズ第二弾。
206492-8

わ-24-1
叛逆捜査　オッドアイ
渡辺裕之
捜一の刑事・朝倉は自衛官の首を切る猟奇殺人事件を捜査していた。古巣の自衛隊と米軍も絡み、国家間の隠蔽工作が事件を複雑にする。新時代の警察小説登場。
206177-4

各書目の下段の数字はISBNコードです。978-4-12が省略してあります。

わ-24-2
偽証 オッドアイ
渡辺 裕之
サバイバル訓練中の死亡事故を調べるため、自衛隊特戦群出身の捜査官・朝倉は離島勤務から召還される。ミリタリー警察小説、第二弾。
206341-9

わ-24-3
斬死 オッドアイ
渡辺
グアム米軍基地で続く海兵連続殺人事件。NCISから召 朝倉は、異国で最凶の殺人鬼と対決する。自衛隊 官「オッドアイ」が活躍するシリーズ第三弾。
206510-9

わ-24-4
死体島 オッドアイ
渡
で発見された六つの死体。謎の孤島に単身潜 ・自衛隊特殊部隊の警察官・朝倉に襲い掛か 体は⁉「オッドアイ」シリーズ第四弾。
206684-7

わ-24-5
殺戮の罠 オッドアイ
渡
謎の死を遂げるかつての仲間。陸自最強メン なぜ。自衛隊出身の警察官・朝倉が〝特別強行 〟を結成し捜査にあたる。人気シリーズ第五弾。
206827-8

ケ-8-1
黒死病 ペストの中世史
日、人びとは「この世の終わり」が来たことを知っ ――十四世紀の欧州を覆い尽くした史上最悪の疫病 あらゆる角度から迫った克明なる叙事詩。
206914-5

テ-3-2
ペスト
限状況下におかれたロンドンの市民たちを描いて、 ミュの『ペスト』以上に現代的でなまなましいと評 される、十七世紀英国の鬼気せまる名篇の完訳。
205184-3

マ-10-1
疫病と世界史（上）
W・H・マクニール
佐々木昭夫 訳
疫病は世界の文明の興亡にどのような影響を与えてきたのか。紀元前五〇〇年から紀元一二〇〇年まで、人類の歴史を大きく動かした感染症の流行を見る。
204954-3

マ-10-2
疫病と世界史（下）
W・H・マクニール
佐々木昭夫 訳
これまで歴史家が着目してこなかった「疫病」に焦点をあて、独自の史観で古代から現代までの歴史を見直す好著。紀元一二〇〇年以降の疫病と世界史。
204955-0